Anne-Marie Desplat-Duc

VOUS SEREZ MA REINE

Roman

Éditions Jeanne & Juliette

De la même autrice
(liste non exhaustive)

Série *Les Colombes du Roi-Soleil*, Flammarion, 2005-2023
Série *Marie-Antoinette et ses sœurs*, Flammarion, 2019
Série *Duchesses rebelles*, Flammarion, 2016
Série *Les Héros du 18*, Flammarion, 2013
Série *Marie-Anne, fille du roi*, Flammarion, 2009-2014

ISBN : 978-2-4944-7336-2
Les Éditions Jeanne & Juliette bénéficient pour la diffusion
et la commercialisation d'un partenariat
avec les Éditions La Martinière.

www.editionsjeanneetjuliette.com

AVERTISSEMENT

On a beaucoup écrit sur moi, sur ma vie. Ce n'était pas toujours la vérité... ou alors c'était LEUR vérité.

Moi-même, j'ai écrit mes mémoires... mais à l'époque je n'étais pas libre... je ne voulais fâcher ni le roi de France, ni la reine d'Espagne qui m'avait offert refuge, ni mon époux qui pouvait me nuire grandement, ni mes sœurs Hortense, Olympe, Marie-Anne, ni même mon frère Philippe, mêlés malgré eux à mes tourments.

À présent que je ne suis plus qu'une âme, je vais pouvoir enfin vider mon cœur.

Impartiale ? Je ne prétendrai pas l'être. Ce que je vais vous révéler est ma vérité. Pas celle du roi Louis, ni celle du connétable Colonna... Ma voix est celle d'une femme que l'on a brimée, opprimée, bâillonnée.

Je vous laisse juge.

Des cendres de Rome
aux lumières de France

Je n'étais pas née belle.

Cette réalité, je l'avais intégrée très tôt, au point de me taire et de m'effacer. Ma mère, Géronima Mazzarini, ne manquait jamais de le rappeler, surtout lors de nos sorties à l'église Santi Ambrogio e Carlo sur le Corso de Rome où nous habitions. Avant de partir, elle demandait à mes deux sœurs aînées de défiler devant elle, sous son regard intransigeant. Le verdict était toujours le même :

— Comme vous êtes belles !

Et elles l'étaient. Olympe et Victoire, de deux et trois ans mes aînées, s'avançaient avec gravité. Elles arboraient souvent des vêtements neufs que je leur enviais car je devais me contenter de porter leurs toilettes défraîchies. Elles exécutaient alors une courte révérence qui faisait sourire notre mère. Parfois, j'osais m'approcher, j'aspirais à une reconnaissance. Mais le rejet était immédiat, accompagné de mots qui brûlent encore mon cœur d'enfant :

— Pas toi, Marie. Tu resteras à la maison. Tu gâterais le beau tableau formé par tes sœurs.

Alors, je tentais de me défendre, désespérément :

— Tout le monde dit que je ressemble à Olympe.

— Sans le sourire, la pétulance, l'opulence. Voyons, Marie, tu ne ressembles qu'à... toi-même.

Ces paroles, bien que blessantes, avaient le mérite de me faire exister, ne serait-ce qu'un instant, aux yeux de ma mère. Quant à mes sœurs, elles préféraient être d'accord avec elle, plutôt que de soutenir le vilain petit canard dont on se moquait. J'étais l'erreur de la fratrie, celle que l'on trouve dans presque toutes les familles. La peau trop mate, les yeux trop sombres – qu'est-ce que des yeux trop sombres ? –, une bouche trop petite, des cheveux couleur corbeau, et aucune forme. Cette absence d'amour a régi toute mon existence, m'a façonnée, m'a déformée, a conditionné mon rapport au monde et à mon corps. Qui étais-je pour espérer une vie décente ? Qui m'aimerait si ma propre mère me reniait ?

La plupart du temps, je restais donc à la maison, trouvant refuge dans les livres de la bibliothèque paternelle. J'appris à lire seule, très tôt. Je dévorais tout ce qui me tombait sous la main, mais surtout de la poésie. La musique des mots me berça. C'est ainsi que je m'évadais de ce lieu où personne ne voulait de moi.

À ma naissance, mon père, passionné d'astrologie, avait dressé mon horoscope. Les astres avaient annoncé que je bouleverserais le monde.

— En tout cas, ce n'est pas grâce à ta beauté que tu le bouleverseras... mais peut-être as-tu une âme de sorcière... Cela ne me surprendrait qu'à moitié.

C'est ce que ma mère m'avait lancé au visage quelques mois auparavant. J'avais enfoui cette prédiction au fond de moi, craignant de *bouleverser le monde* avec des pouvoirs maléfiques que je redoutais d'avoir.

Mon frère Paul, ce fils adoré de notre mère, portait sur lui une sombre prophétie : notre père lui avait prédit une fin brutale. À Rome, où nous vivions, ce n'était pas une menace en l'air. Dans ces ruelles obscures, propices à tous les traquenards, il n'était pas rare qu'un joli garçon termine sa promenade sous une dague assassine.

Aussi, lorsque notre oncle Julio Mazzarini, qui, depuis qu'il était ministre du jeune roi Louis XIV, se faisait appeler Jules Mazarin, avait proposé à sa sœur de recevoir et d'éduquer à Paris les trois aînés, Paul, Victoire et Olympe, notre mère n'avait pas hésité.

— Julio a un grand cœur. Il n'oublie pas sa famille italienne, avait-elle roucoulé, une lueur d'admiration dans les yeux. Je suis certaine qu'il fera le maximum pour vous donner une bonne éducation et vous dénicher un beau parti. Quant à toi, Paul, tu seras en sécurité. Dieu soit loué !

Notre oncle avait également accepté d'accueillir ma cousine Anne-Marie Martinozzi, du même âge qu'Olympe. Ma mère et ma tante rayonnaient de satisfaction !

Moi, j'espérais qu'un jour, il m'appellerait aussi... ne serait-ce que pour me soustraire à l'atmosphère lourde de cette maison où je me sentais indésirable.

Je n'avais que huit ans au départ de mes sœurs et de mon frère, mais ma mère décida de me mettre au couvent de Santa Maria in Campo Marzio, dont sa sœur Cleria Mazzarini était la supérieure. Aucune de mes sœurs n'avait été exilée dans un lieu aussi lugubre. C'était une preuve supplémentaire qu'elle ne supportait pas ma présence.

— Devenir religieuse comme ta tante sera un bel établissement pour une fille comme toi, m'avait-elle annoncé avec froideur.

Ce qui signifiait qu'aucun homme n'accepterait d'épouser un laideron qui, en plus, n'avait pas de dot. En effet, nous ne faisions pas partie des grandes familles romaines comme les Colonna, les Borghese, les Barberini que ma mère enviait tant. Nous vivions même assez chichement. Ainsi, en me reléguant dans un couvent, ma mère aurait une bouche de moins à nourrir et pourrait consacrer toute son attention à mes jeunes sœurs et à mes frères plus dignes d'intérêt que moi. Elle rêvait, je le suppose, qu'un jour, par quelque miracle, l'une de ses filles soit remarquée et demandée en mariage par une famille influente de Rome. Quelle consécration cela serait pour elle ! Mais, évidemment, ce ne pouvait pas être moi qui la tirerais de sa misérable condition.

Santa Maria in Campo Marzio était un très vieux couvent de l'ordre de Saint-Benoît situé au cœur de Rome. Je le connaissais un peu parce que nous avions plusieurs fois rendu visite à ma tante Cleria. Je le trouvais sinistre et trop silencieux. Je m'imaginais qu'il recélait des trésors enfouis et des secrets inavouables. Mais jamais je n'avais imaginé que je pourrais y vivre. Alors lorsque j'y pénétrai en sachant que j'allais y habiter, j'eus l'impression d'entrer dans un tombeau.

Je découvris le grand réfectoire meublé d'une longue table et de bancs en bois où, en silence, nous prendrions nos repas, puis le dortoir dans lequel trente lits recouverts d'une couverture beige s'alignaient militairement.

Nos journées étaient rythmées par des prières à la chapelle, des lectures de textes saints et des leçons de couture et de l'art de tenir sa maison. Au dernier rang de la classe, je fixais les hautes fenêtres, captivée par ce monde extérieur qui me faisait rêver et dont je n'entendais qu'un écho lointain.

J'aurais pu me faire des amies, mais j'étais tellement persuadée que je ne valais rien que je n'osais aborder personne. Une fois encore, c'est dans les livres que je me réfugiais. Si nous n'avions pas droit aux romans, ma tante m'approvisionnait en recueils de poésies.

Vivre enfermée entre les murs froids du couvent, loin de l'agitation du monde, me mina, ou bien était-ce le désamour de ma mère qui me perça le cœur ?

Cette après-midi-là, en m'installant à ma table d'étude, j'eus l'impression d'étouffer. Depuis plusieurs jours déjà, je ne parvenais plus à manger. Toute nourriture m'écœurait. Je ne supportais plus le silence de cette salle austère. J'avais envie de bouger, de courir, de rire. Je ne parvenais plus à me concentrer. La nuit, les cauchemars peuplaient mes seuls instants de répit. Et au matin, il ne restait que cette prison où les femmes de notre Seigneur priaient, éduquaient, corrigeaient, désaimaient la fille fragile que j'étais. Ma tante tentait quotidiennement de me convaincre du bonheur que j'aurais à consacrer ma vie à Dieu. Je savais que c'était au-dessus de mes forces et lutter quotidiennement pour ne pas me laisser embrigader m'épuisait. Mais je devais le faire. Un instinct, puissant, m'ordonnait de ne pas m'abandonner à ce destin-là.

Brusquement, mes mains se mirent à trembler, le souffle me manqua. Tout devint noir. Je ne me souvins plus du reste de la journée. Il me fut rapporté que le bruit de ma chute avait résonné dans toute la salle. Je ne les entendis pas appeler mon nom ni me faire revenir à moi.

Ma mère fut contrainte de venir me chercher. Elle me montra immédiatement sa réprobation, en m'invectivant :

— Qu'allons-nous faire de toi ? Le couvent est le seul lieu qui t'accepte telle que tu es.

— Le couvent ? Jamais ! me rebellai-je, le cœur battant.

Elle me jeta un regard noir, haineux. Non seulement j'étais laide, mais en plus je me montrais rebelle ! Je n'étais pas la fille dont elle avait rêvé. Si seulement j'avais été sotte, elle m'aurait expédiée dans un couvent perdu, loin de Rome, pour préserver l'honneur de notre famille. Mais non, j'osais vouloir exister ! Une audace insupportable !

Je mis plusieurs mois à me remettre. J'aurais pu aller plus vite... mais j'avais bien compris que si je mangeais à ma faim, si je recouvrais rapidement des forces, je retournerais à Santa Maria. Alors je traînais, j'étais dolente, souffreteuse... tout en me cachant pour lire.

Tous les jours, derrière le rideau du salon bleu qui donnait dans la cour, je guettais le cheval de la poste. Lorsqu'il s'arrêtait devant notre maison, j'espérais que c'était pour livrer une lettre de France écrite par Victoire, Paul ou encore par l'oncle Jules. Alors je quittais ma cachette et, pour avoir une contenance, j'allais chercher la petite Hortense qui venait d'avoir deux ans et je l'installais sur le tapis avec sa poupée, puis j'attendais en faisant mine de jouer avec elle. Je savais que la porte allait s'ouvrir. Ma mère lisait toujours son courrier ici.

— Ah, tu es là ? me lança-t-elle un jour de septembre 1647.

Alors, feignant l'indifférence, je demandai :

— Avez-vous une lettre de France ?

— Oui, et les nouvelles sont excellentes !

Je n'avais pas besoin d'insister pour que ma mère me livre le contenu des missives, elle était tellement fière.

— Olympe, Victoire, Anne-Marie et notre charmant Paul ont eu l'immense honneur d'être présentés à la reine. Toute la cour s'est bousculée dans le cabinet de Sa Majesté pour les apercevoir.

— Oh, quelle chance ! m'écriai-je même si une pointe de jalousie me piquait le cœur.

— Sa Majesté ne tarit pas d'éloges sur Olympe, si vive, si drôle... Elle a pourtant raté sa révérence, ce qui a déclenché le rire de la reine.

— Moi, je ne l'aurais pas ratée, dis-je par défi.

Ma mère me jeta un regard colérique. J'avais osé interrompre le récit de l'existence merveilleuse de ses enfants chéris. Mon avis ne comptant pas, elle reprit :

— Sa Majesté a exigé que mes enfants soient logés au Palais-Royal dans un appartement à côté de celui de Philippe, le frère du roi... Et madame de Senecey, qui a élevé le roi, est devenue leur gouvernante. Ah, quel honneur ! Je ne remercierai jamais assez ce cher Julio.

Un frisson me parcourut. J'aurais bien voulu que ce « cher Julio » me prête un peu d'attention. Est-ce qu'un jour, moi aussi, j'aurais la chance de briller dans les salons du roi ?

Quelques semaines plus tard, une autre missive arrivait.

— Paul est devenu l'ami du jeune roi Louis. Ils jouent à la guerre dans le petit fortin construit dans le parc de Fontainebleau avec d'autres garçons des meilleures familles de France : le comte de Guiche, le marquis de Vivonne, le duc de Mercœur.

— Paul, en guerrier ? Cela ne lui ressemble pas.

Mère haussa les épaules. En réalité, elle ne m'écoutait pas. Tout ce qu'elle voulait, c'était m'épater !

— Le roi l'a pris comme partenaire dans le *Ballet de Cassandre* qui vient d'être joué au Palais-Royal. Olympe y dansait également. Tous les deux ont été très remarqués.

Olympe, dans ses lettres hâtives, s'enorgueillissait de sa propre ascension, décrivant à quel point elle était devenue la préférée de la reine, toujours à ses côtés pour la distraire et la faire rire.

Moi aussi, pensais-je, *je saurais distraire la reine, mais en lui récitant de beaux poèmes... parce que la faire rire est à la portée de n'importe quel bouffon ridicule.*

Puis ma sœur nous décrivit par le menu les belles robes que l'on avait confectionnées pour Victoire et elle, les dames qui s'occupaient de les vêtir, de les coiffer, de les guider afin qu'elles puissent parfaitement s'intégrer parmi les gens de la cour.

Je pinçais les lèvres, rongée par la jalousie, je l'admets. Pourtant, je me convainquais qu'un jour, moi aussi, je porterais de somptueuses robes pour me pavaner à la cour de France. Cette pensée me donnait la force d'endurer le mépris et l'indifférence de ma mère.

Une autre lettre décrivait un spectacle époustouflant : un opéra magnifié par des machineries grandioses, des musiciens, des violons et des castrats italiens. La représentation avait duré plusieurs heures, mais mes sœurs assuraient ne pas s'en être lassées, tant le spectacle avait été extraordinaire.

À peine six mois après l'installation de la fratrie en France, les lettres s'espacèrent. Ma mère m'expliqua, en phrases hachées, qu'il y avait de violentes émeutes dans Paris et que la famille royale s'était exilée à Saint-Germain. Elle ne savait plus trop où se trouvaient Victoire, Olympe et Paul. Son inquiétude se transformait en méchanceté et, évidemment, je devenais sa proie. Elle m'interdisait de sortir de ma chambre et m'obligeait à prier toute la journée pour la sauvegarde de mes sœurs et de mon frère. Ce fut une période bien oppressante.

Et puis, alors qu'un printemps radieux illuminait le ciel de Rome, une affreuse rumeur circula: «Le cardinal Mazarin a fui Paris précipitamment sans rien emporter de son immense richesse. Il est fini... La famille Mazzarini ne se remettra pas de ce cuisant échec.»

Maman vécut des mois angoissants: elle ne dormait plus, picorait à peine ses repas et se tordait les mains de désespoir. Plus aucun courrier ne nous parvenait. Mais quelques personnes qui prétendaient être de nos amis lui montrèrent les pamphlets placardés sur les murs de Paris, ainsi que les couplets satiriques d'un certain Loret[1], qui

1. Jean Loret (1595-1665), poète et écrivain qui publie chaque semaine une gazette en vers sur les nouvelles de la société parisienne.

ridiculisaient Mazarin, mais aussi ma cousine et mes sœurs. Maman faillit tomber en pâmoison.

— Seigneur ! s'exclama-t-elle en se signant. Jamais je n'aurais pensé qu'en envoyant Olympe et Victoire en France j'allais leur faire subir une telle ignominie ! S'il leur arrive malheur, je ne m'en remettrai pas.

Je me fis aussi petite que possible, me retenant de vivre pour ne pas la contrarier davantage. J'étais aussi très inquiète. Peut-être avais-je trop rêvé ? Peut-être que mes sœurs et mon frère allaient être expulsés de France et forcés de revenir à Rome... Maman s'occuperait de marier le mieux possible Victoire et Olympe. Elle surprotégerait Paul afin que la prédiction ne se réalise pas.

Et moi... moi, elle m'enfermerait à nouveau au couvent pour avoir plus de place pour ses chéris.

Enfin, une lettre de notre oncle nous arriva. Ma mère, les mains tremblantes d'émotion, la lut d'une voix où perçait l'anxiété. Il nous informait qu'il s'était réfugié en Allemagne, emmenant avec lui Victoire et Olympe de sorte que l'on ne se venge pas sur elles. Paul avait été inscrit dans un collège où il apprenait le maniement des armes afin de pouvoir servir son roi le moment venu.

Cet exil tombait au plus mauvais moment. Peu de temps auparavant, notre oncle avait écrit à notre mère pour évoquer le mariage de Victoire avec le duc de Mercœur, fils aîné du duc de Vendôme.

— Qui est ce duc ? m'étais-je informée.

— Le fils de César de Vendôme, lui-même fils du roi Henri IV, m'avait appris ma mère avec assurance.

— Il est... fils de roi ? m'étais-je exclamée, estomaquée.

— Fils bâtard... avait grogné ma mère. Mais c'est tout de même un Bourbon.

— Et qu'en pense Victoire ?

— Penser ? Ce n'est pas ce qui lui est demandé. Mais elle ne peut pas rêver d'un meilleur établissement.

— Certes. J'espère qu'il n'est pas trop vieux, ou difforme, et qu'il sera doux et prévenant.

— Peu importe ! Qu'il épouse Victoire, qu'il en fasse une duchesse, c'est tout ce qui compte.

Las, en cette année 1651, Paris était à feu et à sang et Julio était en Allemagne. Ce mariage se trouvait donc fort compromis. Mère en pleura de colère et de désespoir.

Cela ne me désola pas outre mesure et puisque mes sœurs et mon frère étaient en sécurité, je commençais à mieux respirer. Je repris mes jeux avec ma chère Hortense et avec la petite Marie-Anne qui venait d'avoir trois ans.

Les garçons, Alphonse et Philippe, avaient été inscrits au collège comme la tradition le voulait. Mon oncle n'envoyait plus d'argent et il arrivait que nous sautions un ou deux repas. Ma mère geignait toute la journée sur les difficultés de tenir correctement sa maison. Elle avait congédié la plupart des domestiques. J'étais devenue sa servante et son souffre-douleur. Lorsque je m'indignais, lui suggérant que c'était au tour d'Hortense de laver le sol, elle me rétorquait :

— Hortense est délicate. Elle ne peut pas s'abîmer les mains dans l'eau sale.

Et puis, une nouvelle lettre nous mit du baume au cœur. Maman la lut, la voix vibrante de fierté :

— *Le duc de Mercœur, impatient, a cavalé jusqu'en Allemagne pour épouser Victoire. La cérémonie a été rapide, mais le cardinal et le duc ont promis un beau mariage devant le roi dès la fin des troubles.*

Ainsi Victoire, notre aînée, à peine âgée de quinze ans, était mariée. Je répétais doucement le mot « mariage » comme on suce une dragée. Est-ce que moi aussi, un jour, je ferais un beau mariage ? Aux dires de ma mère, c'était inconcevable. Sa méchanceté aurait dû me briser, mais au fond de moi, une voix m'affirmait : « Toi, tu feras mieux qu'épouser un duc ! »

Maman suivait avec assiduité les événements de France dans la gazette de Rome. La Fronde continuait à faire rage dans Paris. Le roi et la cour partageaient leur temps entre Saint-Germain et Compiègne.

Notre oncle nous apprit qu'après quelques mois en Allemagne, il l'avait quittée à la tête d'une armée de sept mille cavaliers et qu'il était à présent à Melun. Au passage, il avait récupéré Victoire et Olympe qu'il avait mises en sûreté à Sedan. Paul, qui, pendant trois ans, avait été élève au prestigieux collège de Clermont[1], était venu le rejoindre. Il avait été nommé depuis peu capitaine des chevau-légers de Sa Majesté. Un titre pour parader sur sa monture dans un uniforme chamarré avec dentelles et plumes... Je souris en l'imaginant ainsi.

Notre mère était ivre d'orgueil.

— Julio le considère comme le fils qu'il n'a pas pu avoir. Il lui prédit un brillant avenir. Je suis soulagée qu'il soit sous sa protection. Rien de fâcheux ne peut lui arriver. Et puis le jeune roi s'est pris d'une grande affection pour Paul. Bientôt... bientôt mon fils aura une place de choix à la cour et les plus grands honneurs lui seront attribués.

---

1. Actuellement le lycée Louis-le-Grand à Paris.

Il est vrai que je gardais de Paul, parti depuis trois ans, le souvenir d'un agréable garçon. Maintenant qu'il atteignait seize ans, il devait faire tourner les têtes de bien des demoiselles. J'espérais que notre oncle lui proposerait une épouse d'une grande et riche famille.

Hélas, la guerre des princes faisait rage dans Paris. On se battait, on se tuait, même, pour protéger le roi... ou pour prendre sa place.

Paul était courageux. Trop sans doute.

On ferma les volets, on couvrit les miroirs. La vie sembla se dissoudre dans une tristesse infinie. Hortense sanglotait doucement en serrant contre elle la petite Marie-Anne qui avait cessé de gazouiller. Moi, je gardais le silence, ne sachant que dire pour atténuer leur chagrin qui était aussi le mien. Le soir, blotties ensemble dans mon lit, nous cherchions à chasser notre peine en rêvant de notre bel avenir à voix haute.

Paul avait été touché au ventre, frappé par un coup de pertuisane alors qu'il chargeait à la tête de ses chevau-légers. Il était tombé dans la poussière. On avait réussi à ramener le mourant jusqu'à Compiègne. Le roi, prévenu, avait enfourché son cheval et avait cavalé jusque-là. Il était arrivé, fou d'inquiétude, pour recueillir le dernier souffle de son ami et avait éclaté en sanglots à son chevet.

Lorsque ma mère reçut le récit de la mort de son fils, elle poussa un cri de bête blessée et pleura convulsivement en me tendant la lettre.

— Votre père l'avait prédit... j'avais cru qu'à Paris il serait à l'abri... et il est mort violemment. Seigneur, avais-je mérité cela ?

Moi aussi je fus anéantie. Ce cher Paul, si gai, si vivant, au destin si prometteur, disparu à cause d'un excès de bravoure. On survécut tant bien que mal à ce malheur, à la faim qui nous tenaillait, à la tristesse qui nous faisait vaciller.

Oui, nous avions si faim !

Je descendais parfois dans la cuisine avec Marie-Anne et Hortense pour quémander un morceau de brioche, de la confiture, un fruit à la cuisinière, mais elle nous rabrouait gentiment en nous assurant :

— Ah, mes pauvres enfants, je dois de l'argent à tous les marchands de Rome. Depuis les événements qui se déroulent en France, ils refusent de me faire crédit. Je compte chaque pièce pour pouvoir proposer à madame votre mère un repas acceptable par jour.

Mais parfois, elle nous donnait en cachette un peu de confiture sèche. Nous la savourions, après avoir promis de garder le secret. Le sourire illuminait nos visages d'enfants et, pendant quelques minutes, nous oubliions nos malheurs.

Notre oncle était bien trop occupé à survivre de son côté pour nous envoyer de l'argent. Mère, de plus en plus désespérée, se lamentait. Qu'allait-elle devenir ? Le « nous » était rarement au cœur de ses complaintes.

Elle m'agaçait. Je redoutais chaque jour qu'afin d'avoir une bouche de moins à nourrir, elle me renvoie au couvent. L'hiver avait été rigoureux. Et le printemps était encore loin.

Enfin, début février 1653, une bonne nouvelle nous arriva par l'intermédiaire de la gazette.

Mon oncle avait fait une entrée triomphale dans Paris !

Maman se reprit à espérer. Certes, le joli Paul n'était plus de ce monde, mais il lui restait Philippe qui avait bientôt douze ans, le petit Alphonse qui en avait huit, Marie-Anne et enfin sa préférée, la délicieuse Hortense.

— Je prie pour que votre oncle ne nous oublie pas, bien qu'il ait sûrement mille autres préoccupations. Ces événements sont arrivés au pire moment pour nous. Si Julio ne se manifeste pas rapidement, je ne sais pas ce que nous allons devenir. Malgré le temps qui passe, je n'arrive pas à me remettre du décès de votre père et je dois m'occuper de l'avenir de Philippe, Alphonse, Marie-Anne, et toi, ma chère Hortense... mais sans l'aide de mon frère, je ne vois pas comment y parvenir.

Elle ne mentionna même pas mon nom.

Hélas, comme nous manquions d'argent et que ma santé était enfin rétablie, Mère m'annonça, comme je le redoutais, que le moment était venu de retourner au couvent.

— Puisque de toute façon, c'est là que tu es appelée à vivre, me lança-t-elle.

— Jamais ! hurlai-je en courant m'enfermer dans ma chambre.

Mais je savais ma révolte vaine, aussi j'étais prête à retomber malade pour éviter ce sinistre endroit. Pendant quelques jours, je refusai de m'alimenter, espérant naïvement que cela inquiéterait ma mère. Elle ne s'en aperçut même pas. Ou fit semblant de ne rien voir.

Tandis que je tentais d'affronter ce sombre avenir, ma cousine Anne-Marie vivait des jours radieux. Elle avait écrit à sa mère – ma tante – qu'elle s'était éprise du jeune duc de Candale, tombé fou amoureux d'elle au premier regard. Il s'était brillamment illustré pendant la Fronde, et notre oncle mettait tout en œuvre pour que ce mariage ait lieu. Anne-Marie l'attendait avec grande impatience.

Moi aussi, je rêvais au prince charmant. Celui qui peuplait les livres que je dévorais. Mais je doutais qu'aucun homme veuille du laideron que j'étais.

Fort heureusement pour ma santé, une lettre de mon oncle arriva. Je n'en aurais jamais rien su si ma mère, par distraction, ne l'avait oubliée sur la jolie table en bois de rose où elle écrivait son courrier. Je m'en emparai discrètement et la lus d'une traite. Mon oncle demandait à ma mère de faire le voyage jusqu'à Paris avec l'aînée de ses filles et le plus âgé des garçons. L'aînée, c'était moi, j'avais treize ans et Philippe en avait onze. Il sollicitait aussi la présence de ma tante Martinozzi et de sa fille Laura du même âge que moi.

Le ciel d'avril s'illumina tout soudainement. L'affreux couvent s'éloignait définitivement. J'allais, comme Olympe, Victoire et ma cousine Anne-Marie, porter de belles robes, rencontrer des gens cultivés, aller au théâtre... J'attendis donc avec impatience que ma mère m'annonçât cette formidable nouvelle. Elle le fit deux jours plus tard tandis qu'Hortense et moi étions dans le salon bleu.

— Hortense, oncle Julio t'invite à vivre à Paris avec lui.

Mon sang ne fit qu'un tour, et malgré mon cœur qui tambourinait dans ma poitrine, je demandai le plus calmement possible :

— Hortense ? Êtes-vous certaine ?

Ma mère tressaillit. Elle dut se douter que j'avais lu la lettre, car elle me répondit d'un ton sec et méprisant :

— Il demande ma fille aînée, mais il ignore que tu n'es pas présentable. Hortense te remplacera avantageusement.

Donner ma place à sa chère poupée ? Hors de question ! Alors, je rusai :

— Il me semble, Mère, qu'il serait imprudent de désobéir à notre oncle qui a déjà tant fait pour notre famille. Il risquerait de mal supporter ce qu'il pourrait considérer comme un affront.

Ma mère fit la moue, mais je sentis que je l'avais ébranlée. Je poursuivis donc :

— D'autant qu'il y a aussi des couvents en France où vous pourrez me faire entrer si c'est le souhait de mon oncle et le vôtre.

Mais en mon for intérieur, je me promis de ne jamais franchir à nouveau les sombres portes d'une quelconque abbaye.

Enfin, après des jours de tergiversations interminables, ma mère accepta la proposition de son frère. Toutefois, elle refusa de partir sans Hortense et laissa Marie-Anne, qui avait trois ans, et Alphonse, qui en avait huit, à la garde de sa sœur Cleria Mazzarini.

J'étais très attachée à Marie-Anne. Elle était vive et pétulante. Lorsque la mélancolie me gagnait, elle s'évertuait à me faire rire et cette tendre complicité nous unissait.

— Votre tour viendra, promis-je à mon frère et ma sœur, en retenant mes larmes pour les embrasser.

J'avais le cœur lourd de les laisser, mais j'étais très excitée à l'idée de quitter cette maison où je n'étais pas heureuse. Ailleurs ne pouvait être que mieux.

Nous fîmes rapidement nos bagages. Les miens furent vite prêts. Je n'avais pas beaucoup de vêtements et aucun bijou. J'emportais ce qui me tenait le plus à cœur : quelques livres de poésies dont celui de Dante, mon préféré. Ma mère se plaignit que je chargeais le coffre de choses inutiles, mais je tins bon, car Hortense et elle n'en finissaient pas de remplir des malles de jupes, de jupons, de dentelles, de rubans, de chapeaux. Ma mère appelait ma sœur « sa chère poupée » et il est vrai qu'elle était toujours vêtue luxueusement.

— À Paris, on ne verra que toi ! s'extasia-t-elle.

Nous partions avec ma tante et ma cousine. Celle-ci avait apporté son petit chien. Oh, que j'aurais aimé avoir un animal que j'aurais comblé de caresses et qui m'aurait mordillé le bout des doigts pour me prouver son amour et sa fidélité ! Ma mère détestait les chiens « parce qu'ils aboient sans raison » et les chats « parce qu'ils sont fourbes ». Elle était donc furieuse de devoir partager la voiture avec cet animal. Hortense emportait pourtant dans une cage la perruche reçue pour son anniversaire.

— Notre cher frère Julio ne nous oublie pas, avait déclaré ma tante Martinozzi en s'installant dans la voiture, déjà étouffante après avoir attendu tout le monde sous le soleil ardent de cette fin de juin 1653.

— Maintenant qu'il est l'homme le plus influent de France et qu'il dirige même le jeune roi Louis, il est bien normal qu'il nous fasse profiter de sa bonne fortune, avait rétorqué ma mère.

— Tu te rends compte, Géronima. Nous allons entrer à la cour de France ! La cour la plus fastueuse du monde... J'avoue avoir du mal à y croire. Peut-être même... qui sait...

Elle baissa la voix et murmura avec un sourire complice :

— Nous pourrions espérer une nouvelle union, après tout, nous sommes veuves toutes les deux... Un duc, un marquis... voire un comte...

— Oh, moi j'espère surtout un brillant mariage pour nos enfants. Sauf pour Marie bien entendu.

— Il est vrai que Marie n'a rien pour elle, chuchota ma tante.

— Un couvent lui conviendra parfaitement. Pour l'instant, elle le refuse catégoriquement, mais l'âge venant, elle se fera une raison.

— Non ! non ! et non ! m'écriai-je en me levant pour m'installer sur la banquette d'en face, poussant Laura et son petit chien, Hortense et sa perruche.

Ma mère pinça les lèvres, ma tante hocha la tête pour montrer sa réprobation. Plus personne ne parla. Malgré le bruit des trois voitures transportant toutes nos malles et les servantes indispensables à notre train de vie, les deux femmes, accablées par la chaleur, finirent par s'assoupir. Moi, je regardais défiler un paysage que je ne connaissais pas. Je n'avais jamais quitté le quartier de Rome où nous habitions et tout m'étonnait. Hortense agitait son éventail, ce qui affolait sa perruche, Laura caressait son petit chien endormi sur ses genoux, Philippe jouait l'indifférent en jetant de temps à autre un coup d'œil à travers l'ouverture de la portière.

— Voilà le port ! s'écria-t-il tout à coup en pointant de l'index des mâts dressés vers le ciel.

Le port de Palo[1] grouillait de monde. Des cochers criaient pour faire avancer leurs charrettes tirées par des bœufs, des chevaux, des ânes. Les fouets claquaient. Plus loin, les marchandises quittaient les charrettes pour être transportées à dos d'homme sur les navires amarrés le long des quais. Ma mère et ma tante échangèrent un regard apeuré. Je suppose qu'elles redoutaient d'être mêlées à ce peuple en effervescence qui sentait la sueur et risquait de les bousculer.

Une somptueuse galère nous attendait. Deux grosses lanternes dorées se balançaient à la poupe. Le capitaine, en personne, nous accueillit avec force courbettes comme si nous étions des personnes de haut rang.

Nous en fûmes tous impressionnés.

Sitôt à bord, Hortense et Philippe coururent explorer le navire, Laura et moi étions un peu en retrait. Tous ces marins hirsutes, et surtout ces galériens enchaînés, nous mettaient mal à l'aise. On nous conduisit bientôt dans notre cabine dont les boiseries étaient tendues de tapisseries.

— Eh bien, Julio ne se moque pas de nous ! s'exclama ma tante.

— Certes, consentit ma mère, mais je déteste les bateaux et je vais avoir le mal de mer. Marie, tu resteras à côté de moi avec une cuvette.

1. Petit port entre Ostie et Civitavecchia.

Comme prévu, ma mère fut malade. Les trois premiers jours je tins la cuvette sous son menton, puis je la vidai en me bouchant le nez. Je supportai tant bien que mal ses jérémiades alors que j'entendais Hortense, Laura et Philippe qui jouaient les matelots, montaient dans les cordages ou simulaient une attaque de pirates avec le capitaine pour complice. Le chien de Laura aboyait en montrant les crocs pour faire peur aux adversaires imaginaires. Ce qui me mina le plus, c'est que l'on nous servait trois copieux repas par jour dont je ne pouvais pas profiter pleinement. En effet, ma mère refusait que je quitte son chevet trop longtemps et je devais avaler rapidement les mets raffinés que l'on nous proposait sans prendre le temps de les savourer. C'était frustrant. Nous avions si souvent manqué de tout quelques mois auparavant !

Enfin, lorsque son estomac s'habitua au roulis, elle m'autorisa à monter respirer sur le pont, mais les autres refusèrent de m'inclure dans leur jeu parce que j'arrivais trop tard.

De rage, de tristesse, de déception – je ne saurais vraiment choisir –, j'ouvris la cage de la perruche qui s'envola en piaillant jusqu'au sommet. Hortense ne s'en aperçut même pas. Et lorsqu'elle découvrit la cage vide, elle n'eut aucun chagrin. Tant mieux, car après coup, je n'étais pas fière de moi et j'aurais eu bien du mal à lui cacher ma trahison. Elle crut que la cage s'était ouverte par inadvertance.

— Elle a recouvré la liberté, me dit-elle, c'est sans doute mieux que de passer sa vie enfermée derrière des barreaux.

Huit jours plus tard, les côtes de France étaient en vue. La vigie le gueula du haut du nid de pie. Je n'étais pas fâchée d'arriver.

Marseille nous accueillit sous un soleil étincelant. Les canons de la tour Saint-Jean nous saluèrent et la galère leur répondit. Ma mère et ma tante étaient fières comme des paons.

Nous étions le 3 juillet 1653.

Sur le quai, une foule immense était massée. Le commandant nous désigna d'un geste ample : le lieutenant de l'Amirauté, les consuls, les magistrats et tout ce que la ville comptait de personnalités qui s'étaient déplacées pour accueillir la famille de monsieur le cardinal Mazarin.

Ma mère et ma tante souriaient... mais je voyais bien qu'elles n'étaient pas franchement à l'aise. Elles n'avaient pas l'habitude de tant d'honneurs. Pourtant il était inconcevable qu'elles déçoivent celui à qui elles devaient tout.

Ma mère tapota nerveusement l'étoffe de sa jupe, regroupa autour d'elle Hortense et Philippe, me repoussa discrètement derrière et, affichant une mine glorieuse, descendit sur le quai.

On la congratula, on s'inquiéta de savoir si elle avait fait bon voyage, on voulait embrasser les petits, si mignons... Ces gens-là parlaient un curieux langage que nous ne comprenions pas. Comme je ne voulais pas subir l'affront d'être repoussée, je préférai rester trois pas derrière mon imposante mère.

On nous offrit un sirop de fruit, quelques douceurs, puis, comme si mon oncle avait redouté que ses sœurs ne commettent quelque impair, on nous dirigea rapidement vers une voiture qui s'ébranla dès que nous y fûmes installés.

À la nuit tombée, nous arrivâmes au palais du gouverneur à Aix.

— Mais... n'allons-nous pas à Paris ? s'étonna ma tante.

— Non, Madame, nous avons reçu l'ordre de vous conduire à Aix où vous allez être hébergés quelque temps, nous répondit-on d'un ton sans réplique.

Lorsque nous descendîmes de voiture, ma sœur Victoire se précipita, radieuse, vers notre mère, la couvrant de baisers. Elle avait changé. Elle, qui dans son enfance était un peu effacée, s'était métamorphosée en une jeune femme de dix-sept ans, sûre d'elle, éclatante même. Elle étreignit Hortense avec émotion :

— Comme elle a grandi ! Commc elle est jolie !

Puis, désinvolte, elle me piqua un petit baiser sur la joue et se détourna. Mon cœur se serra, mais je n'en laissai rien paraître.

Le duc de Mercœur[1], son époux, gouverneur de la Provence, s'avança cérémonieusement vers ma mère et ma tante, pour leur adresser les formules d'usage. Ma mère était aux anges. Sa fille était entrée dans la prestigieuse famille des rois de France. Elle donnerait naissance à des petits Bourbons... et peut-être à de futurs rois !

Et moi, dans cette grande scène des apparences, où était ma place ?

1. Louis de Bourbon, duc de Mercœur (1612-1669), petit-fils légitimé d'Henri IV.

On nous installa le mieux du monde dans cette vaste demeure.

Victoire nous avait apporté de Paris des étoffes, des manchons, des dentelles, des rubans. Elle fit venir sa couturière qui, grâce à ses talents, donnait le ton à toutes les dames d'Aix.

Nous passâmes de belles après-midi à choisir les tissus, à faire des essayages. En un mot à quitter notre côté *italien provincial* pour être vêtues à la mode de Paris. Ma mère ne se lassait pas de contempler son reflet dans le miroir, savourant chaque détail de sa métamorphose.

Hortense n'était pas en reste et serinait en tournoyant avec son ample jupe de soie bleue :

— Ne suis-je pas une vraie princesse ?

— Si, si, ma belle ! lui assura notre mère. Bientôt, c'est certain, tu auras un prince pour époux.

Moi, ces interminables essayages m'exaspéraient. Je préférais me réfugier dans la bibliothèque pour lire en français les poésies de Du Bellay, de Ronsard. Je m'appliquais toute seule à les répéter en essayant de perdre mon accent italien.

Chaque jour, un précepteur nous enseignait le français. Je me débrouillais assez bien, tout comme Philippe et ma cousine Laura.

Hortense, incapable de tenir en place, tournait autour de la table, sans écouter les leçons. Ma tante et ma mère bougonnaient :

— Nous sommes trop vieilles pour retenir toutes les subtilités du français et notre mémoire n'est plus bonne.

Leurs plaintes incessantes m'horripilaient, mais je le cachais au mieux afin de ne pas envenimer la situation. En effet, souvent le professeur me félicitait pour mon travail et même me donnait en exemple, ce qui m'attirait les foudres de ma mère :

— Marie n'a aucun mérite. Elle a une excellente mémoire et retient tout sans effort.

Nous avions aussi un maître à danser et un maître en bonnes manières. Le premier nous enseignait les danses à la mode à la cour de France, le second nous expliquait les subtilités de l'étiquette afin que nous ne commettions pas d'impair en présence de Leurs Majestés et de la noblesse.

Victoire et son époux avaient regagné Paris, car il était important de paraître à la cour pour ne pas être oublié. Mais ma sœur revenait régulièrement à Aix car elle devait tenir son rang de femme du gouverneur auprès des Provençaux.

Après trois mois de leçons, nous avions perdu un peu de notre accent italien et nous réussissions à prononcer quelques phrases en français, nous dansions la gavotte, la chaconne, la courante, le branle sans trébucher, nous connaissions la situation des plus grandes familles de la noblesse.

Je me plaisais à Aix. J'aimais déambuler dans le parc. J'y retrouvais l'atmosphère et les odeurs de notre maison de Rome avec ses oliviers, ses lavandes, ses lauriers et le chant des cigales, sous un ciel toujours bleu baigné de soleil. J'avais découvert qu'en France, la mode était au teint blanc et ma mère me houspillait pour que je ne sorte pas sans masque :

— Tu as déjà la peau couleur olive, alors protège-la si tu ne veux pas ressembler à un moricaud !

Pour une fois, elle semblait se soucier de moi, ce qui m'emplissait d'un certain contentement. Mais cela ne durait jamais : elle haussait les épaules et lâchait :

— De toute façon, à quoi bon...

À quoi bon ? Je la toisais et, pendant quelques jours, je ne sortais plus sous le soleil. Mais j'aimais trop marcher au grand air et j'oubliais vite cette sage résolution.

Ma mère se plaignait souvent de cet isolement que Julio nous imposait. Victoire lui assura que c'était parce qu'il voulait que nous soyons parfaites avant d'être présentées à Leurs Majestés. Ce qui calma un peu ma mère.

Fort heureusement, ma sœur organisait au palais du gouverneur de somptueuses soirées. Tout ce qu'Aix comptait de gens de qualité y accourait pour entendre les derniers potins de la cour rapportés par leur duchesse bien-aimée, Victoire, qui avait su gagner le cœur des Provençaux.

— Et notre roi ? Quel âge a-t-il déjà ? demanda une dame outrageusement maquillée.

— Il va sur ses quinze ans... répondit Victoire.

Il avait juste un an de plus que moi et sans raison aucune, cela me ravit.

— Il est grand. A les épaules larges, le buste étoffé, la jambe bien faite et il danse à ravir. En février, pour carnaval, il a interprété plusieurs rôles dans le *Ballet royal de la nuit*. Lorsqu'il est apparu en costume d'or pour représenter le soleil, c'était incroyable... On aurait dit l'astre en personne.

— Vous y avez assisté ? insista une duchesse.

— Bien sûr. Je n'ai manqué aucune représentation dans la salle du Petit-Bourbon. Il y en eut six ! Tout le monde s'y pressait et on a même refusé l'entrée à quelques personnalités par crainte de bousculades.

— Oh, j'aurais donné toutes mes pierreries pour y être, ironisa une dame en se cachant derrière son éventail.

— Notre roi était sublime ! Si gracieux, si élégant...

Puis, se tournant vers notre mère, la duchesse ajouta :

— Un jeune danseur s'y est produit pour la première fois. Il se nomme Jean-Baptiste Lully. Il est italien comme vous. C'est un fameux danseur et un excellent musicien.

— Eh bien, tant mieux si ce jeune roi apprécie les Italiens, se réjouit ma mère en s'appliquant à gommer son accent.

À chacune de ses soirées, ma sœur racontait des événements, des anecdotes de la cour dont tous ses invités étaient friands.

— Avez-vous assisté aux après-midi de l'hôtel de Rambouillet ? s'informa un soir un homme à la perruque bien poudrée.

— Je suis allée une fois ou deux dans la célèbre Chambre bleue de la marquise... mais il n'y a plus grand monde. La Fronde a mis un frein aux salons et les Précieuses ne sont plus à la mode. Et puis sa fille chérie qui était l'un des fleurons de son salon s'est mariée. On ne parle presque plus de la marquise de Rambouillet.

— Savez-vous que Catherine de Vivonne[1] est née à Rome ? questionna une dame âgée.

— Non, assura ma mère en se rengorgeant.

— Eh bien, toute l'Italie sera bientôt à Paris, plaisanta un gentilhomme.

Comme cette phrase pouvait peut-être diriger la conversation sur un chemin tortueux, une dame enchaîna rapidement :

— Et les théâtres ? Êtes-vous allée au théâtre ?

— J'ai vu récemment *Nicomède* de monsieur Corneille à l'hôtel de Bourgogne. Une excellente pièce que tout Paris a adorée.

— Et *Le Cid*, l'avez-vous vu ? On m'en a dit le plus grand bien.

— Cette pièce n'est plus jouée pour l'instant. Monsieur Corneille vient de la remanier et elle sera bientôt à nouveau présentée dans la salle du Petit-Bourbon.

---

1. Catherine de Vivonne, marquise de Rambouillet, est née à Rome en 1588. Elle a donc 65 ans en 1653.

Pour rien au monde je n'aurais manqué ces soirées. Elles me laissaient imaginer que dans un avenir proche, je pourrais, moi aussi, profiter de l'effervescence de cette vie culturelle parisienne. En attendant, je dévorais tous les livres de la bibliothèque. Les poètes grecs et latins aussi bien que la poésie française. J'en appris par cœur un grand nombre que je me récitais à haute voix pour le plaisir de les entendre.

À l'automne, nous eûmes la visite de ma sœur Olympe et de notre cousine Anne-Marie Martinozzi. Elles étaient maintenant de superbes demoiselles de quinze ans, luxueusement vêtues, parlant avec aisance un français agréablement chantant. Notre mère, comme à l'accoutumée, poussa des hurlements de joie et étouffa Olympe de ses embrassades. Ma tante fit de même avec sa fille.

Je ne savais pas si j'étais heureuse de revoir ma sœur qui n'avait jamais été gentille avec moi. Je fis semblant. Elle m'imita. Pour éviter tout esclandre, elle me serra rapidement contre elle en assurant qu'elle était contente de me revoir. Mais cela sonnait faux.

Anne-Marie produisit son petit effet lorsque le soir même, elle nous dit en ménageant ses effets :

— Grâce à notre cher oncle Julio, je vais bientôt me fiancer !

— Avec le duc de Candale qui faisait battre ton cœur ? demandai-je.

— Non, soupira ma sœur soudain attristée.

— Diantre ! jura ma mère. J'espère qu'il t'a choisi un gentilhomme de valeur... et d'une grande famille.

— Je suis fiancée au prince de Conti, frère de monsieur le prince.

— Non ? s'étrangla ma mère.

— Le prince de Conti, bégaya ma tante. Mais... n'est-il pas le cousin du roi Louis ?

— Si fait, expliqua Anne-Marie, cependant c'est un ancien frondeur. Il a pris les armes contre son roi. Maintenant qu'il est rentré dans le droit chemin, il a à cœur de plaire au roi et à son ministre. Pour l'heure, il s'est retiré dans la propriété familiale de la Grange des Prés à Pézenas. Et comme il est passionné par le théâtre, j'ai ouï dire qu'il y avait accueilli une troupe de comédiens dirigée par un certain Molière.

Ma tante chassa d'un geste de la main la fâcheuse erreur de son futur gendre et les considérations sur le théâtre, dont elle se moquait éperdument. Victoire poursuivit :

— C'est un Bourbon. Il est prince du sang... de ce fait Anne-Marie portera le titre d'altesse et pourra entrer au Louvre avec un carrosse à six chevaux.

— Mon Dieu ! sanglota ma tante en étreignant Anne-Marie contre son imposante poitrine. Ma fille... princesse du sang ! Jamais je n'aurais osé imaginer un tel honneur !

— Mon oncle me promet une dot de six cent mille livres !

— Six cent mille livres ! répéta ma mère avant d'ajouter : Ne dit-on pas qu'il est bossu, libertin et méchant homme ?

— Calomnies ! assura Anne-Marie. Les jalouses qui rêvaient d'épouser le prince n'en sont pas avares. Je l'ai vu. Il a vingt-cinq ans. Il est très agréable. Il danse à ravir et puisqu'il fait de moi une altesse, je lui pardonne tout.

— Nous serons donc bientôt conviées au mariage ! s'exclama ma tante. Il faut vite que l'on se fasse confectionner de superbes tenues afin de pouvoir tenir notre nouveau rang. En tant que mère de la mariée, j'aurai une place de choix à la cour... sans doute à côté de Monsieur le Prince ! Je dois m'en montrer digne. Il me faut de la dentelle d'or, les plus belles soies de Lyon et des bijoux...

— Tu as raison. Occupons-nous de nos toilettes afin d'être prêtes le jour venu, conclut ma mère.

Anne-Marie Martinozzi ne resta que quelques semaines à Aix. Elle avait mille choses à préparer pour son futur mariage. Olympe ne s'attarda pas non plus. La reine l'avait prise en affection et ne supportait pas d'être séparée d'elle trop longtemps.

— Il est vrai, minauda ma sœur, que la reine apprécie ma verve et ma gaieté. Je suis sa demoiselle d'honneur favorite. Le roi aussi m'apprécie. Nous avons le même âge et le même goût pour la chasse, la danse et d'autres jeux... euh, dont je tairai le nom, termina-t-elle dans un éclat de rire.

L'automne puis le début de l'hiver s'écoulèrent dans l'attente de la lettre invitant ma tante et éventuellement ma mère au mariage d'Anne-Marie.

— Je te dis que ce mariage ne se fera pas, grognait ma mère. Julio a voulu monter trop haut... et le prince a finalement refusé Anne-Marie, de trop basse condition.

— Mais alors pourquoi nous l'avoir annoncé ? Ma pauvre fille doit être dans tous ses états... et quelle humiliation ! se lamentait ma tante.

— J'en conviens.

J'avais de la peine pour Anne-Marie. Ce mariage avait dû la faire rêver... et à présent elle devait se cacher pour ne pas subir les railleries et les quolibets de tous ces gens de cour envieux les uns des autres.

Les fiançailles eurent finalement lieu à Compiègne le 21 février 1654.

Notre oncle avait prêté à ma cousine ses plus beaux diamants qui resplendissaient sur la magnifique robe de soie confectionnée pour elle par le plus célèbre tailleur de Paris. Le soir, devant toute la cour, des comédiens interprétèrent *Le Cid*.

Enfin, c'est ce que Victoire nous raconterait plus tard car aucun membre de notre famille ne fut invité à la cérémonie.

— Ainsi, Julio a honte de nous ! s'étrangla ma tante.

— Parfaitement, renchérit ma mère. Il prend nos filles pour servir son immense orgueil, mais il ne veut pas de nous !

Elles n'avaient pas tort.

Paris, enfin !

Le printemps venait juste de pointer son nez en Provence lorsque notre oncle nous envoya un billet nous ordonnant de le rejoindre dans la capitale.

— Enfin, grogna ma mère, ce n'est pas trop tôt !

Ma tante soupira :

— Las, j'aurais tant aimé voir mon Anne-Marie devenir princesse du sang !

— Maintenant, elle l'est ! Tu la verras donc dans toute sa nouvelle splendeur, décréta ma mère qui, je pense, était un peu jalouse de la réussite de sa nièce.

Alors, tout bascula en une furie orchestrée. Des malles, des étoffes, des affaires de toutes sortes s'amoncelèrent en désordre ; les servantes, hébétées, reçurent des ordres dans un tourbillon de bras et de chuchotis impatients. Ma mère et ma tante, craignant à tout moment un revers de notre oncle, donnaient l'impression que chaque minute perdue pourrait sceller notre destin à jamais en cette lointaine Provence. Victoire, pourtant enceinte, voulut absolument être du voyage.

— La cour est impitoyable pour ceux qui ignorent ses règles. Je veux être là pour vous éviter des faux pas, nous dit-elle.

— C'est très aimable à toi, répondit ma tante, surtout dans ton état.

— Et puis, je m'ennuie à Aix. Seule Paris offre des distractions dignes de ce nom, ajouta Victoire avec un sourire espiègle.

Elle m'avait fait une telle description des divertissements qu'offrait la capitale que j'avais grande hâte de les découvrir à mon tour.

Bientôt, nous nous entassâmes dans un carrosse avec le chien de Laura. Plusieurs voitures contenant des malles avec nos effets personnels et quelques servantes qui devaient nous assister pendant ce long voyage suivaient. On nous avait octroyé une escorte de plusieurs cavaliers, ce qui avait rendu ma mère assez fière.

— Ainsi, nous assura-t-elle, aucun malandrin n'osera nous attaquer.

Le voyage fut long et pénible car si le printemps avait déjà réchauffé la Provence, la pluie, le vent et le froid s'abattirent sur nous à la hauteur de Lyon.

— Quel pays ! se désola ma tante. Chez nous en Italie, il fait toujours beau !

Un des essieux de notre voiture se rompit dans un chemin particulièrement boueux et il nous fallut patienter de longues heures avant qu'il ne fût réparé.

— Quelle épreuve, ce voyage ! s'emporta ma mère. Nous aurions dû consulter un astrologue avant de partir. Les cieux nous sont contraires.

Ma tante jura plusieurs fois en italien à faire rougir le cocher.

Il y eut aussi quelques disputes. Diantre, deux matrones, une femme enceinte, trois filles, un garçon et un chien cahotant plusieurs heures dans un habitacle peu confortable engendraient forcément des conflits.

Le chien fit ses besoins sous les jupes de ma mère qui tempêta et menaça de le jeter dehors. Laura étreignait son Kiki contre elle, les larmes roulant sur ses joues, tout en décochant à ma mère des regards furieux.

Hortense, qui avait ouvert la portière pour s'amuser à toucher les branches des arbustes jalonnant le chemin, faillit être éjectée de l'habitacle lorsqu'une ornière fit tanguer la voiture.

Pour passer le temps, nous chantions ou nous jouions à des petits jeux de mains qui, là encore, dégénéraient en disputes. Hortense était mauvaise joueuse, Philippe voulait être le plus fort, Laura trichait avec finesse et moi, je n'avais de cesse de les taquiner. Nos mères respectives s'impatientaient.

— Arrêtez ! Vous n'êtes plus des enfants !

Si, encore. Hortense avait sept ans, Laura en avait treize, Philippe douze et moi quatorze. Alors, nous nous tassions sur la banquette : Laura câlinait le chien, Hortense se réfugiait dans les bras de Maman, Philippe boudait, et moi, je me plongeais dans un des livres que j'avais emportés.

Enfin, après plusieurs jours à être ballottés sur de mauvais chemins, nous arrivâmes en face d'une vaste demeure.

— Fontainebleau ! annonça Victoire.

— Dieu soit loué ! s'exclama ma mère. Nous allons pouvoir nous reposer au chaud.

Notre cocher s'arrêta devant les grilles, mais un exempt vint nous apprendre que le roi y séjournant, nous n'y étions pas les bienvenus pour le moment. Monsieur le cardinal nous priait de l'aller rejoindre au château de Villeroy.

— Quoi ! s'indigna ma mère. Ne serons-nous toujours que des parias ?

— Julio a honte de nous. Nous allons continuer à vivre cachés, geignit ma tante.

Je partageais leur déception. Moi aussi j'avais le sentiment que notre oncle refusait de nous montrer aux grands personnages de la cour. C'était tout à fait désagréable.

— Vous ne pouvez paraître devant le roi et la cour sans avoir été présentés, nous expliqua Victoire. Et cela ne peut pas se faire au débotté. Il faut y être préparé.

Le cocher fouetta donc les chevaux et notre cortège s'ébranla pour parcourir les six lieues[1] qui séparaient Fontainebleau de Mennecy. Comme elles nous parurent longues, ces lieues qui nous éloignaient de la cour !

Enfin, à la nuit tombée, notre attelage arriva au château de Villeroy. On nous conduisit dans une galerie éclairée par des flambeaux. Et là, stupeur : nous aperçûmes la robe écarlate de notre oncle, ce cardinal énigmatique, redouté et tant célébré que je découvrais pour la première fois.

Ma mère et ma tante s'élancèrent vers leur frère et, après une brève hésitation, lui adressèrent une légère révérence, mêlant respect et gratitude pour les avoir fait venir de Rome. Je gage qu'elles se retinrent de lui exprimer tous les reproches qu'elles avaient sur le cœur pour leur éprouvant voyage. Il serra ses deux sœurs dans ses bras avec émotion. Il ne les avait pas revues depuis qu'il était entré au service de Louis XIII puis du jeune Louis XIV, voilà plus de vingt ans. Les sœurs Mazzarini laissèrent couler quelques larmes. À mon avis, ce n'était que de la comédie pour attendrir le tout-puissant ministre. Jamais elles n'avaient paru souffrir de son absence.

Moi, je ne bougeai pas. Cet homme me pétrifiait. Je le jugeai d'emblée antipathique. Il caressa la joue d'Hortense, puis celle de Laura, posa sa main gantée sur la tête de Philippe. Puis me dévisagea un moment sans aménité. Enfin, pour faire bonne figure, il tendit un doigt vers ma joue. Je me reculai d'un pas. Son regard devint glacial. Il ne devait pas me trouver assez docile et sans doute pas assez jolie pour servir ses projets. Et surtout, je supposais qu'il connaissait l'horoscope que mon père avait fait à ma naissance ! Il faut avouer qu'il y avait de quoi être inquiet. Comment cette gamine maigre et noiraude pourrait-elle faire quelque chose de sa vie, sauf si elle avait des dons de sorcière ?

Voilà ce que devait se dire mon oncle.

1. Soit environ 30 kilomètres.

Nous passâmes donc quelques jours à Mennecy. Notre oncle nous attribua une gouvernante –madame de Venelle – afin de nous surveiller et, je l'appris plus tard, de nous espionner. Puis, il nous mit à l'épreuve pour s'assurer que nous serions présentables à la cour sans risquer de lui faire honte. Il nous demanda de converser en français, d'exécuter une élégante révérence et de faire quelques pas de danse. Son attention se porta surtout sur Hortense, qui venait d'avoir sept ans.

— Celle-là est la grâce incarnée. Je lui assurerai un bel avenir, dit-il à ma mère avec un sourire que je jugeai carnassier.

Puis, se tournant vers ma cousine, il poursuivit :

— Laura a pris de la chair, elle a une belle peau, une bouche ravissante, d'agréables proportions. Je gage que je lui trouverai un bon parti.

Redoutant ce qu'il allait dire à mon sujet, je me raidis.

— Quant à Marie... eh bien, il me semble, ma chère Géronima, que tu la destinais au couvent. C'est le lieu qui lui conviendra le mieux.

— Jamais ! lâchai-je entre mes dents.

— Ne fais pas attention, mon cher Julio. Marie veut jouer les rebelles, mais elle fera ce que nous déciderons, marmonna ma mère furieuse de ma réaction.

Après quelques jours d'examen, mon oncle jugea que nous étions présentables et nous fîmes le trajet jusqu'à Fontainebleau. Malgré moi, je frémissais d'impatience. J'allais voir le roi de France, et peut-être participer à la vie de cour.

Le 23 avril 1654 nous arrivâmes à Fontainebleau sous bonne escorte. Hortense ne cessait de battre des mains en observant, par la portière, les plumes des mousquetaires du cardinal tout de rouge vêtu voler au vent.

Sitôt que nous fûmes descendus de voiture, mon oncle nous conduisit dans un petit salon où des domestiques nous attendaient pour ajuster notre tenue.

Des servantes défroissèrent nos jupes, dépoussiérèrent nos robes, coiffèrent nos cheveux, ajustèrent nos parures et nous ornèrent de quelques bijoux. Mon inquiétude grandit : nous allions paraître devant le roi et la reine. La gorge sèche, les jambes tremblantes, je savais pourtant que l'on ne remarquerait que la pétulante Hortense et la jolie Laura.

Personne ne ferait attention à moi.

Lorsque nous pénétrâmes dans le cabinet de la reine, empli de courtisans et de dames qui n'auraient manqué pour rien au monde le deuxième arrivage des nièces du cardinal, un murmure parcourut l'assistance. Mon cœur battait trop fort et la tête me tourna un peu au milieu de toutes ces plumes, cette soie, ces dentelles, ces rubans, ces pierreries et ces parfums qui, chauffés par des milliers de bougies, m'écœurèrent.

Hortense, fine mouche et audacieuse, se précipita vers la reine, exécuta sa révérence accompagnée d'un sourire enjôleur. Sa Majesté, déjà conquise, se pencha vers elle et baragouina :

— *Ma* que voilà une charmante enfant !

D'un geste de la main, elle désigna à ma cousine une place à son côté, ce qui obligea ma sœur Olympe à se rapprocher du roi. Je vis, à son sourire, que cela lui plaisait assez.

Et brusquement, je découvris le roi...

Il était jeune, robuste, mais gardait timidement les yeux baissés en se dandinant d'un pied sur l'autre. Je le sentis peu sûr de lui, fragile même. Il jouait *au roi*, mais il n'était pas royal du tout. Je crois que c'est ce qui me plut. Je ne voyais pas en lui un roi, mais un garçon de mon âge, aussi malheureux que moi. Olympe, presque collée à lui, semblait le mettre mal à l'aise. Elle cherchait sans doute à le séduire, espérant devenir sa favorite, sa maîtresse... Gravir les échelons et approcher le pouvoir était son ambition déclarée. Enfant, elle m'avait confié : « Je refuse une vie misérable dans un coin de province à m'occuper de marmots comme Maman. Je veux briller à la plus belle cour d'Europe. »

Quelques jours auparavant, notre oncle nous avait appris qu'Olympe, âgée maintenant de quinze ans, adorait un peu trop le jeu et qu'elle perdait beaucoup à la bassette, à l'hombre et au reversi lors de parties avec quelques grands noms de la cour et le roi lui-même.

Alors que j'étais occupée à observer Olympe et le roi, ma mère me donna une tape dans le dos et me souffla :

— *Reverenza.*

Je m'inclinai devant la reine.

Elle ne me vit pas. Je n'existais pas. On lui avait sans doute parlé de la prédiction de mon père et comme on m'avait appris qu'elle était très superstitieuse, elle préféra m'ignorer... on ne sait jamais. De toute façon, puisque j'étais destinée à entrer dans un couvent, il était inutile de s'intéresser à moi.

Pendant tout le temps que dura cette présentation, je ne quittai point Olympe et le roi des yeux, transperçant ma sœur d'un regard assassin et caressant le roi d'un regard bienveillant.

Et puis un majordome annonça :

— Son Altesse le prince de Conti et madame la princesse de Conti.

Ma tante se figea, la bouche ouverte.

Ma cousine Anne-Marie Martinozzi étincelante de diamants parut. Après de longues fiançailles, elle venait enfin d'épouser Armand de Bourbon. Personne de la famille n'avait assisté à ce mariage, mais on nous avait conté qu'il y avait eu une belle fête avec tout ce que la France comptait de ducs, de marquis, de comtes et que le roi et la reine avaient honoré la cérémonie de leur présence. Son époux marchait à côté d'elle, la bosse en partie dissimulée par son imposante perruque. Il arborait un air indifférent et supérieur fort déplaisant.

— *Mia figlia, mia figlia*, scandait ma tante, oubliant les consignes de son frère, qui nous avait ordonné de parler uniquement en français.

Anne-Marie la salua de loin, mais ne s'approcha pas de nous. Peut-être tenait-elle à faire oublier qu'elle n'était que la fille d'une petite comtesse italienne dont la seule valeur était d'être la sœur du cardinal Mazarin.

Son attitude chagrina sa mère. Quant à moi, je trouvais assez ridicule ce sentiment de supériorité qui animait ma cousine avec qui, il y avait encore quelques années, je jouais dans notre jardin de Rome.

On attribua à ma mère et à ma tante un petit appartement à Fontainebleau, et plus tard un au Louvre. J'espérai pouvoir vivre tranquillement, occupant mon temps avec les livres, quelques promenades et quelques soirées à la cour.

Il n'en fut rien.

À peine étions-nous installés que ma mère réunit Philippe, Hortense et moi pour nous annoncer :

— Votre oncle souhaite que vous, ses nièces, alliez parfaire votre éducation chez les Visitandines de Chaillot. C'est une maison fondée par la reine Henriette d'Angleterre. Sa dernière fille Henriette-Anne y est élevée. Vous y serez avec les demoiselles des meilleures familles de France.

— Dois-je y aller aussi ? s'informa Hortense.

— Oui. On vous y attend. Vous y recevrez une excellente éducation. Quant à vous, Philippe, vous irez au collège de Clermont, le meilleur établissement de France, afin d'y acquérir tout ce qu'un gentilhomme doit savoir pour briller à la cour.

Cela n'aurait servi à rien de me rebeller. Et puisqu'Hortense et Philippe étaient logés à la même enseigne que moi, j'acceptai plus facilement mon sort.

Les Visitandines n'étaient pas un couvent comme je le redoutais.

La mère supérieure, madame de Lamoignon, était gaie, ouverte. Elle connaissait tous les codes de la cour et nous les enseigna afin que nous puissions tenir correctement le rang auquel notre oncle nous destinait. Elle m'apportait les romans à la mode et m'encourageait à les lire. Je me régalais avec les aventures du Grand Cyrus[1]. J'étais tantôt Mandane, tantôt Sapho, puis Philonide. Je rêvais de leurs amours tumultueuses. J'en savais des extraits par cœur.

J'y appris aussi la guitare et le chant. J'avais une jolie voix et je me plaisais à mettre en musique quelques poésies de Ronsard et Du Bellay. Celles que j'avais tant aimé apprendre.

— Le roi aussi joue de la guitare, m'annonça un jour la mère supérieure.

Cette nouvelle me donna encore plus de courage pour perfectionner ma maîtrise de cet instrument.

Et puis, je fis la connaissance d'Henriette-Anne d'Angleterre. J'avais cinq ans de plus qu'elle, et malgré notre différence d'âge,

---

1. *Le Grand Cyrus*, roman de plus de 13000 pages, écrit entre 1649 et 1653 par Madeleine et Georges de Scudéry.

nous nous entendîmes bien immédiatement. Une nuit, allongée sur ma couche qui jouxtait la sienne, je l'entendis renifler, alors j'osai lui demander :

— Ça ne va pas ?

— Je voudrais être avec ma mère... Mais son seul objectif est de me faire renoncer à la religion anglicane de mon père pour devenir une bonne catholique. C'est pour cela que je suis dans ce couvent.

Afin d'encourager ses confidences, je lui exposai ma situation :

— La mienne m'y a envoyée parce qu'elle ne peut envisager pour moi un mariage avantageux. Je suis rebelle et pas assez jolie.

Elle me tendit la main par-dessus les draps, je la serrai et, rassérénée, elle reprit :

— Lorsque la Grande Rébellion menée par Cromwell a éclaté dans mon pays, ma mère a fui sans moi. Elle m'a abandonnée alors que je n'avais que quelques mois. J'aurais pu être tuée. Elle n'en avait cure. C'est ma gouvernante, lady Morton, qui m'a sauvée. Je l'aimais énormément. Elle m'appelait Minette. Mais elle a été contrainte de regagner l'Angleterre, il y a quatre ans, et j'en ai été dévastée.

— Cela a dû être difficile en effet, murmurai-je, émue.

— Quand rester en Angleterre est devenu impossible, nous avons secrètement embarqué sur un navire de contrebande à destination de Douvres. Lady Morton était déguisée en paysanne, et elle m'avait vêtue d'un pantalon afin de me faire passer pour son fils. De là, nous avons réussi à rejoindre Paris... et le Louvre, où ma mère s'était réfugiée.

— Elle a certainement été heureuse de vous revoir en bonne santé.

— Oh, elle a poussé des exclamations de joie... mais elle ne s'est pas occupée de moi. Lady Morton a continué à être ma mère de cœur. Ma vraie mère m'a seulement reproché de venir compliquer sa situation, qui l'était déjà bien assez. Je n'avais que deux ans.

Je ne savais trop comment consoler ma nouvelle amie. Car je n'en avais jamais eu jusqu'alors. Je serrai simplement sa main glacée. Mon geste l'incita à se dévoiler davantage, et ce qu'elle me conta était bien plus passionnant que tous les romans que j'avais lus.

— Elle me confia aussitôt aux Visitandines de Chaillot. Puis il y eut la Fronde. On crut un moment que les couvents seraient protégés de tous ces débordements... mais lorsque tout s'enflamma, je dus rejoindre ma mère. J'avais alors cinq ans. Oh, je dois avouer que j'avais bien peur... on entendait tonner le canon, et les coups de feu éclataient de tous côtés.

Elle soupira comme si elle revivait ces pénibles journées, puis elle reprit :

— Le roi, la reine et une partie de la cour partirent se réfugier à Saint-Germain. Mais personne n'avait cru utile de nous prévenir. Pendant de longs mois, ma mère et moi sommes restées terrées à l'intérieur du Louvre sans chauffage, sans vivres, sans domestiques, redoutant à chaque minute que la populace nous découvre et nous trucide.

— Oh, ma pauvre amie.

— C'est là que nous avons appris que mon père, le roi Charles 1er, avait été exécuté le 30 janvier 1649. Exécuté, comme un criminel, tu te rends compte !

Elle refoula vaillamment les larmes qui perlaient à ses yeux et poursuivit :

— Ma mère était inconsolable. Elle m'avait tant parlé de cet homme si bon, si droit, si juste qui se battait pour conserver son trône... J'étais fière d'être sa fille et j'avais hâte de le retrouver. La douleur nous rapprocha quelque temps. Las, ma mère m'a vite trouvée encombrante, c'est pour cela que je suis revenue à Chaillot. Et puis, je ne suis pas la jolie princesse dont elle pourrait se glorifier. Je suis grande, maigre et je n'ai pas un visage plaisant.

— Tout comme moi !

— Mais un jour, j'aurai ma revanche ! Je le sais, je le sens. J'en ai assez d'être humiliée, laissée pour compte !

— Alors faisons un pacte et jurons de prendre notre revanche et de choisir notre destin.

Nous entrecroisâmes nos mains et solennellement, nous murmurâmes de toute notre âme :

— Nous le jurons !

Cette amitié nous permit de supporter plus aisément notre séjour à Chaillot.

Peu de temps après, je découvris que *La Muse historique*, une gazette fondée par un certain Loret, circulait dans le dortoir grâce aux frères ou aux amoureux de quelques demoiselles qui l'apportaient lors des parloirs, cachée dans un livre. Elle relatait tous les événements de la cour, et souvent les plus secrets. Le soir, quel plaisir de nous lever discrètement, de nous approcher de la fenêtre et de profiter de la lueur de la lune pour en lire tous les articles ! C'était pour Henriette, Hortense et moi comme si l'air de Paris, celui de la cour, venait jusqu'à nous. Et nous rêvions... Nous aussi, un jour prochain, le souverain nous inviterait à un divertissement et nous danserions sur les parquets du Louvre au son des violons avec un jeune et beau gentilhomme. Nous aussi, nous ririons aux pitreries d'un comédien de la troupe du roi. Nous aussi, nous applaudirions à un spectacle féerique avec feu d'artifice donné devant leurs Majestés. Oui. Bientôt ce serait notre tour d'être dans la gazette. Il suffisait d'être un peu patientes. Nous nous en amusions beaucoup... à condition de ne pas nous faire prendre car, bien sûr, nous avions l'ordre de ne pas lire ce genre d'inepties.

Début juin, la mère supérieure nous annonça que le roi Louis allait être sacré à Reims, que la cérémonie serait somptueuse et que tous les grands du royaume y assisteraient. Henriette et sa mère y représenteraient l'Angleterre.

À ce moment-là, j'eus parfaitement conscience de ma différence. Je n'étais que la nièce de Mazarin. Henriette était princesse de sang – ce que je ne serais jamais sauf... sauf si le mariage avec un grand du royaume me permettait d'obtenir une bonne place à la cour. Alors je me surpris à rêver d'épouser un duc, un marquis, un prince même laid et difforme pour enfin exister. Mais sitôt formulée, je chassai cette idée saugrenue qui aliénerait ma liberté ! Parce que, après tout, ce que je souhaitais le plus au monde, c'était de ne plus devoir obéir à ma mère, ni au cardinal, ni à un époux. Être libre ! ... même si je savais pertinemment que c'était impossible. Une fille célibataire, cela n'existait pas à la cour... et si l'on n'était pas mariée à un certain âge, on terminait sa vie dans un couvent. Peut-être serais-je celle qui bouleverserait les codes ? N'était-ce pas ce que mon père m'avait prédit ?

— Je vous conterai tout par le menu, m'assura Henriette.

Je la remerciai... mais ne pas assister à cette cérémonie me minait, tout comme cela minait ma sœur Hortense qui me répétait en boucle :

— Tout le monde y sera sauf nous ! C'est vexant.

Pendant plusieurs jours, toutes les deux, nous échafaudâmes des plans, tous plus farfelus les uns que les autres, pour quitter secrètement le couvent : nous cacher dans la charrette du meunier lorsqu'il venait livrer la farine, hurler « au feu » et profiter de l'affolement général pour nous enfuir, mais l'absurdité de nos idées finissait par nous ramener à la triste réalité.

Nous n'assisterions pas au sacre du roi.

Le 7 juin arriva, sans que nous ayons trouvé le moyen de nous évader. Furieuse, je passai la journée à ruminer, imaginant avec amertume le magnifique cérémonial.

Le lendemain, la mère supérieure nous rassembla et déclara :

— Vous savez toutes que notre bon roi Louis a été sacré hier à la cathédrale de Reims. Mon frère, premier président du parlement, y a assisté, et je me propose de vous en conter tous les détails.

Je restai muette, trop mortifiée d'avoir été exclue de cet événement auquel ma famille avait pris part. Une fois de plus, j'étais traitée en quantité négligeable.

— Toute la ville était en liesse, poursuivit-elle. Les rues étaient ornées de drapeaux et d'arcs de triomphe fleuris, les oriflammes dansaient au vent, et la foule acclamait le roi. Toutes les cloches de France ont résonné à l'unisson.

— Et le roi ? demandai-je d'une voix brisée par l'émotion. Comment était-il ?

— Magnifique ! Une allure, une prestance incroyables pour un si jeune prince. La cérémonie fut longue, et à aucun moment il n'a montré de lassitude. On m'a pourtant dit que son manteau de sacre était très lourd.

C'est la gazette qui nous informa qu'à peine la cérémonie du sacre terminée, le roi était parti à la guerre. Il venait de terminer le siège de Stenay et se dirigeait vers Arras. Les dames de la cour suivaient dans leurs carrosses.

Plusieurs fois, Olympe était nommée puisqu'elle accompagnait la reine. Pour se reposer de la guerre, le roi chassait le cerf. Il parcourait les forêts de Vincennes, de Fontainebleau, de Chantilly, de Compiègne, de Saint-Cloud, de Versailles. Olympe, une fois encore, était à ses côtés. Curieusement, la jalousie me vrillait le cœur. C'était parfaitement ridicule, puisque je ne connaissais pas le roi. Pourtant, cet horrible sentiment m'assaillait dès que la gazette évoquait Olympe.

Quelques jours plus tard, Henriette revint à Chaillot auréolée de la gloire d'avoir assisté à cette fabuleuse cérémonie qui nous avait toutes fait rêver. Le soir, dans le dortoir, je m'approchai de sa couche, et elle me répéta ce que j'avais lu dans la gazette, mais je ne m'en lassais pas.

— Dès cinq heures du matin, ma mère, mes deux frères York et Gloucester et moi étions dans la cathédrale de Reims assis à côté de la reine Anne afin de ne rien rater de la cérémonie. Le roi portait une camisole rouge garnie d'or sur une robe de toile d'argent. Sur la tête, il avait un chapeau de velours noir orné d'un cordon qui étincelait de pierreries, d'une plume noire et de deux aigrettes dont l'une était en diamant...

Elle soupira, rêveuse et ajouta :

— Plus tard, j'épouserai le roi Louis.

Alors, je m'affolai :

— Pourquoi dites-vous cela ?

— Parce que je suis la fille du roi d'Angleterre. Quel meilleur parti pour le roi de France ? me répondit-elle, surprise de mon ignorance.

Cette analyse me laissa muette, les yeux embués de larmes et le cœur en lambeaux. Ne sachant que lui répondre, je clôturai sèchement la conversation :

— Bonne nuit.

Je n'arrivai pas à trouver le sommeil. J'étais jalouse d'Olympe et maintenant d'Henriette. C'était tout à fait ridicule. Je ne me l'expliquais pas... mais c'était ainsi.

J'avais du mal à me remettre de ma déception et encore plus de mal à admettre qu'Henriette était déjà promise au roi. Je me sentais une fois de plus bafouée, exclue de la vie même. Mon amie devenait-elle une rivale ?

Quelques jours plus tard, la gazette nous apprit que le célèbre guitariste Corbetta de Pavie donnait des leçons au roi qui était doué et réussissait à reproduire ses airs préférés de l'*Orfeo* de Rossi. Cet opéra de cinq heures, pendant lequel la plupart des spectateurs avaient bâillé ou s'étaient endormis, sauf Louis qui aurait supporté encore quelques heures de musique. Alors, un soir, afin de me valoriser un peu, je dis à Henriette que j'étais habile à la guitare.

— Je préfère la harpe, me répondit-elle, presque indifférente, c'est un instrument plus mélodieux.

Certes. Mais moi, je jouais de l'instrument préféré du roi !

Secrètement, je rêvais qu'un jour, je pourrais jouer devant lui... et pourquoi pas avec lui. Cette idée, aussi folle soit-elle, me permettait de supporter la monotonie de mon existence.

Puis la gazette nous décrivit l'opéra *Les Noces de Thétis et Pélée*. La musique était de Carlo Caproli– un Romain venu à Paris sur ordre du cardinal – et le livret avait été écrit de la main de Mazarin qui pensait être un grand écrivain. Le roi y interprétait avec brio six rôles dont celui d'Apollon. Il y était entouré de neuf muses.

Pour cet événement, Henriette avait quitté le couvent afin d'interpréter l'une des muses et je sus qu'Olympe avait également été choisie. Celle-là, toujours près du roi ! J'enrageais. Quand madame de Venelle était venue chercher Hortense pour jouer le rôle d'un chérubin, ç'avait été le coup de grâce. J'avais alors insisté auprès de notre gouvernante pour intégrer la troupe, assurant que je dansais tout aussi bien que les autres.

— Ni votre mère, ni le cardinal, ni le roi n'ont mentionné votre nom. Un oubli sans doute ? m'avait-elle répondu.

Ce n'était pas un oubli, je le savais. Serais-je donc toujours celle que l'on cache ?

Hortense tenta de me réconforter en m'assurant qu'elle dirait au roi que j'étais une excellente danseuse, que je rêvais même de danser avec lui. Je souris faiblement, consciente qu'elle n'oserait jamais s'adresser ainsi au roi. Mais c'était gentil de sa part de le proposer et cela me toucha.

Lorsque Hortense revint, je fis l'indifférente et ne lui posai aucune question. Mais elle était bien trop contente de nous conter, à moi et aux autres pensionnaires, tout ce qu'elle avait vu :

— Le roi... le roi a une grâce incomparable. Il a les jambes alertes, les bras aériens et une irréprochable technique. Et lorsqu'il est apparu juché sur son rocher, il était bien plus grand et beau qu'Apollon lui-même.

Je le voyais comme si j'y étais ! Oh, comme j'aurais voulu assister à ce spectacle, pour l'admirer, peut-être le frôler...

— Notre Olympe était sublime, continua Hortense. Il paraît même que le roi en est fou amoureux. Attendons-nous à ce qu'elle devienne reine.

Quoi ? Olympe dans le lit du roi ? Je crus défaillir. La vision du souverain en train de caresser ma sœur m'était insoutenable. Le roi était pur. Pur. Comme moi. Ma sœur n'était que manipulation et paraître.

Afin de cacher mon trouble, je demandai à Henriette, assise près de nous et bien silencieuse, ce qu'elle pouvait ajouter de plaisant à ce récit.

— Rien ! lâcha-t-elle d'un ton sec.

Sa réaction me dérouta et la nuit venue, je m'approchai d'Hortense déjà allongée dans son lit.

— Que s'est-il passé pour qu'Henriette fasse une telle mine ? la questionnai-je.

— Le roi a refusé de danser avec elle. Il a dit à haute voix qu'il n'aimait pas les petites filles. Il a ouvert le bal avec Olympe.

— Quelle humiliation !

— En effet... Mais il est vrai qu'Henriette n'a que dix ans. Elle est malingre, alors que notre plantureuse Olympe a l'âge du roi et qu'ils semblent profondément attirés l'un par l'autre.

Je me retins pour ne pas la mordre. Louis, épris d'Olympe ? J'eus l'abominable impression que l'on m'arrachait le cœur. Alors, je quittai le lit d'Hortense pour me glisser dans celui d'Henriette qui sanglotait doucement et je m'appliquai à la réconforter :

— Le roi ne pensait pas vraiment ce qu'il a dit. Il s'est sans doute mal exprimé.

— Ne lui cherchez pas d'excuses. Il s'est conduit comme... comme un goujat !... devant toute la cour, il s'est détourné de moi pour danser avec Olympe. Oh, j'aurais voulu mourir. Jamais je ne lui pardonnerai cette humiliation.

— J'ai aussi été humiliée puisque toute ma famille était de la fête, sauf moi.

Elle me serra la main et souffla :

— Nous sommes toutes les deux les indésirables de la cour.

Après avoir essuyé nos larmes, je regagnai ma couche, où je finis par m'endormir, mais je me jurai de devenir la meilleure danseuse du royaume, de surpasser toutes celles qui tournaient autour du roi. À partir de ce moment, je redoublai d'attention pendant les leçons du maître à danser, chaque mouvement devenant pour moi une promesse de revanche.

Je ne pouvais plus me passer de la gazette. Ainsi, j'y lus l'annonce du mariage de ma cousine Laura avec le prince Alphonse d'Este, duc de Modène[1], le 30 mai 1656. Il avait été célébré dans la chapelle du château de Compiègne en présence de la famille royale. Le marié avait juste vingt et un ans, il était joli garçon, mais on le disait de santé fragile. La mariée, qui avait seize ans, portait une robe entièrement brodée de perles. Le soir, les nombreux invités purent admirer le roi danser la Renommée dans *Le Grand Ballet des Bienvenus* sur une musique de Lully. Un somptueux repas offert par notre oncle régala tout le monde, puis un grand bal s'ensuivit.

Je suppose que ma mère et ma tante étaient bouffies d'orgueil ! C'était le deuxième superbe mariage que leur frère avait arrangé pour les aînées.

Alors, moi aussi je rêvais qu'un jour plus ou moins proche, je vivrais de beaux moments à la cour. Cette perspective me permettait de supporter l'enfermement. Mais plus il se prolongeait, plus il me torturait. Quand donc pourrais-je à mon tour voir le roi sur une scène et danser avec lui ? Quand pourrais-je avoir un rôle à ma mesure dans cette brillante société ?

1. Alphonse IV d'Este-Modène (1634-1662).

J'appris bientôt que ma plus jeune sœur, Marie-Anne, six ans, et mon frère Alphonse âgé de onze ans venaient à leur tour d'arriver au Louvre. Pour cette occasion, madame de Venelle était venue à Chaillot nous chercher avec Hortense.

J'étais heureuse de quitter le couvent, heureuse de revoir ma sœur et mon frère, mais paraître à la cour m'angoissait. Depuis trois ans que je vivais en France, je n'y étais pas venue souvent, et chaque fois, j'avais eu cette pénible sensation d'être invisible ou pire, que l'on m'évitait, que l'on chuchotait derrière mon dos.

Maman m'accueillit par ces mots :

— La mère supérieure du couvent se félicite de t'avoir.

Je ne répondis pas.

Ce n'était pas un compliment, mais une habile façon de me rappeler que c'était là qu'elle souhaitait que je finisse mes jours. Je me raidis. Et à l'intérieur de moi, je hurlai : « Jamais ! »

Bientôt, Marie-Anne entra, courant, riant, sautillant, et se précipita dans mes bras :

— Oh, Marie, je suis si contente de te revoir !

Je l'embrassai tendrement. En voilà au moins une heureuse de me retrouver.

Alphonse, un joli garçon sérieux et réservé, me salua gentiment.

— Vrai, je suis bien aise de te revoir et de découvrir Paris.

Après ces douces retrouvailles, nous fûmes appelés dans le salon de la reine. Le roi se tenait debout à son côté ; mon oncle derrière lui. Une multitude de courtisans étaient rassemblés pour observer, commenter, se gausser du « nouvel arrivage » des nièces du cardinal comme je l'ai entendu murmurer. Nous n'étions qu'une marchandise dont notre oncle se servait pour augmenter sa puissance. Je le savais... mais l'entendre dire me blessa profondément.

Mon frère s'avança et fit une impeccable révérence, mais Marie-Anne se précipita dans l'imposante jupe de la reine qui la reçut contre elle en éclatant de rire. En une minute, ma sœur avait gagné son amitié. Que n'avais-je moi aussi cet heureux tempérament !

Après cette journée au Louvre, balancée entre la joie d'avoir retrouvé ma sœur et mon frère et la déception d'être, une fois de plus, passée inaperçue, je regagnai le couvent avec Hortense.

Dans le carrosse, ma sœur se plaignit :

— Ce n'est pas juste. Marie-Anne va vivre avec Maman quand nous sommes encore enfermées à Chaillot.

— Certes. Mais lorsque tu en sortiras tu auras une parfaite éducation. Tu sauras tenir une conversation, danser, chanter même... et les plus beaux partis d'Europe se disputeront ta main.

Elle sourit et me piqua un petit baiser sur la joue.

— Que tu es gentille, Marie ! Et pourtant, tu aurais toutes les raisons d'être aigrie.

Je lui serrai affectueusement le bras. Depuis que nous étions toutes les deux à Chaillot, un lien fort nous unissait. Nous partagions espoirs et désespoirs, rêvant ensemble au jour où nous serions enfin libres. En attendant, nous scrutions la gazette, notre unique fenêtre sur ce monde vibrant qui nous était inaccessible.

Ainsi nous sûmes que le roi avait dansé avec brio dans le *Ballet des plaisirs* avec d'autres gentilshommes. Olympe et Anne-Madeleine de Conty d'Argencourt y avaient participé également.

— Olympe est vraiment de toutes les fêtes ! s'extasia Hortense, envieuse.

Ce n'était pas une surprise. J'avais même lu dans la gazette que lors d'un carrousel pendant la course de bague, le roi portait sur son heaume et son cheval les couleurs de notre famille. C'était sa façon d'honorer discrètement Olympe qu'il continuait à courtiser en secret. Bien sûr, le roi avait gagné et offert sa victoire à ma sœur.

Alors, oui, cette demoiselle d'Argencourt m'inquiéta parce que le gazetier insinuait que cette jolie fille d'honneur de la reine avait conquis elle aussi le cœur du roi.

J'en fus bien chagrine, et durant plusieurs semaines j'arrachai littéralement la gazette des mains de Camille de Hautefort qui la recevait de son frère, cachée dans un livre de prières.

— Vous voilà bien pressée ! s'étonna-t-elle.

— C'est que j'espère y trouver des nouvelles de ma sœur la duchesse de Mercœur, mentis-je.

Bientôt, la gazette ne parla plus de mademoiselle d'Argencourt. Au lieu de me rassurer, cela m'inquiéta. Mille théories me rongeaient. Le roi et elle se cachaient-ils pour vivre leur amour ? Était-elle d'une assez grande famille pour espérer épouser le souverain ? Envisageait-elle de devenir sa favorite ?

Je passai un abominable mois à me ronger les sangs. Après avoir été jalouse d'Olympe, je l'étais de cette fille que je ne connaissais pas. Jalouse ? C'était ridicule. Mais j'aurais voulu que personne n'approche le roi. Qu'il reste l'être merveilleux et inaccessible, l'Apollon des ballets, celui sur lequel je fantasmais depuis mon arrivée en France.

Et puis un matin glacé de novembre, la mère supérieure nous présenta une nouvelle arrivante. Son ton était solennel :

— Mesdemoiselles, voici Anne-Madeleine de Conty d'Argencourt qui vient faire une retraite dans notre maison.

La tête me tourna. Anne-Madeleine de Conty d'Argencourt ? Que s'était-il passé entre elle et le roi pour qu'elle se retrouve ici à Chaillot ? L'avait-elle trahi ? Je brûlais d'en savoir plus. En attendant, je la dévisageais sans vergogne. Elle me parut plus jeune que moi. Elle avait un joli visage, une peau diaphane, de beaux cheveux blonds et une gorge avenante. Tout ce que je n'avais pas. Ce qui m'agaça.

Elle avait aussi les yeux rougis et il était évident qu'elle n'était pas ici de son plein gré.

— Marie, poursuivit la mère supérieure en se tournant vers moi, vous connaissez bien notre maison, vous aiderez mademoiselle d'Argencourt à s'acclimater chez nous.

— Bien, Madame.

De toute la journée, la demoiselle ne desserra pas les dents, marchant tête basse en reniflant dans son mouchoir. J'avais l'impression de me voir quelques mois auparavant. La nuit venue, après que la religieuse chargée du dortoir eut éteint les bougies, je me faufilai jusqu'à sa couche.

— Si vous avez besoin de parler, je suis là, lui soufflai-je.

Comme si elle n'avait attendu que cela, elle hoqueta :

— Oh, c'est trop affreux... trop affreux...

— Que s'est-il donc passé ? N'aviez-vous pas le grand bonheur d'être l'amie de notre roi ? murmurai-je pour l'encourager à se confier.

— Je l'étais en effet, avoua-t-elle d'une voix tremblante d'émotion.

— Mais alors ?

— Deux autres gentilshommes me faisaient une cour empressée... Mais bien sûr, je n'en voulais pas. J'étais toute au roi et à lui seul.

— Comme je vous comprends..., insistai-je, suspendue à ses lèvres.

— Le marquis de Richelieu m'avait envoyé un billet doux. Il le faisait parfois. Je n'y répondais jamais, d'autant qu'il était marié et collectionnait les maîtresses. Mais le cardinal Mazarin intercepta ce billet et... Cet homme est un monstre et...

Puis se souvenant tout à coup que ce monstre était mon oncle, elle se reprit :

— Pardonnez-moi... L'émotion est si intense que mes paroles dépassent ma pensée.

Me sentant, pour une fois, libre de parler sans contrainte, je la rassurai :

— Ne vous excusez pas, je suis d'accord avec vous. Le cardinal est mon oncle, mais il ne m'aime pas plus que je ne l'aime.

Un pâle sourire naquit sur ses lèvres. Je lui posai une main compatissante sur l'épaule et l'encourageai à poursuivre.

— Un monstre, disiez-vous ?

— Absolument. Il fit lire le billet à Louis, qui crut alors qu'il était relégué au second plan dans mon cœur après le marquis de Richelieu.

C'était faux. C'était le marquis qui me harcelait. Le soir même, lors du bal donné au Louvre, alors que je m'avançais vers le roi, il me tourna le dos. Quelle honte pour moi... devant toute la cour !

— N'avez-vous pas pu vous expliquer ?

— Hélas non. Se sentant trahi, le roi refusa de me revoir. Et puis, ma mère a été si affreusement humiliée, la reine a été si furieuse qu'une de ses filles d'honneur ose détourner son fils de son devoir et le cardinal a tellement dû craindre que sa nièce Olympe perde sa place de favorite que j'ai immédiatement été conduite ici !

— Pensez-vous que mon oncle envisage de marier le roi avec ma sœur ?

— Ce serait pour lui un immense honneur ! Beaucoup pensent même que c'est son objectif pour lier sa famille à la famille royale.

Je gardai un moment le silence... Olympe, reine de France ! Ma mère enfin puissante. Et des mariages avantageux pour mes frères et mes sœurs. Évidemment, rien de cela pour moi, il ne fallait pas ternir ce tableau idyllique.

Je n'eus pas le temps de bien connaître mademoiselle de Conty d'Argencourt car notre gouvernante vint nous chercher au début de décembre. Notre mère était souffrante.

Je fis de rapides adieux à cette demoiselle et de bien plus longs et tendres à Henriette :

— Au revoir, mon amie, me dit-elle au bord des larmes. J'espère que nous nous reverrons prochainement.

— Vous allez me manquer, lui assurai-je en retenant mes pleurs.

— J'attends un signe de ma mère pour la rejoindre au Louvre, soupira-t-elle.

— Alors, à bientôt, Henriette !

Au palais, on m'octroya une chambre au fin fond de l'appartement. «Chambre» n'est pas le mot approprié. Il s'agissait d'un réduit sans fenêtre dans lequel on avait seulement installé un lit étroit. J'en fus mortifiée. C'était comme si on m'assénait: «Vous n'êtes pas la bienvenue ici.» Mais cela ne m'étonna pas. Ma mère s'obstinait à nier mon existence.

L'avantage était que j'allais de temps à autre avec Hortense et Marie-Anne aux après-dîners donnés par la reine, sans doute comme faire-valoir de mes sœurs: toutes les deux mignonnes, gaies, vives, j'étais plutôt taciturne. Ne pas me sentir aimée m'avait renfermée sur moi-même et j'attendais que quelqu'un me manifeste un peu d'intérêt pour m'ouvrir à la vie.

Marie-Anne, tout juste âgée de sept ans, faisait les délices de la reine. Elle apprenait des vers qu'elle récitait avec affectation surtout lorsqu'ils parlaient d'amour. Pour plaisanter, quelques gentilshommes lui faisaient la cour et elle y répondait par des sourires et des mimiques qui amusaient la galerie. Moi, je rougissais de la voir se prêter à ce manège dégradant, mais lorsque je la suppliais d'avoir plus de sérieux dans sa tenue, elle me répondait d'un ton léger:

— C'est ainsi que la reine m'aime.

Sa naïveté plaisait tant qu'un jour, la reine et le cardinal lui firent accroire qu'elle était enceinte. Pour perfectionner la farce, ils faisaient rétrécir chaque jour un peu ses vêtements, si bien que ma sœur se persuada qu'elle attendait un enfant.

Cette mascarade m'était insupportable. J'essayais bien de détromper l'ingénue, mais elle ne m'écoutait pas. Elle habitait désormais avec les filles d'honneur de la reine et je la voyais peu. Un matin, la reine et le cardinal poussèrent cette abominable plaisanterie jusqu'à mettre un nourrisson dans son lit. Toute la cour se déplaça pour féliciter la jeune mère en lui apportant des présents. Il paraît que ma sœur, avec l'innocence d'une enfant, s'écria : « Il n'y a qu'à moi et à la Sainte Vierge que cela est arrivé ! »

Je ne fus pas invitée à cette liesse et c'était tant mieux, car la honte me submergeait. Je suppose que peu de temps après, on dévoila le subterfuge à Marie-Anne car plus personne ne parla de cette maternité miraculeuse. Il faut dire que la cour a continuellement besoin de nouvelles distractions.

Après cette bouffonnerie, la maladie de ma mère empira. La fièvre augmenta. La prédiction de mon père résonna comme un sinistre présage dans son esprit : « Tu périras dans ta quarante-deuxième année. » Et comme elle venait juste de célébrer cet anniversaire, l'angoisse s'empara d'elle... d'autant que mon frère Paul était mort violemment et prématurément en 1652, tel que mon père l'avait lu dans les astres. Ce qu'avait prévu son astrologue de mari se réalisait donc avec certitude, alors elle renonça à lutter contre la maladie. Le médecin du roi, appelé à son chevet, ressortit un jour de sa chambre et, hochant la tête d'un air découragé, il me dit, tandis que j'attendais dans l'antichambre :

— Votre mère est persuadée que son heure est venue et qu'on ne peut pas lutter contre les oracles.

— Combien de temps encore ?

— Ah, cela, je l'ignore. Restez près d'elle au cas où.

On m'avait demandé d'accompagner Hortense qui tentait de distraire notre mère les après-dîners. Mais seule Hortense avait l'autorisation d'entrer dans la chambre. Moi je patientais dans la pièce à côté en espérant qu'elle allait m'appeler pour m'avouer : « Ah, ma chère Marie, je n'ai pas toujours été tendre avec toi. Je le regrette profondément. » Je me serais alors jetée dans ses bras avec l'élan d'une enfant enfin reconnue et aimée en lui assurant que je lui pardonnais.

J'attendais donc chaque jour, un livre à la main, cet heureux moment.

De nombreuses personnes traversaient cette antichambre pour aller saluer ma mère. Je suppose qu'elles espéraient ainsi plaire à Mazarin. Aucune ne s'arrêta jamais devant moi. On ne me voyait pas. Je devais me fondre dans l'ombre de cette pièce sans fenêtre.

Le roi venait presque tous les soirs. La première fois, il passa devant moi, hocha la tête sans m'adresser la parole. Mais dès le lendemain, voyant le livre ouvert sur mes genoux, il me questionna, timidement :

— Vous aimez lire ?

Comment ? Le roi s'adressait à moi ? À moi qui n'étais rien ? L'air ne pénétra plus mes poumons et, en apnée, je soufflai :

— Oui, beaucoup.

— Et que lisez-vous ? me demanda-t-il avec, me sembla-t-il, un léger sourire aux lèvres.

Je m'efforçai de respirer calmement et afin de ne pas rester bouche bée, j'articulai avec peine :

— Les poésies de monsieur Ronsard. Les connaissez-vous ?

— Non, lâcha-t-il comme à regret.

— Elles sont admirables, osai-je ajouter.

Comme s'il était gêné par son ignorance, le roi garda le silence et tourna les talons. Aussitôt, je m'en voulus. Mais qui étais-je pour faire remarquer à un souverain son inculture ? Il allait me battre froid et peut-être même me faire chasser de la cour. Quelle sotte j'avais été ! Je ne parvenais pas à maîtriser le tremblement de mes mains sur le recueil de poésies. L'homme le plus important du royaume. Le roi. Le roi s'était adressé à moi. Au lieu de le vexer, j'aurais dû... j'aurais dû... Tout s'embrouillait dans mon esprit. J'étais mortifiée.

Je ne fermais pas l'œil de la nuit, revivant cent fois la scène en imaginant la phrase que j'aurais dû prononcer pour bien faire ma cour. La journée s'étira lentement et je redoutais l'instant où peut-être, je croiserai le roi dans l'antichambre de ma mère. Comment devrai-je me comporter ? L'ignorer ? M'excuser ?... J'étais toute tremblante d'angoisse lorsque je me retrouvais ce soir-là dans la pièce sombre. Quand le roi y pénétra, il commença :

— *Mignonne, allons voir si la rose / Qui ce matin avoit desclose / Sa robe de pourpre au Soleil...*

Ainsi, le roi ne m'en voulait pas de ma maladresse. Au contraire même, puisqu'il avait appris un poème pour me plaire, parce que je lui avais dit que Ronsard était admirable. Ce geste, cette attention étaient inimaginables. Le cœur battant à se rompre, je cherchai mes mots pour murmurer :

— Oh, Sire, c'est ma poésie préférée.

— Vous aviez raison, ce monsieur a écrit de bien beaux vers.

Le roi s'adressait à moi. À moi, l'insignifiante, la laide, la noiraude, l'invisible. J'avais envie de me pincer pour y croire. Je redoutais de sourire niaisement tant j'étais surprise et heureuse.

Je le vis presque chaque soir durant la maladie de ma mère. Dans la lueur vacillante des chandelles, nous échangions des mots, des regards et une sorte d'intimité naquit entre nous. Il n'était pas seulement le roi en ces instants suspendus, mais un être bienveillant à qui je pouvais accorder mon entière confiance. Je pense qu'il trouva chez moi une oreille attentive et peut-être également un sérieux auquel les demoiselles de la cour ne l'avaient pas habitué. J'oubliais qui j'étais, qui il était. Ces moments étaient à nous seuls, insaisissables et tendres, presque irréels.

J'ose dire que je ne souhaitais pas que ma mère guérisse ni qu'elle meure puisque c'est dans son antichambre que j'existais enfin pour quelqu'un. Et ce quelqu'un était le roi ! Hélas, je savais que ces instants magiques disparaîtraient dès que ma mère disparaîtrait.

Elle s'éteignit le 29 décembre 1656.

Elle eut droit à des obsèques grandioses en l'église du couvent des Augustins. Et comme le roi avait eu la bonté de s'intéresser à elle, et qu'en plus, elle était la sœur de Mazarin, les courtisans, ces âmes vides et avides d'honneurs, vinrent nombreux s'incliner devant sa dépouille. Certains crurent de bon ton de verser quelques larmes. Les hypocrites !

Pas moi.

Elle ne m'avait jamais aimée et, même sur son lit de mort, n'avait pas souhaité me voir.

Ce qui me rendait triste, ce n'était pas d'être orpheline, mais que sa mort m'enlevait ma seule raison d'approcher le roi.

Ma vie changea du tout au tout après le décès de ma mère et mes rencontres avec Sa Majesté.

On me vit.

La reine m'invita presque tous les après-dîners à des divertissements. Au début, je restais timidement en retrait, cachée derrière quelques demoiselles d'honneur, incrédule à l'idée de pouvoir moi aussi plaire à la souveraine, mais au fil des jours, je pris de l'assurance parce qu'elle me proposait :

— Marie, dites-nous un poème, vous avez une voix si mélodieuse.

Ces poèmes... Je passais parfois la nuit entière à hésiter entre un texte de Ronsard, de Du Bellay ou de Benserade, puis après avoir choisi, à l'apprendre, à l'interpréter à la lueur de la chandelle pour acquérir le bon rythme, la bonne tonalité et ne pas bégayer. Aussi, c'est le cœur battant et les jambes flageolantes que je récitais avec le plus de sincérité possible le poème retenu, accompagné par les violons pour satisfaire la reine et parfois le roi. Lorsqu'il était présent, c'était à lui que dans le secret de mon âme, je m'adressais, cherchant à capter son attention.

Il m'arriva aussi de déclamer quelques scènes du *Cid* de Corneille que je connaissais sur le bout des doigts ou même de dire en italien des poèmes de Dante.

— Vous êtes bien savante, Marie, m'avait dit le roi, un soir.

Je bredouillai tout bas un « merci », mais je fus irradiée de bonheur. Le roi me trouvait savante. Ces mots reléguèrent au tréfonds de moi les voix sévères qui m'assuraient que je n'étais rien.

Je ne sais par quel miracle, mon oncle consentit à m'ouvrir les cordons de sa bourse afin que je puisse quitter les tenues sombres et tristes qui m'étaient coutumières. Un tailleur me confectionna quelques jolies jupes de soie, des bustiers fleuris. Un coiffeur se déplaça pour arranger ma chevelure et y placer quelques poinçons d'argent. Une femme de chambre me fut attribuée pour m'aider à me vêtir et à me maquiller.

La première fois que je me vis dans un miroir je ne me reconnus pas. Était-ce bien moi ?

— Oui, Madame, me répondit Zélie, ma camériste. Vous avez des yeux vifs et profonds, une jolie bouche, une chevelure abondante. Si d'autres demoiselles ont une beauté tapageuse, vous avez quelque chose de plus qui s'appelle le charme.

Je souris au miroir qui ne me renvoyait pas l'image du laideron que ma mère affirmait que j'étais. Ma timidité s'évanouissait peu à peu et j'étais de plus en plus à l'aise en présence des gens de cour. Il me semblait même que plus personne n'osait se gausser de moi. Dans ce monde fermé chacun avait appris l'intérêt que le roi me manifestait.

Parfois, pendant les soirées organisées par la reine, quelqu'un proposait de jouer aux romans. C'était depuis plusieurs mois un divertissement à la mode à la cour. L'un des participants commençait un récit, puis l'autre poursuivait et ainsi de suite. C'était l'occasion de montrer sa culture mais aussi de rire de bon cœur aux inventions des uns et des autres. Je dois avouer que j'étais assez bonne à ce jeu, parce que j'avais beaucoup lu et que mes lectures m'inspiraient. Le roi n'y était pas bon.

— Il faudra, Mademoiselle, que vous me conseilliez quelques livres afin que je puisse participer avec plus d'éclat à ce jeu-là, me proposa-t-il un soir.

— Avec plaisir, Votre Majesté, lui répondis-je.

J'avais rougi. Je rougissais chaque fois que le roi m'adressait la parole, mais là, en plus, il me demandait conseil... à moi, l'insignifiante. Ne l'étais-je donc pas vraiment ? Un sourire m'échappa tant cette perspective me faisait du bien. Je lui fis ainsi découvrir *Clélie*, le roman de mademoiselle de Scudéry[1], et sa magnifique carte du Tendre. Quelques jours plus tard, alors que les jeunes gens s'étaient regroupés dans un salon pour une partie de billard, le roi ouvrit sur une table une carte du Tendre et m'invita à la parcourir. Timidement, en me regardant un peu par en dessous, il promena son index sur la rivière de l'Estime, puis sur celle de la Reconnaissance pour aller à Nouvelle-Amitié en passant par Grand-Esprit... Son ami Vivonne[2] fit quelques plaisanteries sur les diverses possibilités de déplacements, mais Louis les ignora et il me sembla prendre beaucoup de plaisir à découvrir toutes les situations amoureuses ou amicales avec moi.

Un après-dîner, alors qu'avec les dames d'honneur de la reine nous jouions aux portraits, le roi, qui était de la partie, s'éclipsa en nous disant :

— Mon maître à danser m'attend. Nous devons répéter le prochain ballet.

En passant près de moi, il murmura :

— Pourrez-vous venir malgré votre deuil ?

Par décence, je ne pouvais lui avouer que la mort de ma mère ne m'affectait pas au point de manquer un ballet où il danserait. Alors, je balbutiai une excuse dont je ne me souviens même plus.

Le 17 janvier 1657, le ballet *L'Amour malade* fut présenté à la cour. La musique était de Lully dont le roi ne pouvait plus

1. Madeleine de Scudéry (1607-1701).

2. Louis Victor de Rochechouart, duc de Vivonne. Il a deux ans de plus que le roi, qui lui a accordé très tôt son amitié. Il est le frère aîné de Mme de Montespan.

se passer. Il y eut dix entrées interprétées par quelques gentilshommes. Le seul que je vis fut Louis. Il dansa avec tant de grâce et de légèreté que j'en fus troublée. J'eus l'étrange sentiment qu'il ne dansait que pour moi. Pourtant, afin de sauver les apparences, j'assistai à ce spectacle, tapie dans le fond de la salle.

Depuis le décès de ma mère, j'ose dire que j'étais heureuse. C'était immoral. Mais cela m'importait peu.

Je n'avais plus la terrible hantise qu'elle me mette de force dans un couvent et au fil des jours, le roi me manifestait un intérêt grandissant. Mon ciel était donc de plus en plus bleu. Plusieurs fois, il m'invita à participer à la chasse avec d'autres dames.

— Vous suivrez en calèche, me proposa-t-il le premier jour.

— J'aime monter à cheval, lui répondis-je avec assurance.

— Vous savez ? s'étonna-t-il.

— On me dit bonne cavalière.

— Vous m'en voyez ravi.

Je l'accompagnai donc à cheval en forêt de Saint-Cloud, de Saint-Germain ou de Versailles. Le tailleur m'avait confectionné un habit de velours rouge tout à fait charmant, et je vis dans le regard de Louis qu'il m'allait à ravir. Je conduisais ma monture sans crainte et j'étais toujours derrière le roi pour forcer le cerf ou le sanglier alors que les dames de la cour suivaient loin derrière en calèche. Parfois, Louis se tournait vers moi et m'accordait un grand sourire qui semblait dire : « Vous, au moins, n'êtes pas une de ces mijaurées qui ont peur de tout. » Et moi, le souffle court, je lui souriais pour le remercier de ne pas me mettre dans le lot de ces poupées de salon dont je me sentais si éloignée.

Un jour, alors que le cerf avait disparu dans un fourré, nous débouchâmes sur un promontoire baigné de lumière. La forêt, dense et verdoyante, s'ouvrait devant nous, et Louis, arrêtant son cheval, pointa du doigt un bâtiment de pierre érigé au milieu d'un épais manteau de feuillage.

— C'est le château de mon père, m'annonça-t-il, ému. Je vais le faire agrandir et embellir afin de m'y installer. Je n'aime plus autant Paris depuis... depuis certains sombres événements. Qu'en pensez-vous ?

— Si tel est votre plaisir... répondis-je, hésitante, touchée par ce moment d'intimité.

— Voilà, c'est cela... je veux en faire un lieu de plaisir ! s'exclama-t-il, quittant le ton sérieux du début de la conversation pour un éclat de rire.

J'étais heureuse. Trop sans doute.

Je redoutais que les cieux ne me le fissent payer.

Ma sœur aînée Victoire, qui depuis six ans filait le parfait bonheur conjugal avec le duc de Mercœur, très épris de son épouse, mourut brutalement à vingt ans en mettant au monde son troisième garçon.

Cette abominable nouvelle me bouleversa. J'avais avec elle des souvenirs communs de notre enfance en Italie, des jeux, des rires avant qu'influencée par notre mère, elle ne me mette de côté. Depuis mon arrivée à Paris et la naissance de ses fils Louis-Joseph et Philippe, d'adorables bambins, nous avions retissé des liens. Apprendre son décès alors qu'elle avait toute la vie devant elle et qu'elle laissait sur terre trois garçonnets me déchira.

Le duc de Mercœur, anéanti par le chagrin, voulut se suicider. Il jura qu'il ne connaîtrait aucune autre femme, et pire, qu'il allait s'enfermer dans un monastère. Certains, émus par son désespoir, le crurent, d'autres, plus cyniques, rirent sous cape et cela alimenta les conversations pendant plusieurs jours. Le cardinal versa trois larmes et s'isola un temps pour prier avant le retour des divertissements. Rapidement, le roi reprit ses ballets, ses chasses et on ne parla plus de Victoire. J'en fus choquée. Je découvris avec étonnement qu'à la cour, la règle était d'oublier au plus vite tout ce qui pouvait attrister pour ne garder que le plaisir et l'amusement.

Il faut dire que le mariage de ma sœur Olympe devait avoir lieu trois semaines plus tard. À aucun moment on ne parla de le décaler, ce qui, pour ma part, m'aurait paru tout à fait légitime. Mais il se murmurait que le cardinal souhaitait conclure rapidement l'union d'Olympe avec le comte de Carignan de la maison de Savoie[1] afin d'éloigner ma sœur du roi. En effet, si la reine avait toléré et même encouragé l'amourette entre son fils et ma sœur – il faut bien que jeunesse se passe –, elle jugeait qu'avec le temps, Olympe devenait hautaine et prenait trop d'ascendant sur le roi. On prétendait même que ma sœur œuvrait pour que ce dernier l'épouse, et que lorsque la nuit et les fêtes déliaient les langues, elle chantonnait que bientôt, elle serait reine de France.

Je l'avais personnellement entendu un soir après un bal.

L'annonce du mariage d'Olympe avec le comte de Carignan m'avait donc désarçonnée tant j'étais persuadée que mon oncle rêvait de la voir devenir reine de France. Ce fut pour moi un véritable soulagement. Ainsi, Louis ne serait pas marié si tôt et nous allions pouvoir continuer à entretenir ce lien d'amitié qui m'était vital.

Comme Olympe était dame d'honneur de la reine et que j'avais le privilège d'en être une depuis peu de temps, j'assistai à plusieurs essayages de sa superbe robe offerte par mon oncle. La dentelle de Calais rebrodée de fils d'argent ornait son décolleté ; ses manches et sa jupe étaient enrichies de perles. Elle tournoyait pour se faire admirer et chaque dame y allait de son compliment. Elle était belle, mais ses yeux étaient embués par la déception et je crois bien par une sourde colère. Elle était amoureuse du roi, s'était crue aimée de lui... et il devait être bien difficile de se détourner de l'être aimé pour s'intéresser à un autre homme.

---

1. Eugène-Maurice de Savoie-Carignan (1635-1673). Il a 22 ans à son mariage, Olympe 19 ans.

Pour honorer le futur époux et aussi la nièce de son ministre, le roi autorisa la cérémonie dans sa chambre. Faveur en principe réservée aux seuls membres de la famille royale.

Il y eut ensuite un grand bal au Louvre.

Sa Majesté ouvrit le bal avec Olympe, ce qui était normal quoiqu'assez curieux, puisqu'elle était à la fois la mariée et probablement son ancienne maîtresse. Mais j'eus le grand bonheur d'être sa cavalière lors de plusieurs danses. Il me parut même que Louis s'arrangeait pour se trouver en face de moi pendant les courantes. Je tremblais de joie et de crainte de trébucher, consciente que toute l'assistance avait les yeux fixés sur le gracieux couple que nous formions. Par chance, je réussis à danser assez bien. Le roi m'en remercia de plusieurs sourires.

Et qu'il était charmant lorsqu'il souriait !

Après le bal, on conduisit les mariés chez eux à l'hôtel de Soissons où avait été préparé un médianoche. La soirée se poursuivit fort agréablement jusqu'au petit matin.

Lors d'un après-dîner chez la reine quelques jours plus tôt, Olympe avait annoncé à toutes les demoiselles d'honneur présentes :

— Je compte bien réveiller cette vieille demeure. Toute la brillante jeunesse de la cour se retrouvera chez moi pour danser, rire, s'amuser. Vous y serez les bienvenues !

Elle tint parole. Il y eut presque chaque soir à l'hôtel de Soissons des fêtes, des bals costumés, des jeux de cartes où il était de bon ton de jouer gros, de perdre jusqu'à sa chemise ou de gagner de luxueux bijoux. Le roi lui-même participait avec joie à ces divertissements. Quant à moi, je ne goûtais point trop les cartes, mais j'aimais la danse et jouer au roman ou aux charades. Dans ces disciplines, j'étais la meilleure et parfois le roi m'en félicitait :

— Vrai, Marie, vous savez construire de fameuses charades et vous répondez en un rien de temps à celles que l'on vous propose.

Je cachais ma rougeur et ma satisfaction derrière mon éventail.

À l'exception du décès de ma mère et surtout de celui de ma sœur, cet hiver 1657 se passa agréablement.

Leurs Majestés avaient accueilli fort courtoisement à Compiègne la reine Christine de Suède, qui avait sollicité l'autorisation de traverser le royaume pour se rendre à Rome. Elle avait abdiqué trois ans plus tôt pour vivre libre, accordant son affection tantôt aux hommes, tantôt aux femmes.

Lors d'une chasse que le roi organisa en son honneur, je l'entendis crier avec la véhémence d'un palefrenier contre un piqueur qui n'était pas à sa place, puis s'abandonner quelques instants plus tard dans les bras d'un garde séduisant. Le soir même, sans vergogne, elle conta fleurette à une dame d'honneur de la reine qui, désespérée, m'apostropha pour se défaire de l'importune.

— Ah, mademoiselle Mancini, je... Venez donc, Sa Majesté nous attend pour...

Cependant, à la soirée que donna le roi, la reine Christine avait quitté ses habits masculins et portait une jupe passablement défraîchie, mais qui me parut bien correspondre à son personnage de femme libre. Au repas, elle mangea goulûment et se dandina à contretemps lors du bal, tout en riant haut et fort de sa maladresse. Après avoir essayé de la faire danser en cadence, le roi m'accorda plusieurs danses, ce qui me combla.

Mon émoi et le sien n'avaient pas échappé à cette curieuse reine qui avait dit au roi :

— Si j'étais vous, Majesté, j'épouserais une personne que j'aime.

Cette repartie me fit rougir. Je lus le trouble dans le regard de Louis et une sourde colère dans celui d'Anne d'Autriche.

Néanmoins, sans doute pour ne pas avoir sous les yeux cette femme libre et provocatrice, on proposa à la reine Christine de séjourner quelque temps à Fontainebleau où la cour n'était point cette année-là, alors que c'était la période de la chasse.

Le roi, Monsieur son frère, Vivonne et d'autres gentilshommes s'adonnaient à la chasse dans les forêts de Saint-Cloud, Versailles, Marly. J'y étais assez souvent avec mademoiselle de Montpensier, qui, après avoir comploté contre son cousin pendant la Fronde, venait de rentrer en grâce et ne s'éloignait plus de la cour dont elle avait été si longtemps privée. C'était, comme moi, une excellente cavalière.

Un soir de novembre, alors que le cerf avait réussi à nous échapper, nous revenions au Louvre fourbus, crottés par la boue, le visage rougi par le vent. Louis m'avait aidée à descendre de ma monture... Oui, depuis quelque temps, je me permettais de l'appeler Louis en secret, car il était devenu celui que mon cœur avait choisi, celui que j'aimais pour son esprit, sa prestance, son intérêt pour la poésie et sa passion pour la danse. Qu'il soit roi ou un quelconque gentilhomme m'importait peu. Je l'aimais pour lui. Alors tandis que les autres participants de la chasse s'éloignaient par discrétion, Louis me murmura :

— Que diriez-vous de chevaucher jusqu'à Fontainebleau, un de ces jours prochains ?

— Avec grand plaisir, Sire, bredouillai-je.

— Ce ne sera pas pour chasser, mais simplement pour profiter d'une promenade en agréable compagnie, ajouta-t-il avec un sourire.

— Oh, Sire, je... Il faudra inventer une menterie et...

— Je ne suis pas mauvais à ce jeu-là. La reine Christine ne refusera pas de nous servir d'alibi et de chaperon. Je lui ferai porter un billet pour qu'elle participe à notre... petit complot.

Il s'occupa de tout. La perspective de cette escapade m'exaltait. J'eus beaucoup de mal à contenir mon impatience durant les après-dîners que je passais chez la reine à écouter les violons et je perdis toute mon imagination lors du jeu des charades.

Olympe en profita pour se mettre en avant. Elle proposa de jouer à *cache-cache mitoulas* et affirma avec aplomb :

— Le roi apprécie beaucoup ce jeu avec les dames.

— Le roi aimait chercher des dragées sous les jupons des dames lorsqu'il était enfant, mais... gronda la reine.

— Oh, il n'a guère changé. Sa Majesté aime rire et s'amuser.

La reine fit la moue. Et moi, je rougis de savoir que ma sœur était peut-être, malgré son mariage, toujours la maîtresse de « mon » Louis.

J'ignore comment il se débrouilla, mais le lendemain, il m'annonça :

— Préparez-vous, Marie, nous partons demain à cheval.

— Tous... tous les deux ?

— Trois mousquetaires nous escorteront jusqu'à Fontainebleau, mais nous les oublierons vite.

Que dire de cette chevauchée dans la brume matinale ? Qu'elle était féerique, magique, merveilleuse. Ma cape de laine flottait dans le vent de la course, la plume blanche du chapeau de Louis flottait pareillement. Nos montures se frôlaient, nous riions, puis lorsque nous faisions halte pour laisser reposer nos chevaux, il me prenait le bras... la taille même, et me dévorait des yeux. Aucun homme ne m'avait regardée ainsi. J'en frissonnais. Madame de Venelle n'aurait pas apprécié cette promiscuité. Mais elle n'était point là et braver les interdits leur donnait un goût bien savoureux.

Nous arrivâmes à Fontainebleau alors que le jour commençait à baisser. Fatigués, mais si heureux d'être ensemble. La reine Christine nous offrit une collation au son des violons, puis une pièce de théâtre fut jouée. Je ne me souviens plus ni du thème, ni du titre parce que le roi, assis à côté de moi, me tenait discrètement la main et que je ne respirais plus. Ensuite, nous regagnâmes chacun notre chambre.

Louis effleura ma joue de ses lèvres chaudes sur le pas de ma porte. Ses yeux capturèrent les miens, et il murmura :

— Passez une douce nuit, Marie. À demain.

— Vous aussi... euh... Lou... Majesté.

— Lorsque nous sommes seuls, appelez-moi Louis. Cela me ferait plaisir.

— Avec joie, Louis, répondis-je, troublée par l'intensité de l'instant.

Malgré la fatigue, je ne pus dormir. Et lorsque je retrouvai Louis le lendemain vers onze heures dans un salon, il s'enquit de mon sommeil. Je mentis quant à mon insomnie. Lui m'affirma avoir sombré profondément une fois la couverture sous le menton.

Ainsi, me dis-je, les hommes réagissent bien différemment des femmes face à un événement qui les bouleverse.

Nous ne vîmes pas la reine Christine de la matinée. Sa dame d'honneur nous informa que sa maîtresse avait quelques soucis et qu'il fallait que nous nous occupions sans elle. De toute façon, Sa Majesté connaissait bien le château.

Il devait être trois heures de relevée lorsque Louis me proposa :

— Venez, je vais vous faire découvrir la galerie des Cerfs.

Nous pénétrâmes dans cette vaste galerie aux murs ornés d'immenses peintures, de têtes de cerfs (j'en comptais vingt) et de statues de bronze. À dire vrai, je la trouvais assez sombre et triste. Le roi partageait, une fois encore, mon avis, parce qu'il me dit :

— Lorsque je ferai agrandir le château de mon père dans la forêt de Versailles, il y aura une galerie aussi vaste que celle-ci, mais avec de nombreuses fenêtres et des miroirs, afin que la lumière soit partout.

Tout à coup, des éclats de voix nous parvinrent. Le roi m'entraîna derrière une statue, où nous nous blottîmes. C'était assez excitant. Trois hommes et la reine Christine se disputaient.

— Vous m'avez trahie ! criait cette dernière, l'index pointé sur l'un des hommes.

— Mais non, voyons. C'est un complot ourdi pour me nuire, répondait celui qu'elle désignait et qui s'agenouilla devant elle.

— Vous êtes un menteur ! On m'a donné les lettres que vous échangiez avec votre maîtresse.

— Elles sont fausses. Tout est faux. Je ne suis qu'à vous, larmoyait l'homme à ses pieds.

Louis me chuchota à l'oreille :

— C'est Giovanni Monaldeschi, son écuyer et son amant, qu'elle rudoie de la sorte. Et celui à côté d'elle, l'épée à la main, est le comte de Pesaro.

— Disparaissez ! s'emporta la reine.

Puis d'un geste ample du bras, elle ajouta à l'attention de Pesaro :

— Qu'on en finisse !

Alors, sans autre forme de procès, le comte transperça la poitrine de l'écuyer de son épée. Ce dernier tomba sur le sol sans une plainte.

La reine quitta la galerie sans aucune compassion pour le malheureux.

Si Louis ne m'avait bâillonnée de sa main, j'aurais poussé un cri d'horreur. Je fermai les yeux pour échapper à l'affreux spectacle. Louis me soutint pour sortir de notre cachette le plus silencieusement possible.

— Dieu, ce n'est pas possible, ce n'est pas possible, bredouillai-je.

— Cette femme est une harpie ! Je vais la sommer de quitter le territoire de France, m'assura Louis.

Nous reprîmes immédiatement nos chevaux en direction du Louvre, trop écœurés pour saluer la reine Christine.

J'avais éprouvé de l'admiration pour cette femme libre, qui ne s'embarrassait ni des traditions, ni des convenances... voilà qu'à présent elle ne m'inspirait que du dégoût.

On ne parla plus de la reine Christine, repartie pour Rome où elle avait l'intention de s'installer.

Cet épisode rocambolesque alimenta quelques soirées, jusqu'à ce qu'un drame vînt me frapper.

Le Noël de l'année 1658 aurait dû être joyeux.

Au lieu de cela, il fut marqué par le deuil. Mon jeune frère Alphonse, arrivé à Paris en même temps que Marie-Anne, poursuivait des études au collège de Clermont où il était un excellent élève. Intelligent et travailleur, un brillant avenir s'ouvrait devant lui. D'ailleurs notre oncle ne s'y était pas trompé. Lui qui n'avait pas eu d'enfants s'occupait personnellement de ce neveu et envisageait même d'en faire son héritier. Las, la veille de Noël, il chahutait avec des amis de chambrée qui le mirent dans une couverture. Quatre d'entre eux en tinrent les angles et, le secouant allégrement, le faisaient sauter au plafond en riant. Il sauta si haut qu'il retomba hors de la couverture sur le sol et s'y fracassa le crâne. Quatorze ans est un âge bien trop jeune pour mourir. Il aurait pu accomplir de grandes choses qui auraient fait briller le nom de Mancini. Et puis, je ne pouvais m'empêcher de penser qu'une malédiction pesait sans doute sur les garçons de ma famille, puisque Paul était mort très jeune quelques années auparavant. J'espérais de tout mon cœur que Philippe, qui avait juste deux ans de moins que moi, et dont notre oncle s'occupait également, briserait le sort.

Le roi me fit l'amitié de participer à ma peine en me venant voir souvent. Pourtant, contrairement à Paul qui avait été son compagnon de jeu, Louis connaissait peu Alphonse qui paraissait rarement à la cour. Sa sollicitude me toucha en plein cœur. Pour une fois, je célébrai Noël avec ferveur. La prière m'apporta un peu d'apaisement, d'autant que je la partageais avec Louis, mon oncle et mes sœurs.

Mais à la cour, la tristesse n'est pas de mise bien longtemps.

En janvier, les préparatifs pour le ballet commencèrent. Louis, pour qui les arts étaient une passion, hésitait à renoncer à danser.

— Pensez-vous qu'il faille supprimer la période des ballets qui arrive prochainement ? m'interrogea-t-il avec anxiété, comme il l'avait fait après le décès de ma mère.

— Je ne le pense pas, Votre Majesté. Alphonse aimait s'amuser et ce serait lui faire offense que de se priver de cette distraction.

— Ah, Marie, j'admire votre sagesse.

Lors de notre voyage à Fontainebleau, Louis m'avait avoué qu'il cherchait un thème pour son futur ballet. Il devait comporter beaucoup d'aventures afin qu'il y ait de nombreux personnages, de l'action et de beaux décors.

— Avez-vous lu *Polexandre*, le roman de Marin Le Roy de Gomberville[1] ? lui avais-je demandé.

— Non point. De quoi parle-t-il ?

— Il conte le périple de Polexandre, roi des Canaries qui, après avoir parcouru bien des mers, arrive au large d'une île réputée inaccessible et dont la belle Alcidiane est reine. Il doit franchir mille obstacles pour l'atteindre et triomphe de toutes les embûches, naufrages, combats, duels et autres périls, avant de régner finalement sur l'île et sur le cœur de la belle souveraine. Je vous le prêterai dès que nous serons à Paris.

Je lui avais prêté le livre et, peu de temps après, il m'avait annoncé :

1. Marin Le Roy de Gomberville (1600-1674), poète et écrivain. L'un des premiers membres de l'Académie française. *L'Exil de Polexandre* date de 1629.

— J'ai beaucoup apprécié ce roman. Je l'ai proposé à monsieur Benserade et il va en faire le thème du prochain ballet qu'il prépare avec monsieur Lully !

— Vous m'en voyez ravie, avais-je répondu, heureuse d'avoir eu l'idée de ce royal divertissement.

Les répétitions débutèrent fin janvier. Benserade et Lully avaient travaillé nuit et jour. Les décorateurs imaginèrent des décors somptueux et les costumiers rivalisèrent d'audace dans les tissus, les plumes, les broderies. Les plus grands noms du royaume y avaient un rôle. Je reconnus le comte de Saint-Aignan, le marquis de Genlis, le marquis de Villeroy et même Bontemps, le valet du roi, en était. Il y avait bien une cinquantaine de participants pour interpréter aussi bien des hommes que des femmes dont beaucoup de danseurs professionnels.

— Il me semble que, puisque j'ai le niveau d'un professionnel, je ne dois me produire qu'avec de véritables danseurs, sinon, le trop grand décalage nuirait à la beauté du spectacle, me précisa Louis.

Quatre chanteuses étaient chargées d'expliquer au public ces diverses situations. Tout ce beau monde se retrouvait les après-dîners dans la grande salle du Louvre afin de mettre au point les divers tableaux. J'y assistais le plus souvent possible... c'est-à-dire presque tous les jours. J'y retrouvais souvent mademoiselle de Montpensier, Olympe et même Henriette d'Angleterre !

Henriette avait enfin quitté son couvent et vivait à présent avec sa mère. Nous fûmes contentes de nous retrouver et entre les répétitions nous bavardions à bâtons rompus, sans toutefois que j'ose lui avouer mes sentiments grandissants pour le roi. Quant à Olympe, bien que mariée, elle passait le plus clair de son temps à la cour. Cela me chagrinait car de mauvaises langues prétendaient qu'elle était toujours la maîtresse du roi, ce qui, pour moi, était inconcevable.

Le roi était très exigeant avec ses partenaires. Il faisait souvent reprendre une chaconne ou un pas de bourrée à un marquis ou à un comte quand lui-même recommençait cent fois une pirouette jusqu'à ce qu'elle soit parfaite.

Le premier jour, il m'avait assuré :

— Le rôle de la princesse de Mauritanie est pour vous, Marie.

Cela m'avait à la fois ravie et affolée. Si je dansais avec plaisir dans les bals, j'ignorais tout des pas complexes des ballets. Ainsi, après de longues heures de répétitions sous l'œil intransigeant du maître de ballet, je dus me rendre à l'évidence : ma technique restait médiocre comparée à celle des danseurs chevronnés. D'ailleurs, il me suffisait de voir la crispation de la mâchoire de Louis lorsque j'exécutais mon solo.

Ne voulant pas lui gâcher son plaisir, je reconnus après des jours de travail harassant :

— Je n'y arriverai pas. Autant abandonner plutôt que de risquer un désastre.

— Si c'est ce que vous voulez, répondit-il sans hésiter.

J'aurais bien aimé qu'il essaie de me retenir ou qu'il me rassure en me disant que je n'étais pas si mauvaise que je le pensais... Il se résigna un peu vite à mon goût. Mais après tout, il était le roi et il n'avait pas envie que je perturbe *son* ballet.

Le ballet fut donné le 14 février 1658 dans la galerie du Louvre pleine à craquer de spectateurs. Les gens de cour, les Parisiens se pressèrent pour ne pas manquer cet événement. Quatre-vingts musiciens jouèrent les partitions de Lully. C'est donc mademoiselle Vertpré[1] qui eut le rôle et y excella. Mais lorsqu'elle parut sur la scène, je ne pus empêcher une pointe d'envie de me piquer le cœur.

Le roi interpréta magnifiquement plusieurs rôles, dont Éole et un démon. Je ne le quittais point du regard. Il était si beau. La reine et ses dames d'honneur étaient au premier rang. J'y étais aussi. À un moment Olympe se pencha vers moi et me souffla :

— Quelle fière allure il a, n'est-ce pas ? Je suis bien heureuse de le connaître... intimement.

Je me retins de la mordre. À la cour, on murmurait que le roi se détournait d'elle... Je supposais donc que cette pique était destinée à me faire souffrir, parce que, sauf si on était aveugle, il était assez aisé de découvrir que le roi se plaisait en ma compagnie.

---

1. Marguerite Vertpré, née en 1640 (elle a deux ans de moins que Louis XIV). Elle est la première femme à avoir obtenu le statut de danseuse professionnelle.

D'ailleurs, après le ballet, il m'invita à danser à plusieurs reprises une fois le bal ouvert à tous. Quant à Olympe, je crois me souvenir qu'il ne lui accorda qu'une seule danse, comme un vestige d'un passé désormais révolu.

Après le temps des ballets, des fêtes, des mascarades, le printemps pointa son nez et vint le temps de la guerre.

Le roi et ses troupes partirent aux frontières des Flandres. Comme chaque fois, un cortège de canons, de chariots chargés de la vaisselle royale, de vêtements, de lits, de tentures, du personnel suivit afin de recréer lors des différentes étapes le cadre de vie du roi. La cour et les dames entassées dans des carrosses se déplacèrent jusqu'à Calais, encadrées par les mousquetaires. J'eus la joie d'en être pour la première fois. Mais découvrir toutes ces terres ravagées, ces maisons détruites, ces pauvres gens apeurés et affamés fut une épreuve à laquelle je ne m'attendais pas.

Le soir, dans la ville qui nous accueillait, des fêtes accompagnées de copieux banquets concoctés par les cuisiniers royaux nous permettaient d'oublier nos difficiles conditions de déplacement. Je constatais vite que tous ces malheureux, ruinés par la guerre, s'agglutinaient à l'entrée des salles de réception pour rêver un peu en écoutant la musique des violons, puis lorsque les lumières des centaines de torches s'éteignaient, ils se précipitaient sur les restes des festins.

La bataille des Dunes[1] fut bien âpre. Nous en entendions les coups de canon et nous tremblions pour qu'elle tourne en notre faveur, et que ni le roi, ni le cardinal ne soient blessés. J'avoue que je priais surtout pour que les cieux protègent *mon* Louis. Et l'angoisse ne me quitta point durant tout le temps de l'affrontement.

Enfin, le comte de Savoie-Carignan vint nous annoncer que le vicomte de Turenne et ses armées avaient défait celles des Pays-Bas espagnols.

— Merci, Seigneur ! s'exclama la reine en se signant. Est-ce que le roi va bien ?

— Parfaitement. Sa Majesté s'est montrée héroïque, ce qui n'a étonné personne.

— Le roi est vaillant... il est toujours aux avant-postes, se félicita-t-elle.

— C'est précisément cette bravoure qui galvanise les troupes et les conduit à la victoire, répondit le comte. Dunkerque est tombée en peu de jours. Espagnole le matin, elle était française à midi et anglaise le soir.

— Anglaise, pourquoi donc ? l'interrogeai-je.

Le comte expliqua que le roi, conformément aux termes de la coalition franco-anglaise, s'était engagé à remettre la ville aux Anglais.

— Les habitants ne doivent plus savoir quelle langue utiliser, plaisantai-je.

Après les jours de tension, ce trait d'humour fit sourire la reine, ce qui était mon but.

En cet été 1658 la chaleur devint rapidement insupportable. S'y mêlaient les odeurs fétides des blessés et des morts que l'on n'avait pas le temps d'enterrer, plus les six cents chevaux qui piétinaient ici et là et répandaient leurs excréments. L'eau venait même

1. 14 juin 1658, entre les Espagnols et les Français alliés aux Anglais.

à manquer. Il fut décidé que la cour et les dames rebrousseraient chemin jusqu'à Compiègne.

— Retrouver le confort du château sera bien agréable, nous assura la reine. Sans compter que l'air que nous respirons ici risque de nous rendre malades.

Certes, nous nous éloignions de l'armée et donc du roi, mais chaque soir, des messagers nous rapportaient les récits détaillés de tout ce qui s'était passé. Sa Majesté s'était encore distinguée lors de la prise de Bergues, puis de la reddition de Mardyck. C'était pour nous l'occasion de chanter ses louanges, et je n'étais pas la dernière. J'écrivis même un petit poème à sa gloire que je lus un après-dîner et qui fut fort applaudi. Cela me combla. Tout ce qui touchait à Louis m'était bonheur.

Et puis, quelques jours plus tard, alors que nous baignions dans une sorte de félicité, un trompette vint nous avertir que le roi était légèrement souffrant.

— Souffrant ? s'alarma aussitôt la reine, le front crispé d'angoisse.

— Une légère fièvre qui devrait disparaître rapidement car Vallot, son médecin, a été appelé à son chevet, nous rassura le messager.

Un vertige me saisit et me glaça. Louis, malade ? Je tentais de me raisonner. Il avait une santé de fer. Il allait se remettre rapidement. Il ne pouvait pas en être autrement.

Le lendemain, une lettre de mon oncle nous apprit que, pour plus de commodité, le roi avait été transféré à Calais. Le médecin avait ordonné une saignée, une purge et des vésicatoires, et il assurait qu'avec ce traitement, Sa Majesté serait remise sur pied d'ici deux ou trois jours. La reine fut soulagée. Elle avait confiance en Vallot. Moi, je n'arrivais pas à me détendre. Je redoutais le pire sans pouvoir l'expliquer.

Deux jours passèrent ainsi, deux jours d'attente où chaque heure rallumait une lueur d'espoir, vite étouffée par la crainte.

Puis, tout bascula. La fièvre s'intensifia et l'on chuchota que le roi glissait vers l'agonie. À cette nouvelle, je fondis en sanglots que je ne parvenais pas à calmer.

— Un peu de tenue, Mademoiselle, me gronda la reine. Vos lamentations sont déplacées.

Meurtrie, je me retirai du salon où les dames d'honneur s'étaient regroupées pour soutenir la reine avec des formules de consolation toutes faites qui m'avaient fait bondir. Quoi, le roi se mourait et c'était tout ce qu'elles trouvaient à dire ? Moi, j'étais effondrée. Je n'avais plus de souffle, presque plus de vie. Je m'isolai dans ma chambre et laissai couler mes larmes. Mes mains tremblantes se joignirent pour retrouver dans mon cœur les prières d'enfant de mon Italie et je murmurai :

— Seigneur Dieu, prenez ma vie... mais laissez celle de Louis ! Il est roi. La France a besoin de lui, et moi, je ne suis rien.

La reine partit immédiatement pour Calais. Hélas, je ne fus pas conviée à ce voyage et je restai à me morfondre à Compiègne.

Là me parvinrent toutes les intrigues qui se tramaient à Paris. On murmurait que Monsieur, le jeune frère du roi, poussé par une cabale d'envieux, se préparait à lui succéder... et que Gaston d'Orléans, leur oncle, envisageait d'être son tuteur. D'autres conspiraient pour évincer Mazarin, quitte à l'assassiner dès que le roi ne serait plus de ce monde. Même ma sœur Olympe qui avait été si proche du roi ne manifestait aucune tristesse. Lorsque je lui en fis le reproche, elle me répondit :

— Je suis triste, mais je ne le montre pas. Les larmes ne servent à rien et me gâchent le teint. Et puis, il faut préparer l'avenir en se rapprochant de ceux qui peuvent succéder à Louis.

Quelle abomination ! Comment pouvait-on se réjouir de la mort d'un jeune homme, roi ou non, de vingt ans ?

Mes larmes ne tarissaient plus. Je demeurais jour et nuit dans ma chambre à pleurer et à prier. Il m'arrivait même d'invectiver le ciel qui m'avait offert l'amitié du roi pour me l'ôter aussitôt, alors que je commençais à peine à retrouver foi en la vie. J'avais tant subi les moqueries de ma sœur, l'hostilité de ma mère, le mépris de mon oncle, et la pitié dans certains regards de ces gens de cour. Louis m'avait vue telle que j'étais... ou plutôt telle que je serais si on m'accordait de l'attention. Grâce à sa bienveillance, mon esprit s'était ouvert, mon corps s'était transformé et mon cœur s'était réveillé.

Et voilà que tout allait m'être retiré d'un seul coup !

J'appris que mon oncle faisait déménager ses meubles et ses collections de son palais afin de les mettre en lieu sûr pour le cas où il serait contraint de quitter précipitamment le pays. J'en eus honte pour lui. Si le roi mourait, il perdait tout. Il n'était plus rien.

C'est d'ailleurs ce qui allait arriver car le 7 juillet on nous apprit que le roi était à l'article de la mort, qu'il délirait et qu'il venait de recevoir l'extrême-onction. Mes larmes redoublèrent. Je me tordais les mains de désespoir. Le seul être que j'aimais et qui me manifestait de l'intérêt allait disparaître. Mais qu'avais-je fait au ciel pour mériter cela ? N'aurais-je pas dû lui avouer mes sentiments ? Il allait s'éteindre, ignorant que je n'attendais qu'un signe de lui pour lui offrir tout mon être. Mon esprit et mon âme lui étaient déjà entièrement acquis.

Le roi est mort, vive le roi !

À chaque instant, j'attendais qu'un officier prononce cette cruelle phrase qui me condamnerait aussi sûrement que lui. J'étais convaincue que je ne survivrais pas à pareille épreuve.

Et puis, les cieux eurent-ils enfin pitié de moi ? Après ces jours de désespoir, le 10 juillet, un billet de mon oncle nous informa que le roi était hors de danger.

— Hors de danger ! explosai-je comme si une chape de plomb venait tout soudainement de s'envoler de mon cœur.

— Mais comment cela se peut-il ? demanda madame de Venelle à l'officier qui nous avait apporté la missive.

— Un médecin d'Abbeville, un certain Saussois, a administré au roi une médecine de sa fabrication. Sa Majesté a abondamment transpiré, puis la fièvre a commencé à diminuer. Ce matin, notre roi était frais et dispos. Il a même grignoté un biscuit. La reine souhaite le ramener à Compiègne rapidement pour qu'il puisse y reprendre des forces.

Je me retins pour ne pas hurler de joie. Je redoutais que la nouvelle soit fausse, que la maladie soit revenue... Tant que je n'aurais pas vu Louis de mes propres yeux, je n'arriverais pas à me réjouir totalement.

Le 22 juillet, le roi et sa mère quittaient Calais.

À Compiègne, celui-ci fut accueilli comme un héros, un ressuscité, presque un immortel. Son pouvoir divin était confirmé.

Dans les premiers jours, je n'eus pas le droit de le voir. Sa mère le surprotégeait, et puis toute la cour défilait dans sa chambre pour lui manifester son attachement. Cela m'était insupportable, car je savais que beaucoup n'avaient pas versé une larme pendant sa maladie, et que certains avaient même souhaité sa mort.

Et puis, le roi me fit appeler. Il pensait donc toujours un peu à moi. Lorsque je le vis, encore bien pâle, mon cœur flancha.

— Oh, Votre Majesté, balbutiai-je, la gorge nouée... je suis si... si heureuse de vous savoir en bonne santé.

— On m'a rapporté, Marie, que vous vous étiez beaucoup inquiétée pour moi, me dit-il avec une grande douceur.

— Oui. Comme toute la cour, mentis-je pour lui plaire.

— Non. Pas toute la cour, affirma-t-il sèchement. Vos larmes étaient sincères et cela me touche profondément.

Je compris à cet instant que l'amitié du roi m'était acquise. Je crois bien que ce fut le plus beau jour de ma vie.

Sur les conseils des médecins, nous nous rendîmes à Fontainebleau où l'air était plus sain. L'été finissait, l'automne serait bientôt là et avec lui la période de la chasse que le roi aimait par-dessus tout. Il se devait d'être sorti de convalescence pour en profiter pleinement.

Le roi, sa mère et quelques dames d'honneur s'installèrent dans la première voiture. Je pris place avec d'autres dans la seconde. Mais de temps en temps, j'apercevais par la portière le visage du roi qui se penchait pour tenter de me voir. Alors, comme s'il s'agissait d'un code entre nous, je passais négligemment la main par l'ouverture pour qu'il sache que j'avais repéré son gentil manège. C'était puéril... mais cela me réchauffa le cœur.

Le roi recouvra rapidement la santé. Il était vif, joyeux, mangeait avec appétit. Jamais on n'aurait pu imaginer qu'à peine deux mois auparavant il était à l'article de la mort. Il avait à coup sûr un horoscope excellent. Les astres et les cieux ne prévoyaient pas qu'il disparaisse à l'aube de ses vingt ans. Contrairement à mes deux frères partis à l'adolescence.

C'est alors que la reine, qui jusque-là m'avait manifesté de l'intérêt, commença à vouloir m'éloigner d'elle et, surtout, de son fils. Elle devait craindre qu'il s'attache trop exclusivement à moi.

Elle préférait quand il papillonnait entre ses dames d'honneur. Je ne m'en offusquais pas. Que la reine ne m'aimât point m'était indifférent. Seule comptait l'affection que le roi me portait et elle grandissait chaque jour.

À Fontainebleau, la jeunesse régnait.

Mon oncle était demeuré avec Turenne sur les frontières du Nord afin de poursuivre la guerre. Je me sentais plus libre et Louis aussi sans doute. Bien sûr, madame de Venelle était toujours notre chaperon. Je devinais qu'elle était aussi notre espionne et qu'elle rapportait à mon oncle le moindre de nos gestes, de nos échanges. Mais nous nous amusions beaucoup à la berner et comme nous étions plus lestes qu'elle, c'était un sport dans lequel nous excellions.

Un matin, par un temps radieux, Louis proposa une promenade jusqu'à l'ermitage de Franchard. Monsieur, Henriette, mes sœurs Olympe, Hortense, Marie-Anne et quelques jeunes courtisans y furent conviés, ainsi que les violons qui devaient égayer la sortie. Notre chaperon sur nos talons. Après quelques minutes de marche à deviser gaiement tous ensemble, Louis me prit la main et m'encouragea à avancer plus vite. Madame de Venelle s'essoufflait pour nous suivre en nous suppliant :

— Attendez-moi !

Nous ne l'écoutâmes point et nous distançâmes le groupe qui ne fit aucun effort pour nous rattraper. Ils avaient compris que le roi souhaitait un peu d'intimité avec moi. Hortense me raconta plus tard qu'elle et Marie-Anne en avaient profité pour jouer les coquettes avec Vivonne et le frère du roi.

— Vivonne a beaucoup d'esprit et c'est un parfait chevalier, m'avoua la coquine, le rose aux joues. Il me plairait bien d'être sa femme.

— Moi, je préfère Philippe, il est joli garçon. Il sait rire et s'amuser et c'est lui que je veux pour époux, renchérit ma jeune sœur.

Seule Olympe emboîta le pas à madame de Venelle pour nous suivre, mais comme elle était grosse de son deuxième enfant, elle se fatigua vite et s'assit sur une pierre en maugréant. Je crois qu'elle était furieusement jalouse que le roi me préfère, moi, le laideron sans attrait, alors qu'elle mettait sa beauté et sa volupté à son service. Mais mon bonheur était total, si bien que je me moquais de la rancœur d'Olympe.

Ma main dans celle de Louis, nous escaladâmes des rochers au risque de nous rompre le cou. Je riais. La musique des violons nous parvenait, portée par la brise, ainsi que les cris joyeux de ceux qui nous accompagnaient de loin.

— Revenez, vous allez vous perdre ! cria madame de Venelle.

Nous les entendions, mais nous ne les écoutions pas.

J'avais appris quelques sonnets galants pour les doux instants où nous étions seuls tous les deux. Il m'arrivait même de me relever la nuit pour aller puiser dans la bibliothèque des textes nouveaux dans lesquels il était question d'amour courtois, de rois épousant des bergères...

Alors que nous nous étions cachés dans une grotte, et que je venais de lui réciter avec émotion l'un de ces poèmes, il me serra tendrement contre lui et murmura :

— Je vous aime, Marie. Vous êtes si... si singulière.

Je crus que mon cœur allait exploser. Un instant, j'hésitai à lui dévoiler mes sentiments. Puis, le regard ancré dans le sien, le cœur battant et les joues embrasées, je me lançai :

— Moi aussi, je vous aime, Louis. Non pas parce que vous êtes le roi, mais parce que vous êtes le seul à si bien me comprendre.

Il approcha son visage du mien et en tremblant un peu, je lui offris mes lèvres qu'il baisa avec passion pendant de longues minutes. Le temps s'arrêta, puis il se recula légèrement, et me prenant la main, nous revînmes à pas lents vers le groupe qui nous attendait en dansant au son des violons. Je resplendissais de bonheur.

Personne n'osa nous faire une remarque. Madame de Venelle fronça les sourcils en maugréant des paroles inaudibles. Olympe fit la tête pendant tout le trajet de retour. Elle avait compris qu'elle avait perdu tout crédit auprès de Louis et je supposais qu'elle allait faire un rapport en notre défaveur à la reine. Je l'entendis persifler :

— Ils se sont isolés dans une grotte et cette... cette gourgandine en a profité pour attirer le roi dans ses filets. Marie est une arriviste. Elle veut se faire épouser car elle rêve d'être reine de France.

Elle me connaissait bien mal. Je ne rêvais que d'un amour pur. Celui qui m'avait manqué dans mon enfance. Aimer et se sentir aimée. C'était la seule chose qui m'importait.

Le reste du séjour à Fontainebleau se déroula comme dans un songe. Il y eut des fêtes nocturnes dont je voyais bien qu'elles étaient données en mon honneur. D'ailleurs, pendant les bals, Louis ne dansait qu'avec moi.

Un soir, Louis et moi montâmes dans une barque superbement décorée qui navigua sur le grand canal illuminé de milliers de lampions. Toute la cour suivit dans d'autres embarcations et les violons, là encore, nous accompagnèrent. En jetant un œil derrière moi, je vis que la reine avait la mine bien sombre alors que tous les courtisans s'amusaient à essayer de nous dépasser ou même de nous faire chavirer. Je poussais alors de petits cris de souris, mais je n'avais pas peur. Louis me tenait contre lui en me dévorant du regard. Et lorsque les feux d'artifice éclataient sur la pièce d'eau, il me serrait la main pour me rassurer.

Les promenades en forêt étaient tout aussi précieuses : marcher dans la mousse épaisse... s'y asseoir. S'y coucher aussi. Se cacher derrière des futaies pour se laisser caresser le visage, la gorge. Arrêter sa main un peu trop insistante. Rire nerveusement. Hésiter, repousser encore sa main qui remontait sur ma jambe...

Plusieurs fois, il me joua la sérénade sur sa guitare et comme j'avais appris aussi cet instrument, je lui rendis la pareille en interprétant avec assurance un morceau qui chantait l'amour courtois.

— Ainsi, vous aimez aussi la guitare ? s'étonna-t-il.

— Beaucoup. Et encore plus depuis que je sais que c'est votre instrument préféré.

— Comme tout est simple et doux avec vous, Marie, me chuchota-t-il à l'oreille.

J'appréciais ces instants de complicité calme, mais j'aimais aussi la dépense physique que représentait la chasse. C'était un plaisir bien différent où nous excellions tous deux.

Ainsi, je courus le cerf sans faiblir et mon cheval galopait aussi vite que celui du roi. Lorsqu'après la curée, nous arrivâmes dans la cour du château, j'avais le visage rougi par l'effort, les cheveux défaits par le vent et les branches que j'avais frôlées. Je devais être particulièrement laide. Il s'approcha de mon cheval et avant que le valet n'arrive, il me tendit les bras pour m'aider à descendre de ma monture. Je sautai allégrement contre lui, ce qui, bien sûr, était contraire à l'étiquette. Mais nous n'en avions cure.

— Que vous êtes belle, Marie, me dit-il tendrement.

Un autre soir, Vivonne proposa une partie de cache-cache qui amusa tous les jeunes courtisans. Louis était celui qui devait nous chercher. Je me cachais dans la galerie des Cerfs à l'endroit même où l'année précédente nous avions été témoins du meurtre de l'amant de la reine Christine. Je savais que c'était là qu'il viendrait me chercher. Ce qui ne manqua pas. Lorsqu'il me découvrit, il ne poussa aucun cri de joie comme cela est habituel lorsqu'on trouve celui ou celle qui est caché. Non, il m'enveloppa de ses bras, saisit mon visage entre ses mains et m'embrassa. Je ne me débattis point. J'étais si bien. Après de longues minutes de bonheur, il s'écarta légèrement, toussota, et, peut-être pour dissimuler son trouble, me fit remarquer :

— Voyez, ma mie, le sang de celui qui a trahi la reine Christine n'a jamais totalement disparu.

— Un amoureux qui trompe celle qu'il aime mérite-t-il un autre sort ? demandai-je d'une voix mutine.

Louis se plaça face à moi, ses yeux dans les miens et, me saisissant les deux mains, il me fit ce serment :

— Moi, je ne vous trahirai jamais. Vous serez ma reine.

Dans le silence de ma chambre, la prophétie de mon père me revint en mémoire : « Tu bouleverseras le monde », avait-il lu dans les astres. Ce qu'il avait prédit pour mon frère Paul et pour ma mère s'étant réalisé, je me dis qu'il avait vu juste et que puisque l'amour du roi m'était acquis je serais, un jour prochain, reine de France... ce qui, à coup sûr, bouleverserait la cour... et peut-être le monde !

Las, il fallut revenir à Paris. Fontainebleau avait été une période magique de fêtes, de liberté et d'amour. Qu'allait-il se passer lorsque le roi retrouverait ses obligations ? L'inquiétude me rongea pendant tout le trajet du retour. J'avais été trop heureuse et je redoutais la vengeance des cieux.

J'avais tort.

Le roi s'arrangeait pour me voir tous les jours. La reine, pourtant, me battait froid et ne me proposait plus d'être parmi les filles d'honneur qui égaillaient ses après-dîners. Olympe, Hortense et Marie-Anne en étaient toujours et se gaussaient de ma mise à l'écart.

— La reine ne t'aime plus du tout depuis que le roi te courtise, persifla la petite Marie-Anne.

— Elle ne veut pas qu'une fille comme toi devienne reine de France, rétorqua Hortense.

— J'ai ouï dire qu'elle souhaite que le roi épouse la fille du roi d'Espagne, parce qu'elle-même est la fille du roi de Philippe III, compléta Olympe avec un sourire narquois. Notre oncle pense que ce mariage serait enfin un gage de paix entre l'Espagne et la France.

Toutes ces médisances ne m'atteignaient pas. J'aimais Louis et Louis m'aimait. Il m'avait promis de ne point me trahir. J'avais confiance.

Le 24 octobre 1658, sur les conseils du jeune frère du roi, une troupe qui portait depuis peu le nom prestigieux de « Troupe de Monsieur » fut invitée à jouer au Louvre dans la salle des Gardes. Toute la cour y fut conviée. Je me plaçai juste derrière le fauteuil de Louis. Un dénommé Molière dirigeait les comédiens et interprétait les rôles principaux.

Il nous présenta *Nicomède*, une tragédie de Corneille que seule, je crois, la reine goûta. S'ensuivit une farce, *Le Docteur amoureux*, qui emporta les applaudissements de toute la jeunesse ravie. La reine fit la moue. Elle n'aimait que les tragédies et détestait les bouffonneries qui amusaient les jeunes gens, dont le roi.

À la fin de la représentation, le roi appela Molière.

— Votre farce nous a beaucoup divertis, commença-t-il, vous excellez à déclencher le rire et c'est ce dont nous avons tous besoin.

— Ce fut pour moi et ma troupe un grand honneur, Votre Majesté, répondit le comédien en balayant le sol de la plume de son chapeau.

— Il nous plairait que vous écriviez d'autres pièces amusantes.

— Je m'y attelle sur-le-champ ! Mais pour jouer, nous avons besoin d'un lieu... Les Grands Comédiens disposent de l'hôtel de Bourgogne quand nous-mêmes jouons dans la rue.

— Dès demain, nous vous ferons attribuer la salle du Petit-Bourbon qui jouxte le Louvre. Ce sera votre théâtre, monsieur Molière, promit le roi.

Plus tard, alors qu'il me raccompagnait jusqu'à l'appartement qu'il m'avait octroyé au Louvre, madame de Venelle sur nos talons, il me dit sur le seuil de ma porte :

— Je suis bien content de voir que, comme moi, vous appréciez les farces ! Elles nous permettent d'oublier nos tracas. Je vous souhaite une bonne nuit, Marie.

« Le roi va se marier » était la phrase la plus entendue à la cour depuis quelque temps.

À l'hôtel de Soissons où elle habitait, Olympe faisait venir des devineresses et même quelques sorcières afin qu'elles l'aidassent à reconquérir le roi. Je doutais qu'elles y parvinssent. Je n'avais eu besoin d'aucun maléfice pour obtenir l'amour de Louis... Mais c'était, je pense, parce que je l'aimais d'un amour sincère et désintéressé. Ce n'était pas le cas d'Olympe. Elle était l'espionne de notre oncle qui la payait grassement pour cette odieuse mission.

Cependant, cette rumeur de mariage me troublait au plus haut point et j'osai interroger Louis.

— Le cardinal veut me marier, me répondit-il en riant.

— Vous marier... mais..., avais-je balbutié, inquiète.

— Ma mère souhaiterait que j'épouse l'infante d'Espagne, mais comme la guerre fait rage entre nos deux nations, ce mariage ne se fera point.

— Eh bien tant mieux ! lançai-je sans me contrôler.

— En revanche, elle insiste pour que j'aille visiter le Bourbonnais et le Lyonnais. Ces provinces ne m'ont pas toujours été fidèles et je dois leur montrer qu'un roi jeune et plein d'avenir tient les rênes du pouvoir.

La perspective de le voir partir pour de longs mois me brisait le cœur et je me renfrognai.

— J'ai fait le siège de ma mère et du cardinal afin d'obtenir que vous soyez du voyage, reprit-il en caressant mon visage de son index.

— Oh, merci, Louis, je serai si heureuse d'être à vos côtés.

— Moi aussi. Je ne peux plus me passer de vous, ma douce.

Que ces mots étaient agréables !

La cour quitta le Louvre à la fin octobre 1658. Dans une centaine de voitures s'entassaient les courtisans et leurs épouses qui ne voulaient pas être éloignés du roi pour continuer à être vus de lui. Puis venaient les cuisiniers, les lingères, les servantes, les coiffeurs, les tailleurs... Dans des charrettes, on avait empilé les lits, les tentures, les couvertures, les tapisseries, le matériel de cuisine, la vaisselle précieuse. Ce long cortège était encadré d'officiers à cheval, de mousquetaires et de gardes des diverses familles de la noblesse.

J'étais joyeuse même si la reine me manifestait son hostilité en ayant refusé que je voyage dans son carrosse. Elle s'était entourée de ses plus fidèles dames dont Olympe, madame la duchesse de Montpensier et madame de Motteville. J'étais dans une voiture avec madame de Venelle, Hortense, Marie-Anne et deux dames. Le roi voyageait avec son frère Philippe et le facétieux Vivonne.

Nous avancions très lentement. Trop à mon goût. La poussière enveloppant les carrosses me faisait tousser. Le bruit des roues, des sabots des chevaux, leurs hennissements, les cris des cochers étaient entêtants.

La plupart du temps, Louis n'était pas dans son carrosse. Il caracolait à côté de ma voiture et m'adressait des œillades fort agréables. Il s'arrangeait, à chaque halte, pour rester un moment avec moi. Si nous déjeunions de pain et de pâté en pleine campagne, il jouait les chevaliers servants et me passait les aliments en me dévorant du regard. La reine fulminait et tentait d'accaparer son fils pour qu'il se détourne de moi. Mais elle n'y réussissait pas souvent, ce qui nous amusait beaucoup tous les deux. Hortense et Marie-Anne chantaient parfois assez faux pour nous distraire, faisaient des farces aux mousquetaires qui nous accompagnaient, se ruaient sur la nourriture à chaque étape, mais rouspétaient contre la longueur du trajet, le mauvais état des chemins.

À la mi-novembre, nous étions à Dijon.

La ville reçut son roi avec faste. Il y eut de nombreux bals, de grands festins, des feux d'artifice, des courses de bague dont Louis était toujours le vainqueur. C'était un jeu d'adresse qu'il adorait et dans lequel il excellait. Cela me rendait fière. Je l'applaudissais à m'en faire rougir les mains. La reine me foudroyait d'un regard courroucé.

— Un peu de retenue, Mademoiselle, protesta-t-elle. Mon fils n'est pas un garçon de ferme qui s'amuse lors d'une fête de village.

Je n'avais cure de son mépris et je continuais à applaudir mon héros.

Pour remercier la ville, Louis organisa un grand bal. Il ne dansa qu'avec moi et avec quelques dames importantes de la cité afin de les honorer. Il y eut aussi une tombola. C'était une attraction très appréciée. Un agréable frisson s'emparait de moi lorsque je plongeais la main dans la corbeille contenant les papiers numérotés. Qu'allais-je gagner ? Une broutille, un mouchoir brodé ou un bijou de valeur ? Il y avait toujours des cris de surprise, de déception, des rires aussi et des hurlements de joie. Les dames se montraient leurs gains en riant, ou les cachaient par pudeur, par peur du ridicule, ou pour ne pas faire trop d'envieuses. Bref, tout cela était très excitant.

Ce soir-là, à Dijon, je gagnai le plus beau lot : deux superbes pendants d'oreilles en émeraudes et diamants.

On murmura aussitôt que le roi m'avait favorisée. Peut-être que oui. Peut-être que non. Mais lorsqu'il me remit mon lot dans un écrin de satin blanc, mes mains tremblaient un peu. J'eus l'impression que c'était une façon détournée de me donner un gage de son amour.

Nous vécûmes à Dijon un véritable tourbillon de fêtes.

Mais il nous fallut bien repartir.

Et à nouveau, la longue caravane s'ébranla pour traverser la campagne bourguignonne. Mais cette fois, le roi me proposa de caracoler à cheval avec lui. J'acceptai avec joie. Être près de lui était mon vœu le plus cher. L'air était vif, mais le soleil brillait. Nous nous éloignions un peu du cortège et Louis disait à la garde chargée de sa protection :

— Laissez-nous donc, messieurs !

La garde s'écartait et nous avions le sentiment merveilleux d'être seuls au monde.

— Que vous êtes belle, Marie ! s'exclama le roi par un après-midi brumeux.

— C'est à vous que je le dois, Louis. Avant de vous connaître, j'étais terne.

— Alors, je suis un magicien ! se réjouit-il en éclatant d'un rire franc.

Beaune reçut son roi avec le même faste que Dijon. On lui remit les clefs de la ville et toute la foule hurla « Vive le roi ! ». J'étais fière. Comme si ces hommages me concernaient. Je crois qu'avant ce voyage, je n'avais jamais vraiment réalisé que l'homme que j'aimais était le souverain du pays. Parce que ce n'était pas le roi que j'aimais, mais Louis, ce gentilhomme avec qui je partageais la littérature et la poésie, et qui, en retour, me donnait son affection.

Les villes rivalisaient entre elles pour offrir ce qu'elles avaient de mieux. Chalon ne fut pas en reste. Nous passâmes sous un immense portique de verdure. Des enfants présentèrent des paniers de raisins, de pommes, de poires. Il y eut de la musique et des farandoles très enlevées. Tout avait dû être longuement répété, mais une foule trop dense, trop d'empressement, de désir de bien faire conduisirent à une sorte d'encombrement qui agaça fortement la reine fatiguée par le voyage, tandis que le roi souriait toujours en levant la main pour saluer ses sujets.

Tous ces gens accaparaient Louis et il me coûtait de partager avec eux son affection. Je le souhaitais tout à moi. Je m'efforçais de ne pas lui faire supporter mon acrimonie. Et je lui répétais :

— Le peuple vous aime, Louis. Vous serez un grand roi.

— Le croyez-vous vraiment, ma reine ?

— Oui, soufflais-je, étourdie par ce titre qu'il se plaisait à me donner.

L'étape suivante fut Mâcon. Encore des fêtes, des banquets, des feux d'artifice. Lors des bals nous étions toujours les derniers à regagner nos logis respectifs... Des chambres souvent glaciales où nos malles n'avaient pas eu le temps d'être déballées, où notre linge était froissé et humide. J'en plaisantais, car tout était bonheur. Je savais que le lendemain matin, Louis et moi allions chevaucher botte contre botte dans la campagne, libres comme l'air que nous respirerions à pleins poumons.

J'étais heureuse. Dieu, que j'étais heureuse pendant ce voyage !

Nous prenions de l'avance sur le convoi, caracolant à bride abattue, afin de pouvoir nous arrêter dans un bosquet ou une clairière pour nous embrasser, réciter une ode à l'amour. Il froissait un peu ma tenue de voyage de ses mains fiévreuses, ébouriffait ma chevelure, parfois me caressait la gorge. Ce frisson de désir qui enflammait mes sens faisait mon plaisir tout en préservant ma chasteté. Et cela me convenait parfaitement. Mais si à Fontainebleau j'avais réussi à le rabrouer gentiment, il fut beaucoup plus insistant lorsque nous nous retrouvâmes cachés dans un bois sur la route qui nous conduisait à Lyon. Il avait déjà remonté ma jupe et mes jupons et tandis qu'il me dévorait de baisers, je fus obligée de lui rappeler :

— Louis, je me réserve pour mon futur époux.

— Votre sœur est bien moins prude que vous ! me rétorqua-t-il, fâché, en se redressant.

Je rabattis avec célérité mes habits sur mes jambes et répliquai sèchement, déçue par son attitude peu chevaleresque :

— Je n'ai rien de commun avec Olympe, hormis notre nom de famille. Et si c'est elle que vous préférez, allez donc la rejoindre !

— Oh, là, mais voyez donc comment cette fière donzelle se refuse à son roi.

— Ce n'est pas le roi que j'aime, mais vous, Louis. Je serai dans votre lit lorsque vous m'aurez épousée, comme l'exigent les commandements de l'Église.

— Alors, je vais faire le siège de ma mère et du cardinal pour qu'ils autorisent notre union car je ne saurais plus me passer de vous ! Vous serez ma reine comme je vous l'ai promis.

Pour sceller notre pacte, je lui tendis mes lèvres.

Ma sœur Marie-Anne, qui avait à peine neuf ans, me dit avec sérieux, un soir à l'étape de Chalon :

— Quand vous serez reine, je voudrais être votre première dame d'atours.

— Je m'y engage, lui répondis-je, les yeux brillants.

Tout s'effondra à quelques lieues de Lyon. Pour une fois, fatiguée, je ne chevauchais pas avec Louis, j'avais pris place dans le carrosse qui transportait des dames. Je somnolais, la tête appuyée sur un coussin, lorsque madame de Créquy murmura à sa voisine :

— Il paraît qu'il tarde tant à la princesse Marguerite de Savoie de voir le roi qu'elle, sa mère et toute sa cour se pressent déjà aux portes de la ville.

Je me redressai d'un coup de reins et je demandai :

— Qui est donc cette Marguerite de Savoie et que vient-elle faire à Lyon ?

— Mais... mais, se troubla madame de Béthune, c'est que...

— Elle vient épouser le roi ! déclara madame de Créquy sans ménagement. C'est même l'objet de notre voyage. Vous ne le saviez pas ?

J'étais sans voix. Je bandai toutes mes forces pour ne pas hurler, pleurer, mordre ! Ainsi, il semblait bien que tout le monde fût au courant de cette forfaiture... sauf moi !

Je tapai du poing sur le toit du carrosse pour intimer au cocher l'ordre d'arrêter les chevaux et je sautai de la voiture sans attendre que l'on baissât le marchepied. D'autres carrosses furent obligés de s'arrêter brutalement pour ne pas occasionner un accident. Les chevaux hennirent, les roues grincèrent, les cochers s'invectivèrent.

Je m'en moquai.

Je cherchai Louis parmi les cavaliers. Il n'était pas loin. En général, il galopait près de mon carrosse. Au mépris du protocole, je criai :

— Louis !

À ma mine défaite, il comprit qu'un événement sérieux m'avait bouleversée. Il se pencha vers moi, m'enlaça par la taille et m'installa devant lui sur sa monture, puis il piqua des deux afin de nous éloigner du convoi. Quelques minutes plus tard, il arrêta son cheval dans une clairière, m'aida à descendre et me questionna :

— Que vous arrive-t-il, ma mie ?

— Vous allez épouser Marguerite de Savoie ! lançai-je d'une traite, le cœur battant.

— Mais non, voyons. Je ne veux épouser que vous, répliqua-t-il sans se troubler.

— On m'a dit que ce voyage n'avait qu'un but : vous faire rencontrer cette princesse !

— Cela est vrai. Ma mère et le cardinal veulent me marier, et il paraît que cette Marguerite brûle d'impatience de devenir ma femme.

— Vous... vous le saviez avant notre départ de Paris ? balbutiai-je, les larmes me montant aux yeux.

— Oui, admit-il, penaud.

— Et vous ne m'avez rien dit ! explosai-je, indignée.

— Cela n'aurait servi qu'à vous inquiéter et à gâcher ces beaux moments que nous avons passés ensemble.

— Certes, crachai-je, la gorge serrée, oscillant entre l'amour dévorant que je lui portais et l'atroce sentiment d'avoir été dupée.

— De toute façon, je vais refuser de l'épouser, affirma-t-il avec force.

— Vous en êtes certain ?

— Je vous le promets, Marie. Je n'épouserai que vous, conclut-il en déposant un baiser sur mes lèvres baignées de larmes.

L'amour, la douleur, la jalousie, l'incertitude se mêlaient douloureusement en mon cœur.

Je n'avais plus du tout envie d'arriver à Lyon.

Quelque chose s'était brisé en moi. Tandis que, sans retenue, je lui avais dévoilé mes sentiments, je me rendis compte qu'il était capable de dissimulation. Qu'il pouvait feindre la légèreté et la joie alors qu'il savait que nous avancions vers sa future fiancée, et que de là découleraient forcément de graves incidents avec sa mère et mon oncle.

Oh ! J'aurais voulu arrêter le temps... arrêter nos chevaux et même rebrousser chemin, seule avec lui. Ce n'était pas possible.

Alors j'entrepris de me renseigner sur cette princesse de Savoie en questionnant adroitement les dames qui partageaient mon carrosse.

— Comment est-elle, cette Marguerite ?

— Bossue ! annonça madame de Créquy.

— On prétend qu'elle boite également, ajouta madame de Béthune.

Je cachai tant bien que mal le sourire qui naquit sur mes lèvres et fis semblant de m'apitoyer :

— Oh, la pauvre !

Nous entrâmes dans Lyon le 28 novembre. Le vent et la pluie étaient au diapason de mon désarroi. J'étais tellement troublée que rien ne me reste des cérémonies d'accueil. Le roi, Philippe et les jeunes gens qui les accompagnaient s'installèrent dans l'hôtel du trésorier, place Bellecour. Mon oncle, Olympe, Hortense, Marie-Anne et moi occupions une maison de l'autre côté de la place. La reine fut logée chez les religieuses d'Ainay. La seule chose que je vis, à ce moment-là, c'est que des fenêtres de ma chambre située au rez-de-chaussée, je pouvais apercevoir le bâtiment dans lequel Louis habitait. Mon coup d'œil n'échappa point à Hortense qui me dit :

— Ainsi, tu verras le roi pour la dernière fois parce que lorsqu'il aura épousé Marguerite de Savoie, tu seras indésirable.

— Le roi ne l'épousera pas. Il me l'a promis.

Elle posa une main sur mon bras et poursuivit :

— Et tu y crois ? Il fera ce que sa mère lui ordonne. Tout roi qu'il est, il lui doit obéissance et je doute que la reine ait envie d'une nièce du cardinal comme reine de France.

Elle n'avait pas tort. J'avais eu le même raisonnement. J'essayai cependant de ne pas me démoraliser. J'espérai qu'avant l'arrivée de Marguerite de Savoie je passerais encore quelques belles journées avec Louis et qu'une fois de plus, il me jurerait qu'il n'épouserait que moi.

Lors d'un moment en sa compagnie, je ne pus m'empêcher de lui glisser, perfide :

— On m'a dit que la princesse de Savoie était bossue et boiteuse.

— Peu m'importe, puisque je ne l'épouserai point, répliqua-t-il.

Oh, que cette phrase était douce à mon cœur ! Toutes mes inquiétudes se dissipèrent. Il m'aimait.

Comme les villes précédentes, Lyon voulut éblouir son roi. Il y eut encore de nombreuses festivités. Un soir, nous fûmes conviés au théâtre et après la représentation, Louis insista pour me raccompagner dans son carrosse à six chevaux qu'il conduisit lui-même. Il allait vite, comme s'il voulait m'impressionner, me montrer sa force, sa liberté aussi. Je criais et je riais en même temps. Fort heureusement, nous arrivâmes sans encombre. Il n'y avait que quelques rues à traverser. Madame de Venelle, qui avait reçu l'ordre de Mazarin de nous surveiller, ne savait plus où donner de la tête. Et lorsque j'étais enfin dans ma chambre, je crois bien qu'elle dormait devant la porte afin que le roi ne puisse pas me venir voir.

Las, après ces quelques jours de béatitude, la nouvelle se répandit dans la cour : le cortège de Savoie n'était plus qu'à une lieue. Mon cœur se serra, mais je me répétai avec obstination : « Que m'importe cette Savoyarde, Louis n'aime que moi ! »

Pourtant, contrairement à ce que j'avais espéré, le roi se joignit à sa mère et à plusieurs membres de la cour pour aller les accueillir dignement : c'est-à-dire comme la fiancée du roi de France. Mon cœur s'attendrit : « Pauvre Louis contraint de jouer un rôle qu'il déteste. » Évidemment, je n'y fus pas conviée. C'était sans doute mieux, même si la curiosité me taraudait. Mais assister à ces présentations, ces courbettes, ces promesses aurait été au-dessus de mes forces. Hortense, espionne au service du cardinal, et ma sœur Marie-Anne, que la reine aimait comme sa fille, y allèrent. Avant de monter dans le carrosse, cette dernière me murmura :

— Je te raconterai tout.

Ces heures-là furent bien longues. Je me mordais les lèvres en imaginant la rencontre. Marguerite était-elle donc aussi difforme qu'on l'avait prétendu ? Et comment Louis allait-il réagir face à l'autorité de sa mère ?

Au retour de l'expédition, sans perdre une seconde, je saisis Marie-Anne par le bras, peut-être un peu brutalement, pour l'interroger :

— Parle !

Elle prit un malin plaisir à ménager ses effets, un sourire espiègle aux lèvres :

— Un superbe équipage. Des dizaines de mulets aux magnifiques couvertures de velours noir et cramoisi portant les armes de la Savoie en broderies d'or et d'argent. Le carrosse de Madame Royale[1] et de sa fille était précédé par douze pages vêtus de noir.

— Au fait, au fait ! m'impatientai-je.

— Eh bien, le roi, qui était à cheval, a foncé sur le carrosse, il a agité son chapeau en signe de bienvenue et a plongé son regard à l'intérieur pour apercevoir Marguerite. Il a paru satisfait. Puis il est revenu vers la voiture de la reine. Lorsqu'elle l'a questionné, il a répondu : « Elle n'est pas bien grande, mais elle a la taille la

---

1. Christine de France est la fille d'Henri IV et donc la sœur de Louis XIII. Elle est la veuve de Victor-Amédée Ier, duc de Savoie. Elle porte le titre de Madame Royale. Plusieurs princesses le porteront après elle.

plus jolie du monde. Le teint un peu olivâtre, et de beaux yeux. En bref, je la trouve fort à ma fantaisie.»

Le sang quitta mon corps et empourpra mon visage. Je n'osai insister pour avoir d'autres détails. Marie-Anne, qui craignit sans doute que je tombe en pâmoison, ajouta:

— J'ai peut-être mal entendu... avec le bruit des roues...

J'avais la gorge nouée. Comment Louis, qui m'aimait, avait-il pu prononcer une pareille phrase? C'était impossible. Impossible. Devais-je croire ma sœur?

Le doute s'immisça en moi... et en même temps, je me disais qu'elle n'avait pas pu inventer une pareille situation. Louis n'avait probablement pas eu le choix, risquant de contrarier sa mère à qui il devait obéissance... Mais s'il devait obéir à sa mère, il ne m'épouserait pas. La reine me méprisait et je savais parfaitement qu'elle ne voulait pas de moi pour bru.

Dans un effort pour me changer les idées, Marie-Anne poursuivit:

— Hortense s'est éprise du jeune duc Charles-Emmanuel au premier instant! Il faut dire que c'est un beau cavalier de vingt-quatre ans. Elle veut l'épouser lui et non le marquis de La Meilleraye[1] que notre oncle lui destine.

— Eh bien en voilà au moins une heureuse de l'arrivée de l'équipage savoyard, ripostai-je avec aigreur.

Les fêtes reprirent de plus belle. Cette fois, Lyon devait non seulement honorer son souverain mais Christine de France, sa fille et son fils.

Les bals se succédaient. Je m'y préparai de mon mieux afin d'éclipser Marguerite. Je portai les pendants d'oreilles gagnés à la loterie et le superbe collier d'émeraudes que Louis m'avait offert pour mon anniversaire. Zélie me poudra abondamment le visage

1. Armand-Charles de La Porte de La Meilleraye (1632-1713). Il a quatorze ans de plus qu'Hortense.

pour éclaircir ma peau et me rosit les joues et les lèvres. Le miroir me renvoya une image agréable. Et je lançai comme un défi :

— À nous deux, Marguerite !

Lorsqu'elle entra dans la vaste salle, tous les regards se tournèrent vers elle. Elle était assez bien faite, la taille mince, la gorge avenante. Elle avait de beaux yeux sombres. Elle ne boitait pas et aucune bosse ne lui déformait le dos. J'enrageai !

Il se précipita au-devant de la princesse, lui chuchota quelques mots qui la firent sourire. Et dès que l'orchestre attaqua les mesures du branle qui ouvre toujours les bals, c'est avec elle qu'il dansa.

Je me persuadai que ce n'était que de la politesse et de la diplomatie. La princesse venait de Turin pour être présentée au roi et l'épouser, il était normal qu'il ait quelques égards pour elle, d'autant que, comme je l'espérai, il allait dans peu de temps affirmer haut et fort que ce n'était pas elle qu'il choisissait pour épouse, mais moi.

Il me suffisait d'être patiente.

Pendant les différentes figures, lorsqu'ils se croisaient, qu'il lui prenait la main, ils échangeaient quelques mots. J'aurais donné cher pour savoir ce qu'ils se disaient. Comme je dansais avec Vivonne, j'essayais de saisir leur conversation sans y parvenir, ce qui me mit les nerfs à vif.

— Souriez, Marie, me gronda Vivonne, vous ressemblez à un chien à qui on a volé son os.

— C'est que cette péronnelle me vole le roi, me plaignis-je en forçant mon sourire.

— J'ai ouï dire qu'elle était cultivée, qu'elle avait de la conversation, qu'elle montait bien à cheval et qu'elle n'était pas précieuse du tout... Marguerite a toutes vos qualités. De plus, c'est un excellent parti !

Sa réplique me piqua. Je le plantai là au milieu de la salle de bal et courus cacher ma tristesse et ma colère dans un petit salon désert. Marie-Anne, qui avait suivi la scène, me rejoignit et me dit gentiment :

— Ne pleure pas. La reine a assuré que ce mariage ne se ferait point.

— Et comment le sais-tu ? l'interrogeai-je entre deux sanglots.

— Lorsque la reine bavarde avec ses dames, j'écoute. Personne ne se méfie de moi. Pas plus tard que ce matin, elle a dit : « Marguerite de Savoie n'est point pour le roi. »

— Tu es certaine ?

— Certaine.

Je n'en étais pas tout à fait convaincue, mais ce faible espoir me requinqua. Après avoir pleuré et tempêté, je m'essuyai les yeux de mon mouchoir brodé et revins dans la salle. Pas question de laisser le champ libre à cette fille, toute princesse qu'elle soit.

Lorsque j'entrai, Hortense dansait avec Victor-Emmanuel, renversant la tête en arrière, avançant sa belle poitrine vers lui, riant d'un petit rire aguicheur. Elle mettait tout en œuvre pour l'attirer dans ses filets. J'espérai qu'elle y réussirait car, en effet, entre ce beau jeune homme et le fade La Meilleraye, il n'y avait aucune hésitation à avoir.

Et alors que je ne m'y attendais point, Louis arriva vers moi puis me dit :

— Voilà la courante. Je veux la danser avec vous.

— Et non point avec Marguerite ? rétorquai-je pour le provoquer.

— Avec vous, insista-t-il.

Je n'ai jamais aussi bien dansé. J'y mettais toute ma grâce, ma légèreté et, je dois bien l'avouer, un rien de provocation. À un moment, j'aperçus la moue offensée de la reine et le geste nerveux de mon oncle qui lissait sa moustache en pensant, j'en étais sûre, que j'avais un certain toupet de m'afficher ainsi avec le roi. Oui, je l'avais, cette audace, parce que le roi était à moi comme j'étais à lui.

À la fin du bal, c'est moi que Louis raccompagna place Bellecour et à qui il chuchota tendrement :

— Vous étiez très en beauté ce soir, Marie. Vous avez évincé toutes les autres...

Il me serra contre lui avant d'ajouter :

— J'aurais voulu passer la soirée uniquement avec vous. Dormez bien, mon aimée.

— Vous aussi Louis.

Toutes mes craintes s'évanouirent. Il m'aimait, rien ni personne ne l'éloignerait de moi.

Épuisée par les longues chevauchées, les bals, les banquets trop chargés, l'espoir, la tristesse, le désespoir, l'air humide du Rhône, je dus m'aliter. J'avais résisté quelque temps, ne voulant pas, en disparaissant, céder ma place à Marguerite, mais la fièvre eut raison de ma volonté. Étrangement, lorsque j'appris qu'elle repartait pour Turin avec sa mère, son frère et toute la suite savoyarde, la fièvre perdit de son emprise et je me sentis immédiatement mieux.

De la fenêtre de ma chambre, j'assistais au départ du long et somptueux convoi avec un certain plaisir. À cet instant, Marie-Anne entra discrètement et m'annonça :

— Hortense est au trente-sixième dessous. Elle est folle amoureuse de Victor-Emmanuel et elle espérait qu'il la demanderait en mariage avant de partir. La voilà inconsolable.

— Le malheur des unes fait le bonheur des autres, répondis-je. Quel soulagement de savoir Marguerite loin des yeux du roi !

— Tu n'as plus à te soucier de Marguerite, en effet... pourtant... Elle s'interrompit, gênée.

— Pourtant ?... insistai-je pour l'encourager à poursuivre.

— La reine a renvoyé Marguerite, parce que... parce que...

— Au fait, Marie-Anne, je veux tout savoir.

— Parce que le sieur Pimentel, envoyé de Philippe IV d'Espagne, est à Lyon. Il vient proposer la paix et l'infante d'Espagne.

— La paix ? répétai-je, abasourdie.

— Si le roi épouse l'infante, la guerre entre nos deux pays prendra fin, expliqua ma sœur comme si je n'avais pas compris.

— La paix... repris-je, le souffle court. Comment lutter contre la paix ?

— La reine est folle de joie. Elle rêve de cette union depuis la naissance du roi.

Les mots me manquaient tandis que quelque chose en moi résistait. J'entendais encore Louis m'assurer : « Vous serez ma reine. » Alors, je secouai la tête et j'affirmai d'un ton sans réplique :

— Ce mariage aussi échouera, parce que c'est moi que le roi veut.

Louis m'avait encore prouvé son affection pendant ma maladie. Chaque jour il avait fait manœuvrer ses mousquetaires sous mes fenêtres afin de me distraire. Il m'avait aussi fait porter des livres, annotés de sa main pour souligner les passages les plus poétiques, les plus épiques et surtout, je l'avais bien constaté, ceux qui célébraient l'amour.

Madame de Venelle veillait sur moi, ou plus exactement sur ma vertu ! Tous les soirs, elle s'assurait que les portes et les fenêtres étaient bien fermées. Une nuit, croyant avoir entendu du bruit, elle pénétra à pas de loup dans ma chambre. Elle avança à tâtons sans chandelle et passa la main sur mon oreiller pour s'assurer, je suppose, qu'il n'y avait qu'une seule tête. Surprise et un peu effrayée, je la mordis jusqu'au sang ! Je contai ce rocambolesque incident à Marie-Anne pour l'amuser mais elle ne sut tenir sa langue et colporta l'anecdote à la cour qui en fit des gorges chaudes pendant plusieurs jours, ce qui me contraria fort. J'avais appris que dans ce pays-ci, il vaut mieux ne pas prêter à rire.

Pour l'Épiphanie, je fus conviée à tirer les rois chez la reine comme le veut la tradition. Louis avait peut-être insisté pour que j'y participe car la reine ne m'appréciait pas beaucoup. Il y avait bien sûr Olympe, Hortense, Marie-Anne et toutes les dames d'honneur qui se réjouissaient de cet agréable moment de partage. Le roi trouva la fève. Il y eut un moment de flottement. Habituellement, il posait la couronne sur la tête de sa mère et celle-ci, la mine réjouie, s'attendait à la même faveur. Mais cette fois, c'est moi qu'il choisit. Quelques dames applaudirent par politesse, malgré la moue vexée de la reine. Peu m'importait. J'étais au comble du bonheur. Par ce geste, Louis défiait sa mère, mon oncle et affirmait ses choix.

On ne parla plus ni de Marguerite ni de l'infante. Et il me parut que Louis les avait oubliées aussi. Pour me rassurer, je fis courir le bruit que l'infante était goitreuse.

— Vous le croyez, ma mie ? me demanda Louis, alors qu'il me raccompagnait jusqu'à mon logement.

— C'est ce que l'on m'a affirmé. D'ailleurs, toutes les infantes le sont, assurai-je.

Fin janvier, on annonça le retour à Paris.

Je me réjouis de reprendre mes cavalcades avec le roi. Nous allions retrouver notre complicité. Malgré le froid vif, nous choisîmes de voyager à cheval. Je m'étais fait confectionner un vêtement chaud assez masculin : un justaucorps de velours fourré, un mantelet doublé de fourrure et une toque assortie. Quel bonheur de chevaucher à côté de Louis, de bavarder sans témoin, de rire, de nous émerveiller du paysage saupoudré de givre.

Aux étapes, j'étais toujours prête pour danser, assister à une belle comédie, applaudir à un feu d'artifice, déclamer des vers, jouer gros aux cartes – divertissement que je maîtrisais enfin car la cour entière s'y adonnait avec ferveur. J'étais au diapason de Louis qui, comme moi, voulait vivre sans s'économiser.

Un soir, alors qu'il me tenait l'étrier afin de m'aider à descendre de cheval, ma main heurta violemment le pommeau de son épée.

— Aïe ! criai-je en secouant ma main endolorie.

— Vous êtes blessée, ma mie ? s'enquit le roi contrarié.

— Ce n'est rien, lui assurai-je, juste un coup qui ne fera même pas un bleu.

Mais sans hésiter, il saisit l'arme et la jeta au loin. J'insistai alors pour qu'on la lui rapporte, mais il me répondit avec panache :

— Une épée qui vous a blessée, il n'en est pas question !

Cette scène galante divertit la cour un bon moment et certaines vieilles dames me reprochèrent de me donner en spectacle. Je n'en avais cure. Oui, j'étais jeune et oui j'étais folle. L'amour du roi avait transformé la laideronne en une femme épanouie. Pourtant une petite voix, au fond de moi, me pressait de savourer chaque instant avant qu'ils ne s'évanouissent.

Nous arrivâmes à Paris en plein carnaval !

Anne-Marie de Montpensier, qui avait accompagné la reine à Lyon, eut l'idée d'un bal masqué. Nous devions reproduire les costumes régionaux découverts durant le voyage. La joyeuse bande des amis de Louis s'y plia de bonne grâce et je ne fus pas en reste. Mon costume de Bourguignonne au décolleté plongeant m'allait à ravir. La Meilleraye toujours amoureux d'Hortense, le marquis de Richelieu qui courtisait mademoiselle de la Motte-Argencourt, le marquis d'Alluye fidèle à Jeanne de Fouilloux, Monsieur frère du roi, mon frère Philippe, Olympe, Hortense et Marie-Anne se déguisèrent et dansèrent. L'or et l'argent des étoffes, les bijoux étincelèrent dans ce bal fort agréable.

Tous les soirs, il y avait de nouveaux divertissements : courses de bague où les cavaliers étaient vêtus à l'antique ; loteries richement dotées d'étoffes précieuses, de chandeliers en cristal, de vaisselle d'argent ; promenades aux flambeaux, concerts, théâtre... Nous étions infatigables, assoiffés de plaisirs et d'extravagance. Je surprenais parfois des regards envieux, des commentaires échangés : « Elle se voit déjà reine », glissa une dame à sa voisine. « Le mariage espagnol se fera, il en va de la paix », répondait une autre de ces harpies.

Je refusais de laisser ces médisances troubler mon bonheur. D'ailleurs, que savaient-elles de la paix, elles qui n'étaient que rivalités, manipulations et disputes ?

Plusieurs fois, mon frère Philippe m'entraîna chez le poète Scarron avec qui il s'était lié d'amitié. Sa jeune épouse Françoise[1] et lui y tenaient un salon où les plus grands esprits de la capitale se côtoyaient et où on riait aussi beaucoup. J'y rencontrai la sœur de Vivonne, Athénaïs de Rochechouart[2], dont la beauté et l'esprit faisaient tourner bien des têtes, la marquise de Sévigné, Ninon de Lenclos dont les messieurs se disputaient les faveurs, madame de La Fayette et un certain Jean de La Fontaine qui rimaillait avec beaucoup d'humour et un rien de provocation. J'appréciais grandement la modestie de Françoise et son abnégation. Être l'épouse d'un homme malade et contrefait ne devait pas être agréable. Elle était pourtant toujours gaie et avenante. Une amitié sincère naquit rapidement entre nous.

Souvent, Philippe, le roi et moi délaissions le sérieux des salons pour nous amuser de quelques farces. Un soir, nous portâmes à madame de Venelle, dont nous savions qu'elle passait le plus clair de son temps à nous espionner pour le compte de mon oncle, une boîte de confiture.

---

1. Elle deviendra la maîtresse de Louis XIV à partir de 1675.
2. Elle deviendra la maîtresse de Louis XIV à partir de 1667.

— Pour vous remercier de vos services, annonça Louis en offrant le présent.

— Oh, Majesté... susurra notre espionne.

Elle souleva le couvercle, poussa un hurlement, lâcha la boîte dont trois souris s'échappèrent. Nous explosâmes de rire.

Carême approchait et pourtant, Louis s'était mis en tête de préparer *L'Amour médecin*. Il aimait particulièrement ce ballet qui lui avait valu des compliments élogieux quelques années auparavant.

La reine s'indigna dès qu'elle en eut vent.

— Un ballet, pendant le carême, vous n'y pensez pas !

— Tout est prêt et je veux le danser avec Marie.

— Louis... et votre salut ! Vous offenseriez l'Église.

J'avais rêvé de danser ce ballet devant toute la cour. Le carême m'importait peu. Au contraire, cela aurait été une façon de montrer que l'attachement que le roi me portait était plus fort que celui qu'il avait pour l'Église et sa mère. Cependant, nous dûmes bien convenir que s'attirer les foudres de la reine, qui m'appréciait déjà si peu, n'était pas une bonne stratégie. Avec grand regret, nous délaissâmes ce projet.

Puis, ce fut au tour de Philippe, mon frère, de commettre un véritable scandale. Déçu peut-être d'avoir dû renoncer à ce ballet, il se rendit à Roissy avec Vivonne, Bussy-Rabutin, Guiche et quelques autres. Là ils ripaillèrent, burent à l'excès, baptisèrent un cochon qu'ils firent rôtir, débitèrent force grossièretés contre le cardinal et le roi. Il paraît même qu'ils auraient récité une messe à l'envers. Tout cela se sut et dès le lendemain, mon frère fut arrêté et conduit à la forteresse de Brisach. J'en fus à la fois choquée et triste et je plaidais sa cause auprès du roi, arguant de sa jeunesse et de son insouciance.

— Louis, vous avez partagé tant de farces avec Philippe, vous devez lui accorder votre pardon.

— Je ne puis, marmonna-t-il, les mâchoires serrées. Il a... il a offensé l'Église et le cardinal.

— Ce n'était que des enfantillages. Sauvez-le pour l'amour de moi.

— Je ne puis, se buta-t-il.

Excédée, je m'insurgeai :

— Vous êtes le roi !

— Quelques mois loin de la cour ne lui feront point de mal, se dédouana-t-il.

Ébranlée, je le dévisageai. Ainsi, tout roi qu'il était, il n'osait pas intervenir pour adoucir la peine d'un garçon qu'il appréciait, avec qui il avait aussi commis quelques excentricités et qui était mon frère. C'est à partir de là, je crois, que je commençai à craindre pour mon avenir.

C'est alors qu'arriva au Louvre don Juan d'Autriche, fils légitimé du roi Philippe IV d'Espagne. Avec lui une étrange compagnie de gentilshommes à collerette et une naine nommée Pittora. Elle avait des mimiques ridicules, faisait des cabrioles, se moquait des uns et des autres, riait à gorge déployée et se permettait tout. La reine s'en enticha si fort qu'elle lui offrit des bijoux... Je suppose qu'elle lui rappelait son enfance en Espagne ?

Je la détestais. Il faut dire qu'il ne se passait pas une minute sans qu'elle vante les qualités de l'infante Marie-Thérèse, sa bonne grâce, ses vertus et tout cela en me regardant par en dessous pour mesurer la peine qu'elle me faisait. Elle alla même jusqu'à railler mes sentiments pour le roi et surtout, mettre en doute ma chasteté.

C'en était trop !

— Louis, vous ne pouvez tolérer que cette folle m'insulte de la sorte !

— C'est un rôle qu'elle joue, tenta-t-il.

— Je ne veux plus la voir à la cour ! Il faut la chasser.

— La reine l'aime beaucoup.

— Parce qu'elle se moque de moi et que votre mère me déteste !

— Allons, Marie, vous exagérez.

— Chassez-la, ou c'est moi qui m'en vais !

Je crus voir une étincelle dans ses yeux. Peut-être sentait-il ma colère, ou peut-être voulait-il se racheter après le triste épisode de la disgrâce de Philippe. Toujours est-il que j'eus gain de cause et cette Pittora disparut du Louvre. La reine m'en voulut et me montra son ressenti en ne m'adressant plus la parole.

Et l'ombre du mariage espagnol s'étendit à nouveau sur le palais.

Je ne m'avouais pas encore vaincue. J'avais la rage au cœur. Il me semblait que rien ne pourrait faucher mon amour pour Louis.

J'entrepris donc de faire le siège de mon oncle et, sans détour, je lui déclarai :

— Louis et moi nous aimons et son souhait le plus cher est de me prendre pour épouse.

— Cela ne se peut, protesta-t-il.

Je tentai alors de toucher sa corde la plus sensible : son ambition.

— Vous qui aspirez à monter toujours plus haut, n'aimeriez-vous pas que le nom de Mazarin soit uni à celui de Bourbon ?

— Cela ne se peut, répéta-t-il, les mains crispées.

— Si vous le voulez, cela se fera, répliquai-je aussi butée que lui.

Il secoua la tête, m'expliqua que depuis des siècles les rois de France se lient aux princesses étrangères pour agrandir leur territoire, ou consolider des alliances. C'était la règle.

— Eh bien, Louis sera une exception et son règne en sera d'autant plus glorieux.

— Cessez ces enfantillages. Vous, Marie Mancini, ne pouvez pas épouser le roi de France, un point c'est tout, me rétorqua-t-il d'un ton glacial.

Je quittai la pièce, brûlante de colère et de dépit me raccrochant à une dernière lueur d'espoir : l'amour de Louis. Il pouvait convaincre sa mère, lui prouver que son bonheur devait passer avant la politique. Après tout, elle aimait son fils, non ? Je m'agrippais à cette certitude comme un naufragé s'accroche à une planche, défiant les vagues prêtes à m'engloutir.

L'après-midi même, Louis vint dans mes appartements et à sa mine contrite, à ses yeux rougis, je compris qu'il n'avait pas obtenu gain de cause.

— Je dois épouser l'infante... pour la paix... pour le bien du pays, bredouilla-t-il penaud.

J'étais comme assommée et je gardai un moment le silence avant de réussir à murmurer :

— Ainsi, tout est fini.

Il prit mes mains glacées entre les siennes, ses yeux cherchèrent les miens et il me répondit avec conviction :

— Non point. Je vous aime toujours, Marie, et personne ne pourra jamais ôter cet amour qui resplendit dans mon cœur.

— Oh, moi aussi, je vous aime, Louis... mais sans vous, sans votre présence, sans votre affection, je vais dépérir comme une fleur privée d'eau.

Nous nous étreignîmes, sourds au toussotement insistant de madame de Venelle qui nous rappelait aux convenances.

— L'infante ne changera rien à mes sentiments pour vous. Vous resterez toujours près de moi et vous serez mon soleil, me promit Louis.

J'ébauchai un sourire timide mais je n'y croyais pas ou plus. Je sentais déjà la distance entre nous, un abîme invisible creusé par son devoir et les volontés de la couronne.

Madame de Venelle dut s'empresser d'aller rapporter cette conversation à mon oncle, car quelques heures plus tard, il me fit venir dans ses appartements et me dit d'un ton sans réplique :

— Marie, il est préférable que vous quittiez la cour pour un temps. Un séjour à La Rochelle dont je suis le gouverneur vous sera salutaire. Ce sera une façon de vous aérer l'esprit et de réfléchir à la situation. Marie-Anne et Hortense vous accompagneront.

— Je n'ai pas besoin de réfléchir. Je sais ce que je veux. Et le roi veut la même chose, répliquai-je avec force.

Il fronça les sourcils et ajouta en détachant bien chaque mot, comme s'il s'agissait de coups de poignard :

— Le roi souhaite que vous partiez pour La Rochelle.

— Ce... ce n'est pas possible !

— Il est redevenu raisonnable. Il a compris qu'être roi impliquait des sacrifices et...

— Et ce sacrifice, c'est moi ! hurlai-je.

Je tournai les talons dans un violent mouvement de colère et de détresse, la tête haute mais le cœur en lambeaux. La raison d'État était la plus forte. Elle piétinait notre amour sans remords et peut-être même avec une certaine jubilation. Les sentiments n'ont aucune place dans la politique. Ils sont totalement incongrus.

Louis revint me voir avant le départ et, bouleversé, me tendit un somptueux rang de perles.

— Afin que vous ne m'oubliiez pas, murmura-t-il.

Je répondis d'une voix que la déception, la colère et la peine faisaient trembler :

— Je n'ai pas besoin de bijou pour cela. Vous êtes en moi pour toujours.

Nous pleurâmes longtemps dans les bras l'un de l'autre, puis Louis se reprit et m'annonça comme s'il s'agissait d'une grande victoire :

— J'ai obtenu l'autorisation de vous écrire. Nos lettres ne seront pas ouvertes, on m'en a donné l'assurance. Et lorsque cette affaire sera un peu calmée, vous reviendrez à la cour et tout reprendra comme avant.

Je me raidis. Comme avant ? Pour moi, rien ne serait comme avant, quand j'étais la seule à le chérir, avant, quand j'étais sa reine... Bientôt une étrangère qui ne savait rien de lui chercherait à se faire aimer et porterait le titre qui m'était destiné. Alors à quoi bon regagner la cour ? Être sa maîtresse ? Le partager avec l'infante ? Cela m'était tout à fait impossible. J'étais la femme d'un seul amour.

Il quitta la pièce sans que je trouve les mots pour exprimer ma détresse. Déçue qu'il puisse envisager que je me contente d'être sa maîtresse lorsqu'il serait marié.

Le lendemain, 22 juin 1659, fut la plus triste journée de mon existence. Je m'étais préparée mentalement. Je devais être forte. Partir dignement. J'avais accordé un soin particulier à ma toilette. Je voulais que Louis garde de moi l'image d'une demoiselle de dix-neuf ans, belle et fière. Qu'il n'oublie pas celle qu'il avait aimée au point de vouloir l'épouser. Je priais Dieu que mes jambes me portent sans fléchir et que je ne tombe pas en pâmoison sous le poids de la fatigue et de la déception. Je montai dans le carrosse que mon oncle avait fait avancer. Hortense, Marie-Anne et l'indétrônable madame de Venelle m'y attendaient. Je n'avais plus de larmes. Je les avais toutes répandues pendant ma longue nuit sans sommeil.

Tout à coup, Louis fut à la porte du carrosse, le visage ravagé par les pleurs. Je le trouvai assez minable et, la rage au ventre, je lâchai :

— Vous êtes roi, vous pleurez et je pars !

Puis je tapai du plat de la main sur le toit du carrosse pour ordonner au cocher de fouetter les chevaux.

Je ne me retournai pas, même si l'envie de l'apercevoir une dernière fois me déchirait le cœur.

Je sentis que ma fermeté impressionnait mes compagnes de voyage, mais en vérité, elle n'était que de façade. Et plus je m'éloignais de lui, plus la tristesse m'accablait.

— Il m'a abandonnée, murmurai-je.

Mes sœurs ne trouvèrent aucun mot pour me détromper.

Pourtant, à peine avions-nous parcouru quelques lieues que, dans un nuage de poussière, un mousquetaire se présenta à ma portière et cria en me tendant un pli :

— Par ordre du roi !

Quel remue-ménage dans la voiture ! Madame de Venelle tenta d'intercepter la lettre que je cachai précipitamment dans mon corsage en affirmant :

— Je la lirai ce soir.

Mes sœurs sourirent, me poussèrent d'un coup de coude et Hortense me souffla :

— Tu vois, Marie, le roi pense à toi.

Un sourire timide se dessina sur mes lèvres. Oui, Louis pensait à moi comme je pensais à lui. Notre histoire n'était pas terminée. Notre amour triompherait envers et contre tout. Je voulais m'en persuader.

Durant le trajet, cinq fois, un mousquetaire se présenta à ma portière pour me remettre une lettre par ordre du roi ! Madame de Venelle me lançait des regards aussi aiguisés que des épées. Elle brûlait d'envie de pouvoir renseigner mon oncle sur l'attitude du roi à mon égard. Je ne lui laissais point ce plaisir et je rangeais soigneusement les missives dans mon corsage. Oh, comme j'avais hâte d'atteindre l'étape du jour pour m'isoler, les dévorer, les relire encore et encore, et lui répondre, lui jurant que mon amour lui était toujours acquis !

Il avait été décidé que nous ferions halte à Fontainebleau. Mon oncle devait m'y rejoindre car il tenait à m'accompagner personnellement à La Rochelle.

Fontainebleau...

Dès que j'aperçus la bâtisse, mon cœur s'affola. Louis et moi y avions été si heureux ! Je me persuadai alors que Louis y était. Que cette étape avait été choisie pour qu'il puisse m'y retrouver ! Je sortis du carrosse et, tenant mes jupons à deux mains, je courus dans les salons en appelant :

— Louis ! Louis !

Une porte qui claque, une ombre dans une pièce. C'était lui ! Je m'approchai, le cœur battant. Personne.

Madame de Venelle courait sur mes talons en s'écriant :

— Revenez, Marie, le roi ne peut pas être là, il est à Chantilly.

Elle mentait puisqu'elle était à la solde du cardinal. Je parcourus toutes les pièces, traversai même une partie du parc. Je dus me rendre à l'évidence. Louis n'était pas à Fontainebleau.

Désespérée, déçue, épuisée, je m'effondrai sur mon lit, refusant d'aller saluer mon oncle qui venait d'arriver. J'envoyai Madame de Venelle.

— Vous lui direz que je suis souffrante.

Dans la solitude de ma chambre, je dépliai les lettres de mon bien-aimé. Elles étaient douces, empreintes de tendresse et de chagrin. Je l'imaginais, le visage baigné de larmes, en train de coucher ces mots d'amour sur le papier. Parfois l'encre avait été délavée par ses pleurs. Je les lus et les relus une grande partie de la nuit. Louis était un être d'exception qui, par amour pour moi, avait accepté de préserver ma virginité. Aucun autre gentilhomme n'aurait eu cette noble attitude.

— Oh, Louis, Louis, comme je vous aime !

Au matin, la fièvre m'empêcha de me lever. Mes jambes ne me portaient plus. Peut-être n'avaient-elles pas envie que je m'éloigne encore de celui que j'aimais. Mon oncle, persuadé que je feignais la maladie pour demeurer plus longtemps à Fontainebleau, était furieux, d'autant que j'avais appris que les pourparlers avec l'Espagne pour la paix et le mariage du roi traînaient en longueur.

Je fis les frais de sa colère et de sa déception et il me sermonna vertement afin que j'arrête toute correspondance avec le roi.

— Que Sa Majesté la reine ait autorisé cette correspondance est une grave erreur, m'assura-t-il. Imaginez ce qui se passerait si une de vos lettres était interceptée par un espion espagnol.

Je dus ébaucher un sourire satisfait car il s'emporta et poursuivit :

— La honte pour le roi ! Pour la France ! Les Espagnols, si fiers, si catholiques, ne supporteraient pas cet affront.

Je me rembrunis et il conclut, implacable :

— Quand une chose est terminée, il n'est plus temps d'y revenir. Le roi cessera donc de répondre à vos lettres si vous avez l'audace de lui en écrire.

Mon oncle continua son voyage pour rejoindre la frontière espagnole afin de s'occuper des tractations pour ce traité de paix et ce mariage.

La fièvre ayant diminué, nous reprîmes notre route vers Vaux-le-Vicomte où monsieur Fouquet, surintendant des finances, souhaitait nous montrer le superbe château qu'il venait de faire bâtir. Il me reçut comme si j'étais reine, mais je n'y pris point de plaisir, ma triste situation me faisait douter que je le sois un jour. J'y retrouvai monsieur de La Fontaine qui nous déclama des vers assez pompeux écrits pour célébrer Vaux et son protecteur. Dans la soirée, nous assistâmes à une comédie, mais malgré les situations grotesques représentées par les comédiens, je ne parvins pas à rire de bon cœur. Marie-Anne et Hortense, elles, rirent à gorge déployée.

Quelques jours plus tard, nous nous arrêtâmes à Chambord où habitait Gaston d'Orléans, l'oncle de Louis. Après les sinistres épisodes de la Fronde des princes et son exil forcé, il venait de rentrer en grâce. Il y eut de nouvelles fêtes, de nouveaux festins. Mais tout cela m'indifférait. Je devais pourtant sourire, remercier, danser... alors que chaque tour de roue m'éloignait de Louis.

Nous étions en vue de La Rochelle lorsqu'un courrier de mon frère Philippe me parvint :

> *J'ai réussi à m'échapper de Brisach où je mourais d'ennui. Je compte te rejoindre à La Rochelle. Je persuaderai le roi de se joindre à moi. Je n'aurai pas beaucoup de mal. On m'a assuré qu'il se consumait d'amour pour toi. Notre ami Vivonne a tout organisé. Madame de Venelle, émue par ton sort, est dans la confidence. Attends-toi donc à notre arrivée très prochaine.*

Madame de Venelle favorisant mon idylle avec le roi ? Je n'y crus qu'à moitié. Pourtant, la fièvre qui ne m'avait pas complètement abandonnée me quitta aussitôt et je poursuivis le voyage jusqu'à La Rochelle avec un entrain retrouvé. Je voulais y être pour accueillir Philippe, Vivonne et surtout Louis. Las, lors d'une halte à proximité de Tours, madame de Venelle nous annonça :

— Philippe et Vivonne ont été arrêtés. Leur complot pour entraîner le roi jusqu'à La Rochelle a été découvert. Mazarin est furieux et la reine tout autant. Philippe est de retour à Brisach et Vivonne est consigné dans ses terres.

Une chape de plomb me tomba sur les épaules.

Le rêve de revoir Louis s'évanouit. Je retins mes pleurs. Hortense et Marie-Anne m'entourèrent de leur affection. Quant à madame de Venelle, que je pensais tout acquise à mon oncle, je découvris avec étonnement que ma détresse la touchait car elle me serra le bras pour me réconforter. Avoir réussi à attendrir cette dame était un véritable exploit !

La Rochelle nous accueillit avec faste. Nous eûmes droit au tir de canon, aux arcs de triomphe, aux fanions agités par les enfants à notre passage et même aux cris de « Vive le roi ! » et parfois aussi de « Vive la reine ! », ce qui fit dire à la petite Marie-Anne :

— Entends, Marie, ces braves gens ont compris que le roi t'aimait et ils te veulent pour reine.

Je souris, la gorge serrée. Le peuple me jugeait digne de la couronne. Il aurait trouvé normal que l'amour triomphe. Alors je me surpris de nouveau à rêver... à rêver à un revers de situation. L'Espagne refusait que l'infante épouse le roi de France et Louis me revenait.

L'intendant du lieu, Colbert du Terron, nous offrit l'hospitalité dans son château et nous proposa aussitôt des réjouissances pour célébrer les nièces du cardinal et, peut-être, la future reine de France.

— Vous verrez que l'existence en province est aussi agréable qu'à Paris, nous affirma-t-il en lissant sa moustache.

C'était un bel homme d'une trentaine d'années qui ne laissa pas Hortense indifférente. À dire vrai, Hortense trouvait de l'allure à tous les hommes qui n'étaient pas le duc de La Meilleraye que mon oncle lui destinait pour époux. Quelques jours plus tôt, elle m'avait confié, amère :

— Je déteste La Meilleraye. Jamais je ne l'épouserai. Je n'ai pas envie de devenir une petite duchesse vivant sur ses terres de Mayenne. Moi, j'ai besoin de l'agitation de la cour pour être heureuse !

Les fêtes se succédaient.

Nous avions exigé de madame de Venelle qu'elle nous fasse confectionner des tenues nouvelles par un tailleur venu tout exprès de Paris. Nous voulions montrer à ces dames de province la mode de la cour. Hortense et Marie-Anne resplendirent dans des robes de soie ornées de dentelle, de perles, de pierreries. Voulant tenir mon rang de « presque reine », je ne fus pas en reste et l'on me tailla plusieurs magnifiques tenues... mais lorsque je les portais, la tristesse m'envahissait. J'aurais voulu que le regard de Louis se pose sur moi et que j'y lise l'admiration et l'amour.

Dans la journée, nous allions contempler l'océan. Je fus surprise par l'immensité de cette étendue d'eau mouvante, le bruit des vagues, et aussi par le cri des mouettes qui venaient nous effleurer de leurs ailes blanches. Hortense, audacieuse, osa même se baigner et les pages de monsieur du Terron lui enseignèrent les rudiments de la natation. Elle poussait de petits cris apeurés, se cramponnait aux bras musclés qui la soutenaient et nous rîmes sans retenue. Marie-Anne préféra déclamer des vers face à l'océan. Elle me ressemblait beaucoup parce que, comme moi, elle aimait les livres, les romans et la poésie. Elle vivait mal sa séparation d'avec la reine qu'elle considérait comme sa seconde mère et lui envoyait des poèmes assez plaisamment tournés.

Quant à moi, il m'arrivait de faire seller un cheval et de parcourir le plat pays d'Aunis, ses marais, ses herbes brûlées par le sel. C'est ainsi que je découvris Brouage, un port fortifié par Richelieu. J'en appréciais la beauté sauvage et le calme mais lorsque je confiai à Hortense que ce lieu invitait à la méditation, elle fit la moue et s'indigna :

— S'enterrer à Brouage ? Très peu pour moi ! Moi, je veux la danse, le rire, la vie !

Certains soirs, des tables de jeu étaient dressées. Hortense, qui adorait jouer, m'y entraîna et j'avoue y avoir pris grand plaisir malgré la perte de grosses sommes que mon oncle se chargeait de rembourser. Même Marie-Anne, qui n'avait pas encore dix ans, se prit de passion pour le piquet[1]. Et il était très plaisant de voir avec quel sérieux elle annonçait ses points.

Colbert du Terron avait réussi à reproduire une petite cour dans sa demeure et tous les gentilshommes et les dames de qualité des environs venaient participer aux soirées qu'il organisait et dont il était très fier.

Je fis la connaissance d'un mage astrologue qui prédisait l'avenir, et comme mon père et ma mère m'avaient accoutumée à cette pratique, je l'interrogeais souvent.

— Vous serez reine d'une cour fastueuse, m'annonça-t-il après avoir exploré les lignes de ma main.

— Reine ? balbutiai-je, troublée. De France ? ajoutai-je plus bas.

— D'un magnifique pays, reprit-il.

— Lequel ?

— La vision en est floue... mais c'est un lieu que vous connaissez.

Alors, comment ne pas rêver ?

Au début, cette agitation me permit d'endormir ma peine. Mais elle revint plus forte encore et mes seuls moments de joie étaient lorsque je recevais une lettre de Louis. J'en recevais de fort belles qui n'avaient point été ouvertes et lues par mon oncle selon ce qui avait été convenu. J'avais réussi à plaider ma cause auprès de monsieur du Terron en lui assurant, les larmes prêtes à couler, que les lettres du roi me permettaient de supporter ce cruel éloignement. Et avec une émotion sincère, il m'avait répondu que c'était à mon sacrifice que nous devions la paix du royaume et qu'il s'engageait

1. Jeu de cartes très à la mode au XVIIe siècle.

à envoyer un exempt qui discrètement m'apporterait le courrier de Sa Majesté.

— Ah, Monsieur, vous me sauvez ! Jamais je n'oublierai votre si généreux geste, m'étais-je exclamée, soulagée et heureuse.

Je pus ainsi confier à Louis mes plus intimes pensées, mes promesses de fidélité éternelle, et lui, en retour, me jurait de ne jamais m'abandonner. Il viendrait bientôt me chercher, me reprendre, parce qu'il m'aimait et qu'il ne pouvait se passer de moi. Oh, ces lettres ! Je les lisais, les relisais, les baignais de mes larmes et les cachais contre mon cœur, comme des trésors.

Cependant, quelques mois après notre installation à La Rochelle, j'en eus soudain assez de cette agitation, je devrais dire de cette mascarade, car c'en était bien une. La noblesse provinciale se pressait dans mon salon, curieuse de voir la demoiselle dont leur roi s'était épris. Elle lorgnait ma coiffure, mon visage, ma tenue, souriait, médisait. J'aspirais à la solitude pour entretenir mes sombres pensées.

Depuis plusieurs jours, une idée, je l'avoue assez fantasque, était venue se loger dans ma tête : si Louis avait le projet de m'enlever afin que nous puissions vivre notre amour, cela serait plus facile du petit port de Brouage que de La Rochelle. Cette idée me faisait vibrer tandis qu'une autre me perturbait grandement : si mon oncle souhaitait me contraindre à entrer dans un couvent, m'échapper de Brouage serait plus aisé.

Ma décision fut donc prise. J'annonçai un soir à mes sœurs et à Colbert du Terron mon départ pour Brouage.

Marie-Anne se lamenta :

— Non ! La vie est si plaisante ici !

— Non ! hurla presque simultanément Hortense. Je refuse d'aller m'enterrer là-bas.

Monsieur du Terron, craignant de perdre celle qui faisait la renommée de ses festivités, tenta de me raisonner :

— Voyons, n'êtes-vous pas ici la reine de La Rochelle ?

Mais rien ne m'aurait détournée de ma résolution. Je le remerciai pour son hospitalité et lui assurai que Brouage m'apporterait le calme auquel j'aspirais.

Nos bagages rapidement bouclés, nous partîmes pour Brouage où nous nous installâmes dans la maison du gouverneur. Hortense et Marie-Anne boudaient. Madame de Venelle marmonnait je ne sais trop quoi. Le mage que j'avais persuadé de venir avec nous m'annonça que le lieu n'était guère propice au bonheur.

— Le bonheur ? répliquai-je, amère. C'est lorsque le roi est avec moi, alors comme il n'est pas plus à Brouage qu'à La Rochelle, cela ne fera aucune différence.

Il se rembrunit. J'étais si malheureuse que je rabrouais tous ceux qui me contredisaient.

Et puis, fin juillet 1659, une lettre m'annonça que la cour avait quitté Paris afin de gagner la frontière espagnole où le mariage avec l'infante serait célébré le mois suivant. Mais avant cela, le roi ferait halte à Angoulême et la reine avait autorisé son fils chéri à m'y rencontrer.

Je poussai un cri de joie ! Nous allions nous voir, nous parler, nous serrer l'un contre l'autre... et peut-être, peut-être même me prendrait-il avec lui pour la suite de son voyage. Il me l'avait promis dans une de ses précédentes lettres secrètes :

> *Dès que possible, je viendrai vous prendre, vous emporter et vous serez toute à moi parce que je vous aime.*

Je ne tenais plus en place. J'avais l'impression que mon cœur s'était remis à battre plus vite. J'avais les nerfs à fleur de peau. Je ne supportais plus ni les jeux, ni les conversations. Je restais dans ma chambre et savourais par avance mon bonheur, imaginant notre rencontre, son odeur, son sourire, ses mains, ses gestes...

Et puis une nouvelle lettre m'annonça que l'étape ne serait pas à Angoulême mais à Saint-Jean-d'Angély, le 25 août. Que m'importait, pourvu que l'on se voie !

Les heures se traînèrent jusqu'à ce fameux jour. Plusieurs fois j'avais changé de tenue. Je voulais le séduire, encore, mais surtout lui montrer que sans lui, ma vie n'avait plus aucun intérêt. Une robe trop brillante ne convenait donc pas. Une trop terne ne me mettait point en valeur. Hortense assista à mes errements, dépitée. Il nous arriva même d'en rire et la minute d'après je pleurai d'énervement.

Finalement, je décidai d'aller à sa rencontre à cheval, parce que mes plus beaux souvenirs – et j'espérai les siens – étaient ceux de notre voyage à Lyon à cheval... Je revêtis le vêtement d'amazone que je portais lors de ce déplacement et je partis au-devant de lui, au galop. Nous étions en août, le temps était superbe. J'étais comme enivrée de lumière et si heureuse de revoir l'homme que j'aimais. Mes sœurs et madame de Venelle suivaient dans un carrosse.

Soudain, au détour d'un chemin, j'aperçus une troupe de cavaliers venant face à moi.

Je le reconnus immédiatement. J'aurais voulu crier son nom, agiter la main, mon chapeau tant j'étais heureuse. Je ne fis rien, cela n'aurait pas été convenable. Je retenais tout mon bonheur en moi, mais dès que nos regards se croisèrent, ils exprimèrent tout ce que les mots ne pouvaient dire. J'avais mille questions qui brûlaient mes lèvres, une rage encore prête à bondir sans doute, mais je me tus.

— Bonjour, Marie, me dit-il tendrement. Vous m'avez manqué.

— Bonjour, Louis, lui répondis-je le souffle court, le cœur battant la chamade. Vous m'avez manqué plus que je ne saurais le dire.

J'aurais voulu d'emblée lui montrer ma détresse, mon amour, mes attentes... mais aucune phrase sensée ne me vint à l'esprit tant j'étais tourmentée.

Alors sans autres paroles, nous fîmes tourner nos chevaux et cavalâmes jusqu'à Saint-Jean-d'Angély. Les amis de Louis étaient partis en éclaireurs et nous guidèrent vers la demeure prévue pour nous recevoir. Nous y arrivâmes avant tous les autres.

J'eus l'impression d'être libre, seule avec mon amour ! La tête m'en tourna un peu.

Louis m'aida à descendre de ma monture, me prit la main et nous courûmes, riant comme des enfants heureux, nous enfermer dans un salon, la porte gardée par un jeune page. Il me saisit le visage, le baisa avec ferveur en répétant :

— Marie, Marie... Vivre loin de vous est un supplice.

Et moi, je ne parvenais qu'à balbutier :

— Oh, oui, Louis, on nous a sacrifiés.

Nous nous étreignîmes, nous pleurâmes. Il défit ma coiffure, froissa ma jupe, baisa mes mains, mon cou, ma gorge, m'inonda de mots d'amour mais lorsqu'il fit mine de vouloir soulever mon jupon, je l'arrêtai. Non par manque de désir, bien au contraire, mais ma pudeur, ma loyauté, ma fierté m'empêchèrent d'être entièrement à lui.

— Louis, bientôt vous serez marié, soupirai-je, désespérée.

— Rien n'est moins sûr. Le pape tarde à accorder la dispense nécessaire à cette union puisque l'infante et moi sommes cousins germains.

— Voilà un bel espoir à caresser.

— Il ne s'agit que de patienter un peu et vous serez à moi, alors un peu plus tôt, un peu plus tard... plaida-t-il.

— Vous savez que je n'appartiendrai qu'à mon époux.

— Je le sais, ma mie, et cela vous honore... mais c'est fort cruel.

— Renoncez à l'infante et je serai à vous !

— Eh, me dit-il d'un ton taquin, il se pourrait que ce mariage n'ait jamais lieu.

— Comment donc ? m'exclamai-je pleine d'espoir.

— Mazarin semble moins sûr d'obtenir la main de l'infante. Ce mariage qui devait avoir lieu dans le mois est repoussé chaque fois un peu plus loin.

— J'en suis ravie.

— Et moi donc ! Mazarin a prévu que nous allions visiter les villes du Midi afin de laisser le temps aux Espagnols de m'accepter comme époux.

— Oh, mais s'ils ne vous veulent pas, moi je vous veux ! lui assurai-je en me pendant à son cou et en lui offrant mes lèvres.

— Voyez, ma mie, tout n'est pas perdu. Et tant que je ne suis pas marié, nous sommes libres de nous aimer.

Las, après deux heures de cet agréable tête-à-tête, madame de Venelle se mit à tambouriner si fort à la porte que nous fûmes obligés de sortir. J'avais mis de l'ordre dans ma tenue, et c'est sans rien laisser soupçonner de notre bref égarement que nous

nous présentâmes devant elle, puis devant la reine et ma sœur Olympe qui venaient à leur tour d'arriver à Saint-Jean-d'Angély. Je m'étonnai. Comment ? Ma sœur était donc toujours là, proche du roi ? Elle me dévisagea sans aménité et je fis de même car je souffris mille tourments en imaginant qu'elle n'avait pas quitté le roi, elle.

Les jours passés à Saint-Jean furent comme un rêve fugace, enivrant et cruel. Le roi, entouré de sa cour, demeura deux jours en ces lieux ; chaque soir, les festivités battaient leur plein. Feux d'artifice illuminant le ciel, danses et musique se succédaient, et je voyais briller les yeux d'Hortense et de Marie-Anne d'une joie insouciante. Quant à ma sœur Olympe, jadis aimée de Louis, elle me jetait des piques acerbes que j'accueillais avec une froide indifférence, mon bonheur présent m'était trop précieux pour le gâcher.

Louis ne me quittait guère. Sa présence constante, ses regards, son bras qui me guidait dans chaque danse rendaient ces fêtes plus éblouissantes encore, malgré l'animosité de la reine à mon égard.

Lorsque nous nous croisâmes pendant la gavotte, je marmonnai avec un soupçon d'amertume :

— Votre mère ne m'aime guère, Louis.

— Pourtant, c'est elle qui a autorisé cette rencontre, me rappela-t-il.

— Parce qu'elle vous aime plus que tout.

— La sagesse lui commande d'assurer mon mariage avec l'infante et son cœur de mère voudrait que je sois heureux avec vous. Un véritable dilemme, soupira-t-il.

Las, Louis partit bien trop vite à mon goût et je retournai à Brouage avec mes sœurs qui reprirent leur mine morose.

Quelques jours plus tard, je reçus une lettre de mon oncle.

> *Le devoir d'un roi est d'assurer la paix de son peuple. Et la paix avec l'Espagne ne se fera qu'avec le mariage du roi et de l'infante. Si, par malheur, une de vos lettres tombait dans les mains d'un espion espagnol, elle risquerait de compromettre cette union et donc la paix. Je pense, Marie, que, comme tout le peuple de France, vous souhaitez arrêter cette guerre meurtrière. Alors, je vous ordonne de cesser toute correspondance avec Sa Majesté. Et si vous receviez encore une lettre du roi, je vous recommande de la détruire sans la lire.*

La paix reposait donc sur moi. J'en éprouvais une sorte de vertige ! Oh, j'aurais tellement voulu être une demoiselle quelconque amoureuse d'un gentilhomme ordinaire ! La vie aurait été si facile et si belle. Être amoureuse d'un roi était bien la pire des situations.

Le cœur lourd, j'écrivis une dernière lettre à Louis et je le priai, de son côté, de ne plus m'écrire. J'eus l'impression abominable que le soleil disparaissait et que la nuit m'enveloppait pour toujours.

Brouage sans les lettres de Louis, malgré les espiègleries de Marie-Anne et la chaleureuse présence d'Hortense me parut bien lugubre.

Pour échapper à cette solitude que je ne supportais plus, j'invitais plusieurs fois par semaine les filles du seigneur de Marennes. Charlotte, Catherine, Élisabeth et Judith avaient sensiblement le même âge que Marie-Anne, Hortense et moi. Nous dînions ensemble, puis nous jouions aux cartes sérieusement... riant du mauvais hasard qui nous faisait perdre à tour de rôle. Elles étaient joyeuses, se moquaient de ce que l'avenir leur réservait et m'aidèrent à passer agréablement les six mois que je demeurai à Brouage.

Dans ma quête d'évasion, j'écrivis à madame Scarron que j'avais rencontrée autrefois à Paris dans son salon littéraire. Je lui proposai de venir à Brouage m'apporter un peu de l'esprit de la capitale en échange des brises marines. J'espérais fortement que sa présence, en me changeant les idées, me permettrait d'échapper un peu à la morosité des lieux. Las, elle refusa d'abandonner son vieux mari souffrant. C'était tout à son honneur, mais je la regrettai fort.

Et puis, un jour pluvieux, un émissaire à cheval se présenta de la part du roi. On le fit entrer. Mon cœur se mit à battre de façon désordonnée et mon imagination s'emballa. Il venait me chercher comme Louis me l'avait promis lors de notre rencontre à Saint-Jean-d'Angély ! Il m'attendait à Bordeaux. Il allait faire de moi sa reine... En promettant de ne plus nous écrire, nous avions déjoué la surveillance de Mazarin et, à présent, Louis imposait sa propre volonté. Il redevenait le héros des ballets qu'il aimait à danser. Il était Ulysse, Zeus, Alexandre...

Oh, comme je l'aimais !

Madame de Venelle, le visage fermé, prête à me retenir, le reçut assez sèchement.

— Plaît-il ? l'interrogea-t-elle du bout des lèvres.

— Un présent pour mademoiselle Marie Mancini de la part du roi, annonça-t-il.

Ouvrant sa pèlerine, il me tendit un chiot de quelques mois qui, aussitôt, se lova dans mon cou.

— C'est l'un des deux chiots que sa chienne préférée, Friponne, a mis bas récemment, m'expliqua-t-il.

Je fondis en larmes. Parce que j'avais trop espéré que Louis me venait chercher... parce que cette boule de tendresse était un cadeau d'adieux déchirant... un peu comme si Louis me disait : « Je ne serai jamais dans vos bras, mais lui y sera à ma place. »

C'est alors que j'aperçus la médaille que le chiot portait au cou. Je la retournai et je lus : *Je suis à Marie Mancini*. Mon cœur bondit dans ma poitrine. C'était un message de Louis. Il m'avouait ainsi qu'il était à moi, tout à moi... comme ce petit chien qu'il m'offrait. Je refoulai mes larmes. Louis m'aimait. Il n'aimerait jamais que moi. Je berçais le chiot, lui murmurant des mots doux... ceux que je ne pouvais pas dire à mon amoureux.

Marie-Anne s'approcha et me demanda, curieuse :

— Comment vas-tu l'appeler ?

Prise au dépourvu et sans réfléchir, je lançai :

— Loulou !

Les jours suivants, Loulou, par ses facéties, son énergie débordante, parvint à m'arracher quelques sourires, malgré ma peine. Était-ce ce que Louis avait espéré ? Il me plut de l'imaginer.

Hélas, une nouvelle lettre d'Olympe vint bientôt briser ce fragile apaisement.

Elle ne m'avait toujours pas pardonné de lui avoir « volé » le roi, comme elle l'affirmait, du venin dans la voix. Et les rares fois où nous nous étions vues, elle m'avait lancé de méchantes piques.

Elle me contait par le menu les déplacements de ville en ville dans le carrosse du roi où leurs genoux se touchaient. Le retour de sa faveur, les cadeaux de Louis. Elle terminait en m'assurant que puisque j'avais refusé de poursuivre la correspondance avec le roi, ce dernier en avait conclu que je ne l'aimais plus et il m'avait définitivement rayé de sa vie.

— Comment ? explosai-je. Mais c'est pour ne pas entraver son mariage que j'ai renoncé à lui écrire. Mes sentiments pour lui sont intacts !

Je hurlai de colère, de rage, je pleurai sans retenue. Moi qui avais cru, quelques jours auparavant, avoir touché le fond du désespoir, je m'aperçus que le désespoir n'avait pas de fond et que les larmes ne tarissaient jamais. J'étais la plus malheureuse du monde !

Une semaine plus tard, une nouvelle missive d'Olympe m'annonça avec perfidie que le roi avait brûlé toutes mes lettres et qu'il ne voulait plus jamais entendre parler de moi. Je me promis de ne plus ouvrir le courrier de ma sœur. Elle ne m'écrivait que pour me blesser.

C'est à peu près à ce moment-là que se présenta l'évêque de Fréjus, ami de mon oncle et porteur d'une proposition de mariage.

Lorenzo Onofrio Colonna, duc de Raliacotte, prince de Paliano, grand d'Espagne et connétable du royaume de Naples, souhaitait m'épouser. Je suppose que l'homme d'Église me récita tous ces titres pour me faire comprendre que, malgré mon rêve d'être reine de France, épouser un prince de cette envergure ne serait en rien une déchéance. Mais je n'avais pas de place dans mon cœur pour un autre que Louis.

— Monsieur le prince espère que vous accepterez sa proposition. Il ne veut personne d'autre que vous.

— Sa persévérance me touche, mais il est trop tôt. Accepter ce mariage serait me résigner à quitter la France pour vivre à Rome. Je ne peux m'y résoudre. D'ailleurs, mon oncle s'était engagé à ne pas m'éloigner de Paris si je renonçais à... à écrire au roi.

Je bafouillai un peu. Révéler l'arrangement que j'avais conclu avec mon oncle si j'acceptais de disparaître aux yeux du roi me coûtait.

— Réfléchissez, Marie, me sermonna madame de Venelle. Le temps passe et à faire la difficile, plus aucun parti ne se présentera.

— Tant mieux, rétorquai-je par provocation. J'entrerai au couvent.

— C'est ce que Maman souhaitait pour toi, me rappela Hortense, et je t'entends encore hurler : « Le couvent, jamais ! »

Sa repartie me glaça. Je me retirai, digne et fière, laissant madame de Venelle raccompagner l'évêque de Fréjus.

Cette nuit-là, je poussai Loulou qui dormait dans mon lit pour accueillir Hortense et Marie-Anne venues bavarder comme nous le faisions souvent.

— Moi, il me plairait bien, le prince Colonna, prétendit Marie-Anne du haut de ses dix ans. Parce que je ne veux me marier qu'avec un prince riche qui me couvrira de cadeaux.

— C'est ce que je te souhaite, répondit Hortense... Moi, je devrai sans doute me contenter de La Meilleraye, un vieux bigot sans aucun attrait pour qui aime s'amuser, danser, jouer.

— La Meilleraye n'est point vieux. Il a juste vingt-sept ans, objectai-je.

— Il est vieux dans sa tête et c'est pire que tout, se buta-t-elle.

— Oui, mais il est riche et il est fou de toi. Tu en feras ce que tu voudras, argumenta Marie-Anne.

— C'est vrai, railla Hortense. Je lui ai demandé des gants de soie et il m'a fait livrer douze paires de gants parfumés !

Inquiète, ma petite sœur s'interrompit soudain pour me demander :

— Tu ne vas pas entrer au couvent ?

Je soupirai.

— J'y songe pourtant... Sans l'amour du roi, la vie m'est insupportable.

— Oh, ne dit-on pas « Un de perdu, deux de trouvés[1] » ? plaisanta Hortense pour me faire sourire.

— Pas pour moi. Je suis la femme d'un seul et véritable amour.

— Eh bien, moi, je serai la femme de plusieurs hommes parce qu'avoir plusieurs amoureux est bien agréable, assura notre benjamine en bâillant.

Sur cette repartie de l'adorable Marie-Anne, mes deux sœurs regagnèrent leur couche. Quant à moi, malgré la chaleureuse présence de Loulou – ou peut-être parce qu'il me rappelait Louis –, le sommeil fut bien long à venir me prendre, tant je ressassais des idées sombres.

---

1. On disait dès le XIIIe siècle : « Un de perdu, deux de retrouvés. »

L'automne 1659 s'installa et le roi n'était toujours pas marié.

Il parcourait le sud de la France en attendant que les Espagnols se décident à lui accorder l'infante. J'étais au courant de tous ses déplacements, de toutes ses étapes, des festivités dont les villes l'honoraient parce que si je ne recevais plus aucun courrier du roi, j'en recevais de Mademoiselle sa cousine et de mon frère Philippe qui, en secret, m'écrivaient.

Louis n'était toujours pas marié et moi, je continuais à espérer.

Et puis, tout soudainement, je reçus de mon oncle l'autorisation de quitter Brouage pour Paris.

— Paris ? m'indignai-je. Mais qu'irais-je faire à Paris puisque le roi n'y est pas ! Brouage convient mieux à ma peine.

— Peut-être, mais nous n'en pouvons plus de croupir ici, s'emporta Hortense.

— C'est vrai, renchérit la petite dernière, tu es injuste ! Nous, on n'a rien fait de mal et on est punies avec toi !

— Je vous serai toujours reconnaissante d'avoir accepté cette situation.

— C'est parce qu'on t'aime beaucoup... assura Marie-Anne en me sautant au cou. Mais bon, on préfère Paris à Brouage.

— Alors, on va regagner la capitale avant que notre oncle ne change d'avis, conclut Hortense.

— Oh, oui, s'il te plaît ! minauda Marie-Anne.

Je cédai aux suppliques de mes sœurs. Elles n'avaient pas tort. L'hiver à Brouage était sinistre et le temps faisait son œuvre. Je pleurais moins. Je délaissais même un peu Loulou qui me rappelait trop qu'il était le cadeau de rupture du roi. Marie-Anne se l'appropria et je crois bien que mes seuls moments de joie étaient de les voir jouer ensemble.

Et si, par bonheur, le mariage du roi et de l'Infante ne se faisait point, je partirai le rejoindre aussi bien de Paris que de Brouage. Pour l'heure, j'avais appris qu'il allait passer l'hiver à Aix... c'était loin de la frontière espagnole et je m'en réjouissais.

Nous quittâmes Brouage le 30 décembre par un temps froid, pluvieux et venteux. Enfermées dans l'habitacle du carrosse, emmitouflées dans des peaux de bêtes, nous ne parlâmes point pendant plusieurs lieues. Trop d'événements s'étaient écoulés depuis notre départ de la capitale et nous nous demandions toutes les trois comment nous allions nous réhabituer à une existence si différente de celle de ces derniers mois.

À Paris, le palais Mazarin, où notre oncle nous avait ordonné de nous installer, était en chantier. Les maçons, les peintres étaient partout. Nous choisîmes donc de poser nos bagages dans son appartement du Louvre sans prendre le temps de solliciter son avis.

Le Louvre vide fut une pénible épreuve.

Tout me rappelait Louis, et il n'était pas là. Tout me rappelait la naissance de mes sentiments, leur évolution et la passion qui me consumait.

Hortense et Marie-Anne, que ne rongeait aucune histoire d'amour, étaient parfaitement heureuses de retrouver la capitale.

— Enfin ! s'exclama la cadette, nous allons voir des gens, danser, nous amuser... vivre quoi !

Las, la cour n'y étant point, le Louvre ressemblait à une coquille vide. Je m'accommodais assez bien de cette solitude. Mes sœurs point du tout.

— Nous ne sommes pas revenues à Paris pour demeurer cloîtrées comme des nonnes, s'indigna Marie-Anne avec sa verve habituelle.

Je n'eus pas beaucoup d'efforts à faire pour les sortir de leur isolement. La nouvelle de notre arrivée se répandit comme une traînée de poudre et dès le lendemain, plusieurs personnes se présentèrent au Louvre. Je suppose que certaines venaient simplement voir la recluse de Brouage et peut-être mesurer les chances que je sois reine si ces interminables pourparlers avec l'Espagne échouaient.

La première à se présenter fut Françoise Scarron.

— Ah, Marie, me dit-elle, je suis bien aise de votre retour. Vous m'avez beaucoup manqué et je m'engage à vous distraire de vos sombres pensées.

— Je n'ai pas besoin de distraction, mais mes deux sœurs seront ravies, lui répondis-je d'un ton morose.

— Allons, l'air des salons, des théâtres vous sera salutaire, vous verrez.

Elle fit tant et si bien que j'acceptai de participer aux après-dîners qu'elle organisait. Je goûtai grandement l'esprit caustique de son époux, les reparties des auteurs, comédiens, peintres, dames et gentilshommes invités.

J'allais aussi chez la reine d'Angleterre revenue au Louvre après des années sombres passées au château de Colombes. J'y retrouvais avec émotion mon amie Henriette que sa mère avait autorisée à sortir du couvent. Je faillis ne pas reconnaître la gracieuse jeune fille qu'elle était devenue.

— Henriette ! m'exclamai-je. Que je suis heureuse de vous revoir !

— Moi aussi, mon amie. Je me suis sentie si seule à Chaillot après votre départ.

Nous bavardâmes en aparté tandis que les violons commençaient à jouer.

— Mon frère Charles[1] vient de reconquérir le trône d'Angleterre. De ce fait, nous recouvrons notre royal statut. Après avoir souffert de l'indifférence des gens de cour, ma mère a grand plaisir à organiser des soirées où tout le monde se presse, poussé par un regain d'intérêt pour la mère du roi d'Angleterre !

Henriette riait de cet agréable retour de fortune et je me surpris à rire avec elle, renouant avec notre complicité d'autrefois.

Je crois que c'est lors d'une de ces soirées que me fut présenté Charles de Lorraine[2]. J'avoue que je ne le remarquai même pas.

---

1. Charles II à partir de 1660.
2. Charles V de Lorraine (1643-1690). Il a quatre ans de moins que Marie.

Aucun homme n'avait d'intérêt à mes yeux. Cependant, lui en conçut immédiatement pour moi.

— Il t'a dévorée du regard toute la soirée, me fit remarquer Hortense dans le carrosse qui nous ramenait au Louvre.

— Comme les autres, c'était un regard de pitié pour celle que le roi a abandonnée.

— Oh, non ! m'assura Marie-Anne. C'était un regard d'amoureux. Tu peux me croire, je m'y connais.

Hortense et moi pouffâmes de rire devant la certitude ingénue de notre benjamine.

Les jours suivants, je croisai Charles à maintes reprises. Partout où j'allais, il semblait y être déjà. Je dois avouer que cela m'amusa. Je n'avais jamais été courtisée par aucun gentilhomme puisque j'étais tombée amoureuse du roi alors que j'avais à peine quinze ans. Bien que je m'en défendisse, je découvris la joie de plaire et d'être désirée.

— Il est trop jeune pour toi, me taquina Hortense. Il me conviendrait mieux.

— Sans doute, mais c'est de moi qu'il est épris... lui répondis-je mutine, et ma foi, être courtisée par un gentilhomme plus jeune que moi est fort plaisant. Ce sont plus souvent des barbons qui veulent nous mettre dans leur lit.

Elle éclata de rire et reprit :

— Tu as raison, profite donc de la jeunesse de Charles.

Et puis ce fut la période du carnaval. Même si la cour n'était pas à Paris, il y eut de nombreux bals en masques. Au début, je n'avais pas le cœur à me divertir et rechignais à y aller, mais poussée par mes sœurs, je finis par retrouver la joie de danser, le plaisir de jouer de mon anonymat et de rire sous mon masque.

Au fil des jours, Charles était devenu mon danseur préféré. Il dansait avec grâce et aisance. Par certains côtés, il me rappelait Louis.

Lors de soirées littéraires, je découvris que Charles était un amateur de poésies, qu'il connaissait les auteurs latins et grecs et qu'il aimait les romans chevaleresques. Partager ce même intérêt pour la littérature nous rapprocha. Je ne pus m'empêcher de constater qu'il était plus érudit que Louis, qui n'avait pas lu grand-chose avant de me rencontrer.

Parfois, avec mes sœurs, nous allions à l'hôtel de Vendôme rendre visite à nos jeunes neveux, fils de feu ma sœur Victoire, Louis-Joseph, qui avait six ans, et Philippe, qui en avait cinq. Marie-Anne les adorait. Elle aimait les mignoter, jouer avec eux et avait affirmé :

— Plus tard, je les prendrai avec moi pour leur servir de mère.

— Mais tu es à peine plus âgée qu'eux ! avait protesté Hortense.

— Qu'importe ! Je les aime. Ils sont de notre sang et personne ne s'occupera mieux d'eux que moi. Et si je ne suis pas leur mère, je serai leur grande sœur[1].

Le printemps resplendit sur Paris. Louis était toujours loin de moi, quelque part entre Marseille, Orange, Avignon et Montpellier...

---

1. Mariée en 1662 à l'âge de 13 ans avec Godefroy de La Tour d'Auvergne, duc de Bouillon, elle éleva ses neveux et ses dix enfants.

Encore célibataire. L'espoir demeurait dans un coin de mon âme, même si Charles prenait de plus en plus de place dans ma vie, comblant le vide affectif laissé par Louis.

— Il est fou de toi et rêve de t'épouser, m'affirma Hortense un soir.

— Je le sais, murmurai-je, troublée.

— Tu serais heureuse avec lui. Il est jeune, cultivé et tu pourras rester à Paris comme tu le souhaites tant.

— Oui. Je crois d'ailleurs qu'il a demandé à notre oncle l'autorisation de m'épouser.

— Ah, je suis contente que tu te décides à... à oublier le roi.

— Je ne l'oublie pas, Hortense. Je me fais une raison. En épousant Charles, je continuerai à voir le roi et à l'aimer dans le secret de mon cœur.

Juin arriva. Et à ma grande surprise, je réalisai que je ne mourais pas d'ennui loin de Louis. Certes, je ne l'oubliais jamais tout à fait, mais il m'arrivait pendant plusieurs heures de ne pas penser à lui. Ou alors d'y penser comme à un ami tendrement chéri qui s'était éloigné de moi mais que j'allais bientôt retrouver. Pourtant, curieusement, j'appréhendais son retour. Loin de lui, je pouvais me convaincre que mes sentiments s'étaient éteints. Mais le revoir... Oh, qu'il était donc difficile de savoir ce que mon cœur et mon âme souhaitaient !

Ce cher Charles, qui devinait mes tourments sans jamais s'en offusquer, pressait le cardinal pour obtenir l'autorisation de m'épouser. Il me semblait que le mariage serait une barrière solide pour contenir mon attirance pour Louis, d'autant que l'on reparlait de son mariage avec l'infante. J'imaginais déjà nos noces célébrées aux mêmes dates, comme un pied de nez au destin.

Mais mon oncle tardait à répondre. Je gardais espoir. L'assiduité de Charles triompherait.

Puis vint l'abominable nouvelle.

Le 9 juin 1660, le mariage du roi avait été célébré à Saint-Jean-de-Luz. Mon frère Philippe, présent aux festivités, m'en fit un récit précis dans une série de lettres empreintes de moqueries subtiles. *La Gazette* y ajouta des détails.

> *L'infante était frisée comme un mouton avec tout un tas de rubans entrelacés dans ses boucles. Elle avait le teint trop blanc, les dents gâtées, ne parlait pas trois mots de français, et paraissait parfaitement sotte. La mode espagnole avec le vertugadin et le garde-infante était des plus perturbante.*

Un rictus se dessina sur mes lèvres. *Tant mieux*, pensai-je. *Elle est laide, inculte. C'est moi que Louis aurait dû choisir. Mais puisqu'il n'a pas réussi à imposer le choix de son cœur, cédant aux pressions du cardinal et de sa mère, tant pis pour lui.* Cette fausse méchanceté sarcastique cachait ma douleur comme un pansement sur une plaie toujours à vif.

Je voulais être forte, être fière. Malgré tout, j'attendais le retour de Louis avec impatience. J'avais hâte de le revoir, de le toucher, de sentir sa présence. Pourtant, je savais que je ne serais jamais sa maîtresse. Par respect pour la reine. Par respect pour moi... et peut-être à cause de cette vision magnifiée que j'avais de notre amour.

Enfin, la cour entreprit de regagner Paris. J'en suivis toutes les étapes avec fébrilité par l'intermédiaire de *La Gazette*. Le long convoi avançait vite. Diantre, le roi avait quitté sa capitale depuis plus d'un an maintenant. Il devait avoir hâte de la retrouver.

J'espérais pouvoir être fiancée rapidement au prince de Lorraine afin que ma loyauté me servît de rempart lorsque je paraîtrais devant l'objet de ma passion.

Mais un coup du sort bouleversa tout : mon oncle ne donna pas son accord pour que j'épouse Charles. Aveuglé par l'ambition, ce sot avait exigé la restitution du duché de Bar comme dot. Bien sûr mon oncle refusa, et le projet de mariage fut abandonné.

La déception fut cruelle. Ainsi Charles m'avait courtisée, non par amour, mais dans l'espoir de recouvrer des territoires perdus. Il n'y avait donc sur cette terre aucun homme capable de m'aimer pour moi-même ? Les larmes se répandaient sur mes joues... et j'étais bien obligée de répondre que le seul qui m'aimât sans y avoir aucun intérêt était Louis.

Un matin d'août, alors que le cortège royal approchait d'Angoulême, une lettre de mon frère m'apporta un récit qui me bouleversa.

> *Figure-toi, ma chère sœur, que sans prévenir personne, le roi a quitté le cortège avec une petite escorte dont je faisais partie. Nous avons galopé jusqu'à Brouage. Il s'est fait ouvrir ta chambre où il est resté de longues minutes, les larmes aux yeux, sans doute en t'imaginant seule et triste dans cette petite pièce.*

Le roi m'aimait donc toujours. Que m'importait cette idiote d'infante !

Un arc-en-ciel se dessina dans mon ciel si sombre.

La cour s'arrêta à Fontainebleau et y séjourna quelques semaines, le temps de préparer l'entrée triomphale du couple royal dans Paris.

Je trépignais d'impatience en attendant l'autorisation d'aller saluer la reine mère, le roi et son épouse... Enfin, pour être honnête, c'était surtout l'idée de revoir le roi qui me rendait fébrile. Les autres m'étaient indifférents. Hortense, de son côté, espérait que notre oncle interviendrait pour arranger son mariage avec Charles-Emmanuel de Savoie, qu'elle n'avait pas oublié depuis notre passage à Lyon. Quant à Marie-Anne, elle piaillait de joie à la perspective de retrouver la reine mère.

— Plus d'un an que je n'ai point vu la reine ! répétait-elle. Elle aussi doit être impatiente de me revoir. Je sais la faire rire et la distraire de ses soucis comme personne.

— Cependant, devoir supporter les médisances d'Olympe sera une épreuve, me lamentai-je.

— Il est vrai qu'elle ne te pardonne pas de lui avoir volé l'amour du roi, me rétorqua Hortense.

— Je gage que mon exil à Brouage lui a fourni l'occasion de se rapprocher de lui. Elle a du sang d'intrigante dans le corps, déclarai-je, amère.

Hortense sortit alors un pli de l'une des poches de son jupon et nous confia à mi-voix :

— J'ai reçu un pli secret de Charles-Emmanuel. Il pense toujours à moi et compte avoir bientôt l'accord de notre oncle pour notre union. C'est ce que je souhaite le plus au monde.

— Tu as quand même accepté des cadeaux de La Meilleraye, s'indigna faussement Marie-Anne.

— Oui. Je profite de lui pour obtenir quelques présents... mais ce n'est pas lui que j'aime.

— Oh, là, là, l'amour c'est bien compliqué, protesta Marie-Anne. Il semble que l'on épouse rarement celui que l'on aime, ce qui n'empêche pas d'aimer celui que l'on n'a pas épousé.

Cette futée disait vrai. Et cette repartie, si elle nous fit sourire, m'ébranla.

Enfin, l'ordre de paraître à Fontainebleau nous fut donné !

Vite, il fallut nous confectionner des tenues dignes de cet événement.

— Je veux une soie rose tendre avec beaucoup de rubans, insista Hortense.

— Moi, je serai en noir, argumentai-je, car c'est la seule couleur capable de refléter mon âme tourmentée.

— En noir ? Es-tu folle ? s'insurgea Hortense.

— C'est hors de question, intervint madame de Venelle. Vous seriez ridicule et l'on m'en tiendrait pour responsable.

— Alors ce sera une couleur neutre. Beige. Sans aucune dentelle, aucun ruban, aucun bijou. Je veux paraître devant le roi sans artifice. C'est une fille simple et sincère qui lui a fait battre le cœur.

Nous arrivâmes à Fontainebleau juste après le dîner[1]. On nous informa que le roi et la jeune cour s'étaient allés baigner à Avon. Les souvenirs heureux affluèrent. Quelques années auparavant, j'étais la première à me précipiter dans l'eau fraîche, aussitôt suivie par Louis. Nous jouions comme les enfants que nous étions encore à nous asperger, à sauter, à courir, à tomber insouciants et ravis !

1. Le dîner est le repas de midi.

Je ne pensais pas que la reine Marie-Thérèse aurait le courage de se mettre à l'eau. Elle avait dû rester sur la rive à pousser des cris de souris effrayée.

Après le Louvre, tout à Fontainebleau me rappelait de savoureux instants de bonheur avec Louis. C'était à la fois cruel... et si doux.

Et puis la soirée s'annonça.

Je me laissais vêtir par madame de Venelle sans réaction tandis qu'Hortense s'énervait parce qu'il n'y avait pas assez de rubans dans sa coiffure, que sa jupe était froissée, que son bustier manquait de broderies. Madame de Venelle insista pour que je porte quelques bijoux et comme je refusai, elle me réprimanda :

— Votre oncle sera mécontent. Vous êtes une Mazarin. Il aime que vous fassiez honneur à votre famille.

— Je ne veux aucun bijou, ripostai-je avant de marmonner entre mes dents : J'en ai plus qu'assez de lui obéir. Je ne suis plus une enfant.

— Mets le collier de perles que le roi t'a offert, me conseilla Hortense, cela lui fera plaisir.

— Ce collier était le gage de son amour pour moi... et à présent... me désolai-je.

Je consentis pourtant à le porter afin de prouver à Louis que moi, au moins, je ne l'avais pas oublié.

Comme j'allais quitter mon appartement, Olympe y entra et me lança avec ce ton de perfidie que je détestais :

— Tu n'es pas venue avec ton fiancé ? Il paraît que le prince de Lorraine t'a fait une cour empressée à laquelle tu n'étais pas insensible.

— C'est un charmant gentilhomme qui m'a aidée à oublier des... des moments qui ont assombri ma vie.

— Le roi l'a appris. Il est mortifié, poursuivit-elle avec une satisfaction à peine dissimulée. Il ne supporte pas que sa *chère* Marie se soit éprise si rapidement d'un autre homme.

— Mes sentiments pour Charles de Lorraine n'ont rien à voir avec mon... mon attachement pour le roi. Et puis tout est fini entre nous, répliquai-je avec assurance.

— Eh bien, je te souhaite bon courage pour le lui expliquer ! pérora-t-elle avant de s'éclipser dans un froissement d'étoffe de soie.

Sa remarque me brisa. À présent, je redoutais ma confrontation avec Louis.

En pénétrant dans la galerie, d'un coup d'œil, je vis l'estrade sur laquelle la reine mère, le roi et son épouse étaient assis. À côté, mon oncle affaibli par la maladie reposait sur un sofa entouré de courtisans bien décidés à ne rien perdre de la situation. Je sentis tous les regards braqués sur moi dans l'attente de découvrir la presque reine, l'évincée, celle que l'on avait exilée à Brouage. Ils espéraient peut-être que je tombe en pâmoison, que je sanglote, ou pire, que je fasse un esclandre en refusant de saluer la reine... Oh, je les entendais cancaner. La cour aime à se divertir des malheurs des autres.

Alors je m'avançai lentement, droite, fière, fixant le couple royal pour ne pas voir les gens de qualité massés sur les côtés. Louis était superbe, majestueux. Je le trouvai grandi. Et je pensai : *C'est un homme à présent*. Quant à la jeune reine, elle était tellement empaquetée dans de riches étoffes, tellement couverte de rubans, de bijoux qu'elle paraissait toute petite et, ma foi, assez ridicule. Ce qui me réconforta un peu.

Je priai intérieurement les cieux pour que mes jambes ne flageolent pas. Devant l'estrade j'exécutai une impeccable révérence à la reine mère. Puis me tournant vers le roi, je lui fis ma révérence suivie d'une autre, un peu moins appuyée à son épouse.

J'espérai que Louis m'accueillerait par une gentille phrase telle que « Heureux de vous revoir, Marie », comme il l'aurait fait pour n'importe quelle dame de qualité perdue de vue depuis une bonne année. Mais rien. Pas un sourire. Pas un mot. Pas même un hochement de tête. J'eus l'impression que son regard me transperçait sans me voir... alors qu'il m'atteignit en plein cœur.

J'aurais voulu mourir sur-le-champ.

Je bandai toutes mes forces pour ne pas chanceler. Et je m'allai placer à côté de ma cousine Anne-Marie, à présent princesse de Conti, et de ma sœur Olympe. Marie-Anne, qui me suivait, me prit discrètement la main. La charmante enfant comprenait ma douleur.

— Je t'avais prévenue, me souffla Olympe. Le roi a très mal supporté ton amourette avec Charles de Lorraine. Il s'est senti trahi.

— Mais c'est lui qui m'a chassée ! m'indignai-je.

— Certes, mais il aurait aimé que tu lui restes fidèle. Et tu ne l'as pas été.

J'avais le cœur en mille morceaux et en même temps une sourde colère montait en moi. Comment Louis osait-il attendre de moi une fidélité sans faille alors qu'il venait de partager la couche d'une autre femme ? Quel égoïsme !

M'étais-je trompée sur la grandeur d'âme de Louis ? Les tendres paroles qu'il m'avait murmurées, le doux nom de reine qu'il m'avait donné, n'était-ce que des répliques de théâtre comme il aimait à les prononcer sur une scène ? Avais-je été dupée par ses promesses, par ses serments d'amour ? N'était-ce pas lui qui m'avait trahie ?

J'aurais voulu repartir pour Brouage. Être loin de Louis... loin du monde.

Vivre pleinement ma souffrance.

Je n'en eus pas le loisir.

L'entrée du couple royal dans Paris était prévue pour le 26 août 1660, le lendemain de la Saint-Louis, et mon oncle souhaitait que ses nièces y assistent. Il me parut que c'était un supplice supplémentaire que l'on m'infligeait.

Madame Scarron y avait également été conviée. Cette amie chère continuait à me soutenir de son affection. Nous nous installâmes sur l'un des balcons de l'hôtel de Beauvais. Sur un autre balcon se tenaient Anne d'Autriche, la reine d'Angleterre et sa fille, la princesse Henriette[1].

---

1. Le roi la courtisera après son mariage avec son frère Philippe en mars 1661.

— Je vais bientôt me fiancer avec Philippe, le frère de Louis, m'avait-elle annoncé un peu plus tôt.

— Ainsi, vous voilà proche du roi, lui avais-je dit après l'avoir félicitée.

— Ce sera ma seule consolation, soupira-t-elle. Philippe, vous le savez, préfère les hommes et il ne me prend que pour assurer sa descendance. Je serai... uniquement... un ventre. Mais j'aurai un rang enviable à la cour et je devrai m'en contenter.

Je la serrai dans mes bras, incapable de trouver des mots pour la réconforter.

Un peu en retrait, deux des dames d'honneur de la reine mère avaient pris place : Louise de La Vallière[1] et Françoise de Rochechouart de Mortemart[2]. Nous nous saluâmes d'un hochement de tête. Louise, âgée d'à peine seize ans, était fade et atteinte d'une vilaine boiterie. Françoise était une pulpeuse jeune femme, pleine d'assurance et d'esprit, à ce que l'on m'avait dit.

La foule était immense. Tout Paris était dans les rues et de nombreux provinciaux avaient fait le voyage pour assister à cet événement. Des arcs de triomphe, des colonnes de feuillages, des décors en bois peints par les plus grands artistes agrémentaient le parcours.

— Regardez ! s'exclama Marie-Anne. Des gens se sont perchés dans les arbres pour ne rien perdre du spectacle.

— On m'a dit qu'il y avait de nombreux tonneaux de vin à la disposition des badauds aux angles de plusieurs rues, annonça Hortense.

— Eh bien, le peuple sera ivre de bonheur et de vin dès ce soir ! dis-je pour ne pas rester muette, parce que sincèrement tout ce qui ne touchait pas à Louis m'indifférait.

---

1. Louise-Françoise de La Baume Le Blanc, duchesse de La Vallière (1644-1710). Elle sera la favorite de Louis XIV de 1661 à 1667.

2. Françoise-Athénaïs de Rochechouart de Mortemart (1640-1707). Elle épousera le marquis de Montespan en 1663 et deviendra la favorite de Louis XIV en 1667.

Enfin, après des heures d'attente, nous aperçûmes les mulets houssés de soie et d'or avec leur harnais d'argent massif, le crin tressé et coiffés de bouquets de plumes incarnates.

— J'en ai compté quarante ! s'émerveilla Marie-Anne.

Ils étaient suivis par onze carrosses attelés à six chevaux. Dans le dernier, derrière des rideaux de velours cramoisis se cachait notre oncle dont la santé était si mauvaise qu'il ne se montrait plus en public depuis plusieurs semaines.

La foule hurla « Vive le cardinal ! Vive Mazarin ! », oubliant que durant la Fronde elle avait réclamé sa mort avec autant de ferveur.

Et puis les mousquetaires, les chevau-légers, les Cent-Suisses, les tambours, les fifres, les hérauts d'armes, le grand maître de l'artillerie et le grand écuyer de France défilèrent.

Mon cœur cessa un instant de battre parce que soudain je vis le roi.

Tout le monde le vit en même temps que moi. Il y eut des hurlements de joie tellement puissants qu'ils couvrirent le martèlement des sabots des chevaux, les roulements de tambour et le son des fifres.

— Il est beau, n'est-ce pas ? s'enthousiasma Marie-Anne. Son habit cousu d'or brille comme le soleil !

Oui, il était beau. Il me revint en mémoire le ballet que nous avions dansé, dans lequel il figurait le soleil. Que nous étions heureux alors !

Derrière lui s'avançaient les fils de France, les princes du sang et tous les gentilshommes des maisons du roi et des deux reines, richement vêtus. Enfin, dans un char à découvert parut la reine couverte de rubans, de bijoux. Je ne pus m'empêcher de remarquer qu'elle semblait bien chétive, comme si le rôle qu'elle devait interpréter était trop lourd pour elle.

Je me raidis. C'est moi qui aurais dû être dans ce char. C'est moi qui aurais dû parader à côté de Louis.

Non. Je n'aurais pas supporté cette mascarade. Ce que j'aimais chez Louis, c'était simplement lui. Le pouvoir ne m'attirait pas.

Je préférais l'ombre à la lumière. Je n'étais pas faite pour la gloire. Peut-être étais-je destinée, au fond, à souffrir en silence. Malgré mes efforts pour me convaincre du contraire, malgré le temps et les blessures, je m'étais menti à moi-même : je l'aimais encore, avec la même intensité qu'autrefois. J'en étais stupéfaite.

Ce soir-là, afin d'honorer son roi, mon oncle offrit chez lui un repas à la famille royale. Il exigea que nous, ses nièces, servions à table. Avait-il conscience de l'épreuve qu'il m'imposait ? Cherchait-il volontairement à me faire souffrir ? Je l'ignore... Mais, déterminée à dissimuler mon désarroi, je fis bonne figure et m'acquittai de ma tâche avec habileté.

Lorsque tout fut terminé, je m'effondrai en regagnant ma chambre. Des sanglots nerveux me submergèrent, et je pleurai toute la nuit.

Notre oncle allait de plus en plus mal.

Il ne paraissait plus en public et lorsqu'il y était obligé, c'était grimé comme un comédien italien : du blanc cachait les marques de la maladie sur son visage et du rouge sur les joues donnait l'illusion qu'il était en bonne santé, mais personne n'était dupe.

La cour ne se privait pas de commenter cette agonie. Quand le lion est à terre, les hyènes et même les moutons lui règlent son compte.

On murmurait qu'il avait fait beaucoup pour sa famille et que sans lui, nous serions encore tous à Rome à végéter dans un palais à demi en ruines. Mes sœurs et moi étions souvent blâmées pour ne pas être présentes nuit et jour à son chevet. Mais je savais, moi, qu'il se servait de nous. Il nous plaçait comme des pions sur un échiquier pour élever au plus haut le nom de Mazarin et, par ricochet, se couvrir de gloire. Il avait tant souffert de ses origines modestes ! On racontait même qu'il avait soudoyé un généalogiste pour qu'il dégote parmi ses ancêtres lointains un membre éminent de la noblesse italienne.

En vérité, il était parti de rien et s'était enrichi au service du roi. Il avait eu la plus belle bibliothèque du royaume. Disséminée pendant la Fronde, il s'appliquait à la reconstituer. Il collectionnait les chefs-d'œuvre des plus grands maîtres de l'époque : tableaux, sculptures, bijoux. Son palais, à peine achevé, regorgeait de dorures, de tapisseries luxueuses, de tentures somptueuses, de meubles précieux.

Dans la nuit du 6 février 1661, alors que nous dormions dans notre appartement du Louvre, des cris retentirent :

— Au feu ! Au feu !

Réveillée en sursaut, je bondis de mon lit. Madame de Venelle, en tenue de nuit, fit irruption dans ma chambre, Hortense et Marie-Anne sur ses talons. Elle nous recommanda :

— Habillez-vous vite pour le cas où il faudrait évacuer notre appartement.

Des portes claquaient. Des appels s'élevaient. Je m'approchai de la fenêtre, Hortense et Marie-Anne se blottirent contre moi. Des valets et des porte-flambeaux couraient en tous sens, une torche perçant la nuit à bout de bras. Des voix résonnaient dans le grand escalier, des pas précipités martelaient les dalles. Quelqu'un hurla de nouveau :

— Au feu ! Le Louvre brûle !

— Mon Dieu, Louis ! m'inquiétai-je.

— Je vais aux nouvelles. Tenez-vous prêtes à fuir, nous ordonna madame de Venelle.

Appuyée contre la fenêtre, j'essayais d'apercevoir le rougeoiement des flammes pour savoir quelle partie du château brûlait. Mais de là où j'étais, je ne voyais rien. Mon angoisse était à son comble.

Les minutes s'écoulèrent, interminables. Si les appartements du roi étaient en feu, je devais courir vers lui pour le sauver. C'était une pensée un peu ridicule, parce que toute la garde devait être sur pied pour protéger son roi... mais je ne pouvais pas rester inactive si Louis était en danger. Au moment où je m'apprêtais à sortir, madame de Venelle reparut et expliqua :

— Pas d'inquiétude, ce sont les décors fabriqués pour le prochain ballet de Sa Majesté qui ont pris feu.

La chape de plomb qui pesait sur mes épaules s'allégea, mais la compassion la remplaça.

— Oh, le roi sera bien triste. Il répète déjà depuis plusieurs semaines le *Ballet de l'impatience* qu'il doit présenter devant la cour, annonça Hortense.

— Certes, mais il est sain et sauf, et c'est ce qui compte, affirmai-je pour me rassurer.

Cette nuit-là, nous nous couchâmes toutes les trois dans mon lit malgré les remontrances de madame de Venelle. Et nous discutâmes jusqu'à l'aube. Hortense, qui allait bientôt se marier, nous fit partager sa détresse :

— J'aurais pu être reine d'Angleterre, si notre oncle n'avait pas tant tergiversé. Maintenant que Charles II a reconquis son trône, il estime que je ne suis pas un assez bon parti. Notre oncle a refusé d'ajouter Dunkerque à ma dot comme le réclamait le roi Charles. Quelle déception ! J'aurais tant voulu être reine !

— Tu aurais été obligée de vivre loin de nous, dans ce pays de pluie et de brouillard, argumenta Marie-Anne pour remonter le moral de notre sœur.

— Oui... mais reine... rêva Hortense. Ensuite, notre oncle m'a refusé le gentil Emmanuel de Savoie alors que nous étions très épris l'un de l'autre. Il paraît qu'il voulait Casale et Genève dans ma dot et, évidemment, notre oncle ne pouvait l'accepter.

Je ne pus m'empêcher d'ajouter :

— Ah, ma chère Hortense, il faut nous rendre à l'évidence, nous ne sommes qu'une monnaie d'échange.

— C'est vrai, mais Emmanuel était un si joli garçon... rêva à son tour Marie-Anne.

— Il ne reste plus que l'affreux La Meilleraye qui me couvre de cadeaux, se lamenta Hortense. Et là, rien ne presse...

Épuisées par nos larmes et nos rêves brisés, nous finîmes par nous endormir au petit matin.

*

Le 19 février 1661, le *Ballet de l'impatience* fut donné au Louvre par le roi et par des professionnels de la danse et du chant. Les peintres, les menuisiers avaient travaillé sans relâche pour fabriquer des décors identiques à ceux qui avaient brûlé quelques jours auparavant. La musique était de Lully, le livret de Benserade. Le roi y interpréta avec sa grâce habituelle un amoureux, Jupiter et un chevalier. Toute la cour se déplaça pour y assister et ceux qui ne purent être présents pour la première eurent la joie de voir le spectacle les 22, 26 et 28 février.

J'assistai à toutes les représentations. Je retrouvai avec émotion le jeune homme avec qui j'avais dansé autrefois. Je me surpris à rêver: *Et si*... Mais il était trop tard. Le roi était marié. Et je refusais de devenir sa maîtresse.

Notre oncle sentant la mort approcher tenait absolument à nous marier avant de s'éteindre, redoutant pour nous un avenir de déshonneur où nous pourrions être dénigrées et poussées vers des unions de peu de valeur.

Le seul qui revenait constamment à la charge pour épouser Hortense était le duc Armand-Charles de La Meilleraye.

Avec constance, notre oncle nous vantait ses mérites: neveu de Richelieu, duc de La Meilleraye, duc de Mayenne, prince de Château-Porcien, marquis de Montcornet, comte de La Fère, grand maître de l'artillerie de France, lieutenant des armées du roi. Il savourait tous ces titres avec gourmandise, comme s'il suçait une dragée. Ma sœur n'y était pas insensible et elle accepta finalement cette alliance en m'expliquant:

— Il est riche, inconsistant. Je le mènerai par l'oreille. On m'a informée qu'il était bigot et que la prière occupait une grande partie de ses journées, alors je me choisirai de gentils amants pour passer agréablement le temps. J'espère surtout qu'il me laissera vivre à la cour. Je n'ai pas du tout envie d'aller m'enterrer dans son fief de Mayenne.

Dès que cette alliance fut conclue, La Meilleraye fit porter un grand et luxueux cabinet rempli de jolis rubans, de colifichets et de dix mille pistoles en or à ma sœur. Elle en donna à Philippe et à Marie-Anne.

— Voilà un gentilhomme qui sait prouver ses sentiments ! s'exclama notre frère.

— Oh, il me doit bien ça ! répliqua Hortense avec un rien d'insolence. Je lui offre ma jeunesse, ma beauté et ma virginité !

Quelques jours plus tard, la neige avait englouti Paris et nous nous ennuyions ferme dans une pièce où la cheminée tirait mal. Alors que nous respirions un peu d'air le nez contre une fenêtre entrouverte, Hortense proposa :

— Distribuons donc nos pièces à tous ces pauvres valets qui se gèlent dans la cour !

Aussitôt dit, aussitôt fait, nous prîmes des poignées de pièces et nous les jetâmes par la fenêtre. Le premier instant de surprise passé, les valets, et parfois leurs maîtres, se ruèrent sur les pièces, se bousculèrent, se battirent même pour en ramasser le plus possible.

— Hé, n'est-ce pas le comte de La Rochenoire qui bouscule son cocher pour attraper des pièces ? se moqua Philippe.

— Et celui qui se met à plat ventre sous les sabots des chevaux, n'est-ce pas le marquis de Puymorens ? ajouta Marie-Anne.

Ce spectacle nous amusa un bon moment.

Notre oncle, informé de notre folie passagère, entra dans une grande colère. Il menaça Hortense de révéler à son futur époux le mépris qu'elle affichait pour ses cadeaux et Philippe de le rayer de son testament, tandis qu'à moi, il promettait de ne plus s'occuper de me marier. Notre oncle était sujet à ces colères spectaculaires qui retombaient vite et qui le laissaient pantelant. Mais leur soudaineté et leur violence nous frappaient toujours autant.

Le mariage d'Hortense eut lieu le 28 février 1661 dans la chapelle du palais Mazarin. La veille, un contrat avait été signé dans la chambre de notre oncle. Il faisait d'Hortense son héritière à condition que son époux abandonne ses titres pour devenir duc de Mazarin et porte les armes du cardinal. C'était assez cocasse puisque les armes de notre oncle n'étaient que fiction. Il avait eu beau chercher, il ne descendait d'aucune famille noble. Mais notre oncle voulait s'assurer que le nom de Mazarin ne disparaîtrait pas avec lui et qu'il perdurerait dans les fils d'Hortense. Cette dernière se sentit humiliée. Bien sûr, elle allait hériter de notre oncle, mais c'était au prix d'un mariage au rabais avec un homme qu'elle détestait déjà.

Cependant, elle avait quinze ans, et si ce mariage ne la comblait pas, elle le cacha en riant aux éclats pour un rien comme l'enfant qu'elle était encore. Son époux la gronda plusieurs fois, lui reprochant de prendre à la légère cette union devant Dieu.

— Vous vous en excuserez en disant de nombreuses prières, lui recommanda-t-il.

Elle lui tourna le dos pour aller danser.

Quant à moi, j'essayais de me divertir pour oublier... oublier que le roi continuait à m'ignorer, et lorsque par hasard nous nous croisions, il me boudait comme si je l'avais trahi.

— Mais tu l'as trahi, m'expliqua la petite Marie-Anne. Il a dit à sa mère que tu t'étais bien vite lovée dans les bras du Lorrain. Lui qui pensait que tu étais désespérée, inconsolable... Par conséquent, il t'en veut.

— S'il est jaloux... c'est qu'il m'aime toujours ! répliquai-je, émue.

— Moi, je crois qu'il est surtout vaniteux ! conclut Marie-Anne d'un ton pragmatique.

Quelques jours après, mon oncle me fit appeler et me dit, la voix brisée par la maladie :

— Marie, je vais bientôt quitter ce monde et je veux que vous soyez toutes bien établies. Qui sait ce qui se passera après ma mort ? Hortense a épousé La Meilleraye. J'ai promis Marie-Anne à Godefroy de La Tour d'Auvergne, duc de Bouillon. Il est issu de l'une des plus grandes maisons du royaume et, à vingt-quatre ans, il occupe la charge de grand chambellan.

Il toussa dans son mouchoir et reprit :

— Les Bouillon pensent, grâce à ce mariage, récupérer leur principauté de Sedan que Richelieu leur a confisquée jadis. Il se pourrait que je la donne comme dot à Marie-Anne.

Une grimace lui déforma la bouche. Il semblait se délecter de cette promesse qu'il ne tiendrait sans doute pas.

— Elle n'a que douze ans ! m'insurgeai-je, ne pouvant dissimuler mon indignation.

— Je sais. Mais elle n'est pas hostile à cette union et le temps m'est compté.

Il passa une main fiévreuse sur son front et poursuivit si faiblement que je dus m'approcher de sa couche pour saisir ses paroles.

— Quant à toi, Marie, tu épouseras Lorenzo Colonna, grand connétable de Naples. C'est une union prestigieuse. Il m'a renouvelé sa demande et il espère sincèrement ton approbation.

Colonna.

Je réfléchis un moment tandis que mon oncle reprenait son souffle. Je me souvenais d'une des rares conversations que j'avais eues avec ma mère de son vivant. Elle m'avait alors révélé un secret de famille : leur père, Pierre Mazzarini, avait été secrétaire du prince Philippe Colonna, grand connétable du royaume de Naples, et Julio avait grandi aux côtés des enfants de ce prince. Quelle fabuleuse revanche sur le destin si sa nièce épousait un membre de cette famille dans laquelle son père avait autrefois servi !

Pour une fois donc, je me trouvai en accord avec les visées de mon oncle et je lui répondis non sans émotion :

— Quitter la France ne sera plus si douloureux. À présent, je dois oublier l'amitié que le roi a eue pour moi. Je vais donc accepter la proposition du prince Colonna.

— Ah, Marie... je n'ai pas toujours été tendre avec toi parce que tu as un fort caractère, mais ton tempérament te permettra de surmonter toutes les difficultés. Maintenant, je peux partir. J'ai accompli la mission que je m'étais fixée.

Lorsque j'annonçai à mes sœurs que j'avais accepté d'épouser le prince Colonna, Hortense me confia :

— J'espère que tu seras plus heureuse que moi. Je ne supporte déjà plus les bigoteries d'Armand-Charles. Heureusement, il est souvent aux armées. Je suis donc mariée et... libre. Le sort le plus envié.

Marie-Anne et moi éclatâmes de rire. Hortense avait le don de tourner les pires situations à son avantage. Puis, notre petite sœur ajouta, en se tournant vers moi, les yeux pétillants :

— Et dire que tu t'es éreintée pendant de longs mois à perdre ton accent italien et qu'il te faudra le retrouver ! La vie nous joue parfois de ces tours !

« Dieu merci, il est crevé ! »

Notre oncle rendit son âme à Dieu le 9 mars 1661, et j'ose à peine l'avouer, nous laissâmes échapper ce cri de soulagement : il nous avait toujours traitées avec une grande rigueur, demeurant insensible à nos préoccupations, son seul but étant de nous placer au mieux de ses intérêts personnels et de servir sa gloire.

J'étais libre !

Pourquoi donc épouser un homme que je ne connaissais pas ? Pourquoi ne pas demeurer à la cour ? Continuer à danser, à assister à toutes les fêtes sans aucune entrave ! Ma mère et mon oncle m'avaient détestée, brimée, brisée. Je pouvais maintenant déployer mes ailes et papillonner à ma guise.

Ce fut ma première idée.

Mais être célibataire n'était pas concevable Nous devions passer de la coupe de notre père, de notre tuteur à celle d'un époux. C'était la règle. Celles qui y dérogeaient devenaient des catins.

Ce n'était pas le sort que je souhaitais.

Si je restais à la cour, réussirais-je à résister à l'attrait que le roi exerçait toujours sur moi ?

Je ne me sentais pas assez forte.

Je me résolus donc à épouser le connétable Colonna, malgré les sombres négociations entourant ma dot, jugée insuffisante par sa famille. Une fois ma décision prise, je refusais de tergiverser ou de me retourner sur le passé. Mon seul désir était de fuir le Louvre, la France au plus vite... d'autant que, après quelques semaines de bouderie, le roi redoublait d'efforts pour se rapprocher de moi !

Louis assistait à tous les divertissements que mon frère Philippe, désormais duc de Nevers, et ma sœur Hortense organisaient dans le palais Mazarin hérité de notre oncle. Après avoir tant espéré que nous devenions bons amis, je compris vite qu'il cherchait à faire de moi sa maîtresse. Ce qui me perturba grandement. Une partie de moi en rêvait... Ah, être enfin entièrement à lui, m'endormir dans ses bras... c'était une situation que j'avais longtemps caressée avant qu'il n'épouse l'infante. Mais mon orgueil me retenait et puisqu'il n'avait pas voulu de moi pour épouse, je refusais d'être sa maîtresse et d'entendre la cour s'exclamer avec mépris : « Marie, c'est la catin du roi ! »

La reine était à présent enceinte. Je percevais clairement dans ses regards sombres la jalousie qui l'animait et sa crainte que Louis ne revienne vers moi. Alors, pour m'épargner toute faiblesse ou souffrance inutile, je m'empressais de quitter la pièce dès qu'il y entrait. Marie-Anne m'apprit que le roi en était profondément contrarié.

J'eus rapidement de tristes échos du mariage d'Hortense. En plus de sa bigoterie, son époux était d'une jalousie maladive. Il lui interdisait de voir un gentilhomme et même une dame plus de deux fois de suite. Ainsi, si une de ses dames de compagnie lui plaisait particulièrement, il la faisait renvoyer aussitôt. Et afin qu'elle ne s'attache à personne d'autre que lui, il la contraignait à voyager sur ses terres, de l'Alsace à la Bretagne, tout en lui promettant des escales à Paris qui ne venaient jamais. Elle se ruinait la santé sur les routes.

> *Je suis riche*, m'écrivait-elle, *je porte le nom de Mazarin et j'ai hérité d'une grande partie de la fortune de notre oncle, mais La Meilleraye me compte chaque sou. Il a même revendu mes bijoux car il ne veut pas que j'en porte par crainte d'attirer les regards d'un quelconque gentilhomme. Je suis la plus malheureuse des femmes.*

J'en étais bien chagrinée pour elle.

> *Je n'ai plus droit à la comédie et même jouer à colin-maillard avec mes dames m'est interdit. Et lorsqu'il n'est pas avec moi, il me surveille car il a mis des espions autour de moi. Il est fou!* avait-elle conclu, désespérée. *Et ce fou est dans mon lit!*

Marie-Anne, très affectée par le sort de notre sœur, me répétait:

— J'accepte de me marier... mais si mon époux me rend malheureuse, je n'hésiterai pas à le quitter et à fuir aussi loin que possible pour mener l'existence qui me plaît.

Je n'osais pas lui révéler que ce n'était pas aussi simple qu'elle le pensait.

Pendant que j'attendais des nouvelles de la famille Colonna, le mariage d'Henriette-Anne d'Angleterre avec Philippe, le frère du roi, fut annoncé. Mon amie avait à peine dix-sept ans.

Je lui avais rendu plusieurs visites au couvent de Chaillot et lorsqu'en mai 1660 son frère aîné avait récupéré le trône d'Angleterre pour régner sous le nom de Charles II, elle m'avait confié qu'elle était brusquement devenue un parti recherché.

Je m'en étais réjouie avec elle.

— Oh, s'était-elle amusée, tous les princes d'Europe veulent subitement m'épouser! Cela ne m'intéresse pas. Je n'ai pas envie de quitter la France qui m'a accueillie. Ce qui m'aurait comblée, c'est que le roi Louis m'épouse. Je n'aurais eu aucune peine à l'aimer sincèrement... Mais la politique en a décidé autrement et c'est l'infante d'Espagne qui a été choisie.

— Vous savez, mon amie, combien j'en ai souffert aussi.

— Bien sûr. Toute la cour connaît votre drame.

Le silence tomba entre nous avant que je ne reprennc :

— Moi non plus, je ne désire pas quitter ce pays où j'ai été si heureuse... et... si malheureuse aussi.

— Je vous comprends, m'assura-t-elle en posant une main compatissante sur mon bras.

À plusieurs reprises, je lui avais ouvert mon cœur, lui révélant le combat intérieur que je menais pour résister à l'attirance que le roi exerçait toujours sur moi, et j'avais conclu :

— Il est urgent que je m'éloigne pour être certaine de ne pas sombrer.

— J'admire votre courage. Il vous sauvera.

Lorsqu'elle m'avait appris qu'elle allait épouser le duc d'Orléans, frère du roi, je l'avais questionnée :

— Avez-vous de l'inclinaison pour lui ?

— Il faudrait plutôt se demander si lui en a pour moi, avait-elle répliqué un peu sèchement.

— Eh bien... Philippe est davantage attiré par les jeunes gens que par les demoiselles et...

— En effet. On lui impose ce mariage pour faire taire la rumeur... Je lui servirai d'alibi. C'est bien fâcheux.

— Oh, ma pauvre amie... l'avais-je consolée.

— Je refuse que l'on me plaigne. Ce mariage me donnera une place de choix à la cour. Immédiatement derrière la reine ! Pour le reste, je m'en accommoderai.

Sa détermination m'avait impressionnée.

Le mariage fut célébré le 31 mars 1661 dans la chambre du roi comme le veut la coutume. Henriette resplendissait de pierreries et de perles. Son époux en portait autant qu'elle.

Quelques jours auparavant, le roi s'était gentiment moqué de son frère en lui lançant cette boutade qui fit rapidement le tour de la cour :

— Vous allez épouser tous les os des Saints Innocents !

Le roi n'avait pas revu sa cousine depuis plusieurs années et il fut très étonné de découvrir qu'Henriette avait de la gorge, des bras potelés, se mouvait avec aisance et avait de l'esprit.

Pendant la cérémonie, je remarquai son regard envieux. Le même regard qu'il posait sur moi pour me faire chavirer.

— Le roi vient de s'éprendre de vous, annonçai-je discrètement à Henriette.

— Eh bien, cela ne me déplaît pas du tout, s'amusa-t-elle.

Je gage qu'elle ne s'aperçut pas de la douleur que cette phrase provoqua en moi. Peut-être même m'aida-t-elle à accepter mon départ de la cour. Je compris alors que Louis avait un cœur volage. Il s'amourachait de la première jeune fille un peu secrète et cultivée qui papillonnait devant ses yeux.

Et puis ce fut mon tour.

Je ne savais pas si je devais dire « Enfin ! » ou « Déjà ? ».

Les papiers que nous attendions en provenance d'Italie arrivèrent, portés par le marquis Angelelli. Le connétable m'offrit de splendides bijoux qu'il me conseilla de porter pendant la cérémonie. Sans doute afin que toute la cour se rende compte que je faisais un beau mariage.

Ce que j'aurais réellement souhaité était un portrait de lui, mais cela ne vint à l'esprit de personne. Ainsi, je m'apprêtai à épouser un homme dont l'apparence m'était totalement inconnue. Était-il grand ? Petit ? Gros ? Maigre ? Bossu ? Boiteux ? Le visage vérolé ? Je n'en avais aucune idée. Bien sûr, les ambassadeurs qui s'étaient déplacés m'avaient vanté sa fière allure, sa vaillance... mais ils n'allaient pas me dire que le connétable était un affreux homme.

Cette incertitude me plongeait dans l'angoisse. Mes sœurs, au moins, avaient eu l'occasion de rencontrer leurs prétendants avant de les épouser. Je m'efforçais de chasser ces sombres pensées... il n'était plus question de reculer. Reculer, ce serait me jeter dans les bras du roi et devenir sa maîtresse. Impensable.

Le mariage fut fixé au 15 avril 1661.

J'étais prête, résignée. Depuis longtemps déjà, j'avais choisi la robe de soie blanche et argent que j'allais porter.

La cérémonie eut lieu dans la Chapelle royale. L'archevêque d'Amasie officia. Le marquis Angelelli représenta le connétable et répondit « oui » à sa place lorsque l'archevêque lui demanda s'il voulait bien prendre pour épouse Marie Mazzarini Mancini.

Et me voilà princesse étrangère !

La reine, contrainte et forcée, m'offrit aussitôt le tabouret, c'est-à-dire l'honneur de pouvoir m'asseoir devant elle. La veille, je n'étais que la nièce du cardinal et par la magie d'un mariage, je devenais digne d'avoir une place à la cour. Je m'assis donc, mais je n'étais point à l'aise. Comment passer de « mademoiselle Mancini » à « madame la connétable » sans vaciller ? Et comment la reine parvenait-elle à occulter le fait que j'avais été éprise de son mari et à me traiter avec la déférence due à l'épouse d'un connétable italien ?

Le bal qui suivit fut un véritable supplice.

Louis me proposa la première danse. Je ne pouvais pas refuser. J'évitai de croiser son regard, de poser trop longtemps ma main sur son bras. Je manquai même quelques pas. Je n'avais qu'une pensée en tête : partir !... ou plutôt fuir. Fuir pour lui échapper et tout recommencer ailleurs. Mon seul chagrin était de laisser derrière moi Hortense et Marie-Anne avec qui j'avais tant de souvenirs.

J'aurais voulu quitter Paris sans en informer personne. Je redoutais les adieux...

Ils eurent lieu cependant.

Ce triste matin de mon départ, je tombai dans les bras d'Hortense et nous pleurâmes toutes les deux. Par une faveur exceptionnelle, son époux l'avait autorisée à venir me dire au revoir. Elle était malheureuse et bredouilla :

— Je te souhaite le meilleur, ma chère Marie. Mais hélas, les maris qu'on nous impose n'ont qu'un seul objectif : nous engrosser pour obtenir des héritiers. Quoi qu'il arrive, sache que je serai toujours là pour toi.

— Merci, Hortense. J'espère que le temps adoucira tes épreuves et que tu parviendras, toi aussi, à vivre la vie que tu désires.

Puis, je serrai Marie-Anne contre moi. Elle était encore si jeune, si pleine de rêves...

— Ne t'inquiète pas pour moi, me rassura-t-elle. Je saurai mener ma barque. Je ne suis pas aussi fragile que tu l'imagines. Sois heureuse dans le pays de notre enfance.

Je saluai ensuite mon amie Henriette venue m'embrasser une dernière fois. Nous ne nous attardâmes pas trop pour ne pas risquer de fondre en larmes toutes les deux.

— Soyez heureuse, mon amie, me souffla-t-elle. Je prie pour que votre époux n'ait pas les mêmes vices que le mien.

Et puis, alors que j'étais déjà installée dans le carrosse qui devait me conduire en Italie, le roi arriva. Il me sembla revivre la même situation que lors de mon départ pour La Rochelle. Il avait les yeux rouges et me dit d'une voix enrouée :

— Sachez, Madame, que dans quelque pays du monde que vous soyez, je chercherai à vous donner des preuves d'estime et d'attachement.

Je refoulai mes larmes. Aucune phrase pertinente ne me vint à l'esprit. J'avais envie de crier que s'il ne m'avait pas lâchement abandonnée trois ans plus tôt, s'il avait eu le courage d'imposer sa volonté, nous serions mariés et nous vivrions heureux.

Soudain, le roi poussa devant lui une petite mauresque qui se cachait derrière un valet.

— Elle a douze ans et s'appelle Morena. Elle a été capturée voilà quelques mois sur une galère turque. Je l'ai fait éduquer pour vous. Elle babille comme un oiseau des îles et vous tiendra compagnie, m'annonça-t-il d'une traite.

Mais cette plongée dans l'inconnu était si perturbante que je regardai à peine cette fillette qui me parut aussi tourmentée que moi.

Je sentais mon courage faiblir et je crus un moment que j'allais sauter de la voiture en hurlant : « Je ne pars pas ! » Alors, je bandai toute ma volonté et pour trouver une contenance, je caressai le petit épagneul qu'il m'avait offert et je détournai la tête en murmurant :

— Adieu, Monsieur[1].

1. C'est en s'inspirant de l'amour contrarié de Louis et Marie que Racine a écrit *Bérénice*, qui fut jouée pour la première fois en 1670.

À la poursuite du rêve brisé

Nous quittâmes Paris pour l'Italie le 21 avril 1661.

Les préparatifs de ce long périple avaient été expédiés en un rien de temps : mon époux n'en pouvait plus de m'attendre, à ce que l'on m'avait assuré.

Mes domestiques entassèrent dans de nombreuses malles des tenues somptueuses que j'avais fait confectionner grâce à la générosité de Louis afin de briller dans toutes les villes où nous ferions halte. Je ne voulais pas paraître comme celle que le roi de France avait refusé d'épouser mais comme l'épouse du plus haut dignitaire d'Italie. Les soieries de Lyon, les dentelles d'Alençon, de Calais, la passementerie de Clermont furent largement employées. Je voulais emporter avec moi un peu du luxe de cette cour de France que j'aimais tant.

On enferma également dans des malles les joyaux dont le roi m'avait fait présent et ceux offerts par Colonna. Il y avait aussi ma dot et mes biens propres en espèce, soit plus de trente mille livres. On emporta aussi une grande horloge en or que mon oncle destinait à mon époux et une magnifique épée d'apparat ornée de neuf cent quatre-vingt-six diamants.

— Eh bien ! m'exclamai-je. Il suffit qu'un valet ait un peu trop parlé de notre expédition en buvant dans une taverne pour que des malandrins aient l'idée de nous dépouiller.

— Cinquante gardes nous escorteront, me rassura le marquis d'Angelelli.

— Tant mieux parce que les dizaines de carrosses, de charrettes et de mulets ne passeront pas inaperçus.

En effet, il fallait aussi transporter quatre servantes, un secrétaire, un écuyer, deux pages, un maître d'hôtel, deux valets de chambre, deux hommes d'écurie, un chef de cuisine, deux garçons rôtisseurs, un chef d'office, un laveur de vaisselle, un tourneur de broche, un tapissier, six valets de pied, trois cochers, trois postillons, quatre palefreniers, quatre muletiers... et d'autres encore, soit plus de cinquante-cinq domestiques.

Cependant, j'avais obtenu que madame de Venelle m'accompagne. Autrefois, je l'avais détestée : elle avait été l'espionne de mon oncle. Mais elle était la seule à vraiment me connaître, à porter en elle le poids de tout ce que j'avais traversé. Elle avait partagé mes instants de bonheur, mon exil et mes souffrances. À force de vivre constamment côte à côte, un lien presque tendre s'était noué entre nous. Et dans ma solitude, c'est à elle que je m'accrochais, elle me servait un peu de mère... la mienne n'ayant jamais eu le moindre intérêt pour moi.

Le voyage avait été réglé par le duc de Mazarin, époux de ma sœur Hortense, qui avait hérité de la fortune de notre oncle. J'avais espéré qu'il choisirait l'itinéraire le moins fatigant et le moins risqué, c'est-à-dire un embarquement sur le Rhône à Lyon, puis une descente douce jusqu'à Marseille où une galère m'aurait conduite jusqu'à Gênes. Hélas, il était avare. Il jugea que traverser les Alpes serait une dépense plus acceptable. L'affreux bonhomme !

Dans mon carrosse, avaient donc pris place madame de Venelle, Morena et une ou deux demoiselles que l'on avait choisies pour moi comme filles d'honneur. J'avais le cœur si lourd que jusqu'à la première étape de Nemours, je ne pus parler. Les larmes coulaient sur mes joues sans que je puisse les retenir. Morena chantonnait des complaintes qui me berçaient. Ses grands yeux noirs contenaient toute la tristesse d'avoir été arrachée à son pays et à sa famille. Elle comprenait ma peine. Nous nous ressemblions.

Dans l'immense cortège, il y avait également le marquis d'Angelelli chargé de m'escorter jusqu'en Italie et de me remettre en main propre à mon époux. Il était charmant avec moi. En revanche, je ne supportais pas l'archevêque d'Amasie, oncle du connétable. J'avais ouï dire qu'il avait fait une carrière militaire durant laquelle il s'était révélé très cruel, qu'il buvait trop, et qu'il était entré dans les ordres pour éviter les représailles de ceux qu'il avait fait souffrir. Je regrettais profondément qu'il appartienne à ma nouvelle famille. Pourtant, par respect pour mon époux, je dissimulais autant que possible l'aversion qu'il m'inspirait et m'efforçais d'éviter sa compagnie.

À Nemours, l'accueil fut somptueux, et la ville de Nevers, fief de mon frère Philippe, m'offrit une fête grandiose. Je tâchais de tenir mon rang, mais ces réjouissances ne me concernaient pas. Je ne savais plus si j'avais hâte de poursuivre le voyage ou si, au contraire, je devais mettre tout en œuvre pour le ralentir.

Les villes étapes se succédaient, Autun, Châlons, Mâcon, Bourg... Pour chacune, il fallait ouvrir les malles, défroisser les jupes, me vêtir, me parer, sourire, danser, manger, applaudir la comédie. Chaque tour de roue m'éloignait de Paris, de ceux et celles que j'aimais et qui m'aimaient. C'était fort cruel car je n'avais qu'un espoir : revenir à la cour de France. Et pourtant, je devais paraître heureuse d'être devenue la princesse Colonna.

Lors de certaines haltes, dans des auberges, alors que nous nous réchauffions auprès d'une cheminée, l'archevêque d'Amasie prenait plaisir à m'entretenir de la vie que j'allais mener avec mon époux. Au début, ma curiosité me poussa à l'écouter, avide d'en apprendre plus sur Lorenzo Colonna que j'avais épousé sans l'avoir jamais vu. Je découvris avec stupeur et désespoir que mon époux n'était pas celui que j'espérais.

— Lorenzo est un libertin, m'apprit l'archevêque, comme tous les hommes de la famille. Il a couché avec toutes les filles de Rome, célibataires, mariées, et même les nonnes !

— Oh, Monsieur, je ne vous permets pas, protestai-je, choquée.

— Je vous mets simplement en garde. Si vous persévérez dans ce mariage, vous serez la plus malheureuse des femmes... Vous risquez même d'être enfermée à vie dans un donjon afin que Lorenzo se livre sans contrainte à ses vices.

— Mais enfin, je...

— Et surtout méfiez-vous du poison ! Dans la famille Colonna, on en use avec abondance.

Ces conversations me brisaient, d'autant que l'archevêque s'arrangeait toujours pour les avoir en tête à tête. Madame de Venelle, éprouvée par le voyage, se couchait tôt et le marquis d'Angelelli avait toujours des affaires importantes à régler. Au matin, je m'efforçais de faire bonne figure et je me promettais d'essayer de ne plus me retrouver seule avec l'archevêque.

Jusqu'alors, les chemins étaient carrossables. La campagne était riante, les auberges accueillantes, même si la pluie nous accompagnait presque journellement et compliquait notre progression. Les gardes à cheval étaient trempés et, lorsqu'ils étaient à proximité de ma portière, je les entendais se plaindre et menacer de quitter le convoi à la première occasion. Cette éventualité me terrorisait. La montagne se rapprochait et m'angoissait. Je craignais que dans ces vallées étroites, nous ne devenions une proie facile pour les brigands, attirés par le passage d'une si riche caravane.

Alors que nous entamions l'ascension des Alpes, un vent glacial se leva tandis que le ciel se couvrait de gros nuages.

— La neige arrive ! prédit un muletier habitué à ces montagnes.

— Il ne manquait plus que cela, grommela madame de Venelle.

Les chemins se transformèrent bientôt en sentiers boueux et caillouteux, ravinés par des pluies torrentielles. D'un côté, se dressait un versant abrupt, de l'autre le précipice.

— Dieu ! jura le cocher. Ces chemins ne sont pas faits pour les carrosses.

À peine avait-il prononcé ces mots que nous basculâmes sur le côté. Je hurlai. Je n'avais pas quitté du regard le ravin que nous longions et j'étais bien certaine d'y être entraînée. Je me retrouvai brutalement allongée sous la banquette, Morena avait glissé au-dessous de moi, madame de Venelle s'était échouée au-dessus les jupes sur la tête. Je ne sais par quel miracle, le carrosse resta sagement couché sur le flanc. Les gardes ouvrirent précipitamment l'une des portières, nous extirpèrent de l'habitacle et nous déposèrent tremblantes sur le sentier. Quelques secondes plus tard, le véhicule et les chevaux dégringolèrent dans le vide dans un fracas terrible de planches craquantes et de hennissements. Les hommes, impuissants à retenir l'attelage, assistèrent ébahis à cet effroyable spectacle.

Madame de Venelle se signa avec ferveur et j'avoue que, bien que n'étant guère portée sur la religion, je fis de même.

Nous venions d'échapper à la mort.

Comme la pluie ne cessait point, on me proposa de voyager dans la voiture du marquis d'Angelelli et de l'archevêque d'Amasie. Éprouvée par cet accident et transie de froid, j'acceptai. Ma cape de voyage était trempée, mes souliers gâtés, mes cheveux pendaient lamentablement dans mon dos. La honte me brûlait, mais les hommes n'étaient guère mieux lotis et nous nous en amusâmes un moment. Une de mes servantes s'occupa de m'arranger un peu et l'archevêque, comme à son habitude, entreprit de me conter des événements liés à la *Casa Colonna* :

— Il y a plusieurs années de cela, une princesse Colonna, soupçonnée d'infidélité par son mari, fut enfermée dans les souterrains du château. Son époux prétendit qu'elle s'était enfuie avec son amant. Mais un jour, un paysan entendant des gémissements près des douves réussit à la délivrer. Elle n'avait plus que la peau sur les os.

— Ce n'est qu'une légende, me rassura le marquis d'Angelelli.

— Oh, derrière toute légende, il y a un fond de vérité...

Je frissonnai. Devais-je croire à ces histoires effrayantes ? Pourquoi donc l'archevêque cherchait-il à m'effrayer ainsi ? Une pensée m'effleura : mon oncle avait-il voulu me punir d'avoir osé aimer le roi en me donnant pour époux un homme violent ? Je n'aurais jamais la réponse. L'angoisse ne me quitta plus.

Tout à coup, des hurlements nous glacèrent le sang.

Notre carrosse s'immobilisa et le marquis en descendit pour aller aux nouvelles. Il revint quelques minutes plus tard et, d'une voix tremblante, nous expliqua :

— Un garçon de cuisine vient de poignarder un garçon rôtisseur.

— Grand Dieu ! m'exclamai-je horrifiée. Comment est-ce possible ?

Il poursuivit, le visage blême :

— Il est devenu fou de peur. À peine une minute avant, il avait failli glisser dans une crevasse et le garçon rôtisseur s'était moqué de sa frayeur.

— Va-t-on pouvoir sauver ce pauvre garçon ? m'inquiétai-je.

— Hélas, non. Il n'y a aucun chirurgien dans notre convoi et il se vide de son sang.

— Ah, nous avons des rôtisseurs, un tapissier, un chef de cuisine, un secrétaire, mais aucun médecin ? explosai-je, indignée. Voilà un convoi intelligemment constitué !

— Calmez-vous, Madame, m'exhorta madame de Venelle, vous allez vous rendre malade.

Malade... je l'étais déjà, mais de peur, de déception...

Le moribond fut hissé sur une carriole. J'appris quelques heures plus tard qu'il avait succombé à ses blessures et que le sol étant gelé, son corps avait été caché sous un tas de branchages. J'en fus horrifiée et des tremblements nerveux me saisirent. Morena se blottit contre moi et psalmodia doucement, ce qui me calma. Cette enfant savait trouver le chemin de mon cœur et j'étais déjà très attachée à elle. Je crois qu'elle ressentait la même chose pour moi, me considérant peut-être comme la mère qu'elle avait perdue. Ce lien naissant m'apportait un réconfort précieux dans ma détresse.

Ce soir-là, nous fîmes une halte dans un monastère pour y passer la nuit. Alors que mes deux servantes s'affairaient à m'aider à ôter mes vêtements mouillés, j'annonçai à madame de Venelle :

— Je vais y demander asile.

— Le prince Colonna vous attend, me gronda ma gouvernante.

— Je ne suis plus certaine de vouloir épouser un membre de cette dangereuse famille.

— Ce ne sont que les médisances d'un jaloux, d'un aigri et d'un alcoolique !

— Vous croyez ?

— Allons, Marie. Votre oncle ne vous aurait pas proposé un gentilhomme ayant une aussi sinistre réputation... et le roi se serait opposé à cette union. À l'avenir, je vais vous éviter tout contact avec monseigneur d'Amasie.

À peine avions-nous repris la route que la neige fit son apparition. Morena, fascinée, tendit le bras par l'ouverture de la portière pour recueillir des flocons et s'émerveilla :

— Oh, comme c'est joli !

Je lui souris pour ne pas l'inquiéter. Son ingénuité nous amusa quelques minutes, mais cette neige allait augmenter les dangers auxquels nous étions déjà exposés.

Lorsque nous atteignîmes les gorges étroites de Gondo, nous fûmes contraints de descendre des voitures qui avançaient dans un équilibre précaire. Parfois, il fallait dételer les chevaux incapables de passer de front. Les gardes devaient alors pousser et tirer le carrosse en risquant eux-mêmes de glisser dans le ravin.

Je n'en pouvais plus. L'angoisse, la fièvre et une méchante toux s'emparèrent de moi.

Enfin, les éclaireurs vinrent nous annoncer :

— Le col du Simplon est à peine à une demi-lieue !

Il me sembla que mes épreuves touchaient à leur fin.

De l'autre côté, c'était l'Italie... Et, en même temps, ce passage étroit était mon dernier lien avec la France. Un mélange de tristesse et d'espoir m'envahit et quelques larmes perlèrent à mes paupières.

Nos malheurs ne prirent pas fin en franchissant la frontière.

Les chemins, couverts de neige, étaient tout aussi dangereux, abrupts et glissants en Italie. Et ma santé se dégradait. Je mangeais peu. Chaque bouchée me soulevait le cœur. La fièvre s'était emparée de moi et bien que je n'osasse pas la formuler à voix haute, une pensée me rongeait l'esprit : peut-être voulait-on m'empoisonner pour m'empêcher d'épouser le prince Colonna. Les terribles récits de d'Amasie me perturbaient. J'exigeais donc que mes repas soient préparés par les cuisiniers qui voyageaient avec nous et je refusais ceux que l'on me servait dans les auberges.

— Mais quand donc tout cela finira-t-il ? me plaignis-je.

— Bientôt, Madame, m'assura d'Angelelli. Dans quelques jours nous serons à Milan où vous rencontrerez le connétable Colonna.

Le lendemain, alors que nous progressions péniblement sur une sente étroite et escarpée, deux mulets avec leur chargement et leurs muletiers glissèrent sur une plaque de verglas et basculèrent dans le vide.

— Seigneur ! me lamentai-je. La prochaine fois, c'est moi qui tomberai dans un ravin.

— Mais non, Madame, m'encouragea madame de Venelle, nous sommes tous là pour vous protéger.

Je n'en étais pas aussi convaincue qu'elle. Je redoutais que D'Amasie qui semblait me détester cherche à m'éliminer. Je n'osais faire part de mes craintes à personne... cela me rongeait, m'enfermant dans une solitude douloureuse.

Pour tenter d'oublier ce triste incident, le marquis envoya un éclaireur à la recherche d'un endroit chaleureux pour la nuit. Épuisés nerveusement et physiquement, nous fûmes soulagés d'être accueillis dans une grosse ferme. La fermière nous régala d'un lait crémeux que j'eus du mal à avaler, puis son époux nous invita à venir sur la terrasse de bois du chalet pour admirer la vue. Par courtoisie, je m'y rendis, Morena accrochée à ma jupe. Mes deux femmes de chambre, mon secrétaire, mon maître d'hôtel, mon écuyer, le marquis d'Angelelli et l'archevêque d'Amasie m'y suivirent. Un paysage grandiose s'étendait devant nos yeux, mais le vent glacial qui soufflait me força à revenir rapidement dans la pièce où le feu brûlait dans la cheminée. À peine étais-je à l'intérieur avec madame de Venelle qu'un craquement sinistre retentit, suivi de hurlements et d'abominables gémissements. Le balcon venait de s'écrouler.

— Rien ne nous sera donc épargné ! m'exclamai-je en me précipitant dehors.

Sous le balcon, c'était un enchevêtrement de corps démembrés et sanguinolents, de poutres, de planches. Mes gens hurlaient de douleur. J'aperçus alors, suspendu à une poutre encore fichée dans le mur, l'archevêque d'Amasie qui gesticulait comme un cochon qu'on va égorger en criant :

— Aidez-moi ! Vite avant que la poutre ne cède !

Je me surpris à penser que c'était bien le seul dont je n'aurais pas regretté la mort. Mais des gardes réussirent à l'attraper et à le mettre en sécurité.

Tout à coup, une petite voix s'écria :

— Madame Marie ! Je suis vivante !

C'était Morena, dont la chute avait été amortie par les corps des malheureux qui l'avaient précédée. Elle se jeta dans mes bras et je la serrai contre moi en pleurant à la fois de joie de la savoir vivante et de chagrin pour les autres. Madame de Venelle, me prenant par la taille, m'obligea à m'éloigner :

— Venez, Madame, inutile d'assister à cet abominable spectacle. On va s'occuper de soigner tous ces gens.

— Et comment ? Puisqu'aucun médecin n'est avec nous ! m'indignai-je.

J'ignore s'il y eut des morts ou des blessés graves. On me confina dans une chambre dont on m'interdit de sortir. Je m'allongeai tout habillée sur un lit, Morena lovée contre moi. Peu après, son souffle régulier m'indiqua qu'elle s'était endormie. Je ne fermai pas l'œil de la nuit, obsédée par l'idée que ce voyage se déroulait sous de bien lugubres auspices et que la suite risquait d'être tout aussi catastrophique. Je regrettai de n'avoir pas consulté un astrologue avant notre départ. Il m'aurait probablement découragée de partir, arguant que les astres n'étaient pas alignés en notre faveur.

Au matin, nous reprîmes la route. Ma santé, malmenée par tous ces sinistres événements, se dégradait. Je demeurai dolente, dans le carrosse, persuadée que je périrais lors du prochain accident.

Enfin, le marquis d'Angelelli s'exclama :

— Milan est en vue, Madame, nous y serons dans une heure !

Nous étions partis depuis un mois ! Éreintée, je ne réagis même pas à cette bonne nouvelle. Madame de Venelle me saisit la main et m'assura :

— Vous allez pouvoir vous reposer, consulter un médecin et reprendre des forces.

Je soupirai. Je ne voulais pas la contredire, mais j'étais si mal que je craignais de trépasser avant d'avoir rencontré mon époux.

Et alors que j'aurais voulu m'allonger sur un lit moelleux et dormir tout mon saoul bien au chaud, on me prévint que le prince Colonna désirait me voir sur l'heure.

— Quoi ? me rebellai-je. Il m'a attendue un mois sans m'envoyer le moindre secours et il veut que je me présente à lui fraîche et pimpante ? Il attendra donc un peu plus.

Ma révolte sema le trouble parmi les maîtres de cérémonie. Tout était prêt pour me recevoir. Impossible de différer. J'acceptai donc de mauvaise grâce que l'on me baigne, que l'on m'habille de belles soies, que l'on coiffe mes longs cheveux bruns en y entremêlant des rubans, que l'on poudre de rose mes joues trop pâles. J'exigeai de porter le collier de trois rangs de perles offert par le roi... c'était ma façon de signifier que mon cœur était toujours à lui.

— Vous êtes belle ! me lança Morena.

Elle était mignonne comme tout dans l'habit délicat confectionné pour qu'elle puisse être l'une de mes suivantes.

On me conduisit dans la salle où devait se dérouler la rencontre avec mon époux. Elle était pleine de dignitaires et de dames curieux de me découvrir. J'avançai à pas lents, suivie par madame de Venelle, Morena et une de mes demoiselles de compagnie. Tous ces gens inclinèrent légèrement la tête au passage de la nouvelle princesse Colonna et j'entendis des murmures d'étonnement. J'essayai de ne pas chanceler et c'est droite et fière que j'arrivai devant un homme placé au milieu de la pièce.

Dieu, qu'il était laid !

Il était vieux, noir, long, maigre et fort mal habillé. Il fit un pas vers moi et me tendit la main.

Malgré moi, je fis la moue et j'eus un mouvement de recul. Me tournant vers madame de Venelle, je marmonnai, désespérée :

— Jamais je ne resterai avec un tel homme. Qu'il se trouve un autre parti.

À ce moment-là, un grand éclat de rire retentit et un homme jeune, avenant, s'avança vers moi en s'excusant :

— Pardonnez, Madame, la farce que je viens de vous jouer. Je vous présente mon beau-frère, le marquis de Los Balbases, mon complice.

Le marquis me lança un regard plus acéré qu'une épée et je compris immédiatement que je venais de me faire un ennemi. Détournant les yeux, j'observai l'homme qui était devant moi. Jeune, grand, brun, bien bâti et il avait un visage agréable. Je soupirai d'aise et lui accordai sans réserve mon sourire le plus gracieux.

Le prince s'empressa fort galamment auprès de moi et me conduisit à six lieues de Milan dans l'une de ses maisons de plaisance. Le repas qui nous y attendait était copieux et raffiné, mais je peinais à avaler quelques bouchées. La fatigue, les nausées, la fièvre me gagnaient. Dès qu'il fut terminé, alors que j'aurais voulu me reposer, nous reprîmes la route pour Milan où le gouverneur avait préparé une magnifique réception. Repas encore, musique, bal, feu d'artifice, je redoutais de m'effondrer. Pourtant, je tins bon. Et puis, alors que la nuit était bien avancée, mon époux me prit la main, m'entraîna dans une chambre, verrouilla la porte et me bascula sur le lit. J'entendis madame de Venelle tambouriner sur le battant en s'époumonant :

— Pas avant la messe ! Pas avant la messe !

Lorenzo rit. Il m'aida à enlever ma jupe, mes jupons, il délaça mon corset avec l'agilité d'un homme habitué à ce genre d'exercice. Je le laissais faire. Je n'avais plus de volonté. Mais lorsqu'il s'allongea sur moi, c'est Louis que je vis. C'est avec lui que j'aurais voulu connaître la joie de devenir femme. Pour l'heure, je ne ressentis rien. J'étais si fatiguée. Si triste aussi. J'aurais eu tellement de bonheur à être possédée par mon seul et unique amour. Et lorsque Lorenzo poussa un cri rauque de jouissance, je me dis : *Voilà, c'est terminé, je vais pouvoir me reposer.*

Et lui, heureux comme après une victoire, s'exclama :

— Ainsi, vous étiez vierge ? Le roi Louis n'a donc pas... Ah, Madame, vous m'en voyez ravi !

— J'ai toujours assuré au roi que je me réservais pour mon époux et il a respecté mon souhait.

Dès le lendemain, Lorenzo, triomphant, se vanta d'avoir été le premier dans mon lit. Je crois même qu'il répandit la nouvelle dans toute la ville avec un orgueil qui m'offusqua.

Les fêtes en mon honneur s'enchaînèrent.

Il y eut des courses de bague où mon époux montrait son adresse et m'offrait avec galanterie le trophée. Des carrousels dans lesquels il était le plus beau, le plus rapide et qui forçaient mon admiration... mais c'était les courses de bague et les carrousels où Louis excellait que je revoyais.

Donna Anna, l'épouse de Los Balbases, me guida dans les subtilités de la vie italienne. Mais je compris rapidement qu'elle ne me voyait que comme une rivale, une intruse dans son monde. Depuis mon arrivée, elle était reléguée au second rang et ne me le pardonnait pas. Dès le premier soir, elle fit porter dans ma chambre une robe à la mode d'Italie.

— Il est hors de question que je m'habille selon les souhaits de cette dame, me rebellai-je. Je porterai la robe de fine brocatelle offerte par Hortense avant mon départ.

Les hostilités étaient ouvertes. Après le mari, c'était l'épouse qui allait me maudire.

Lorenzo était charmant. Il ne savait que faire pour me montrer l'intérêt qu'il me portait et pour tout dire l'amour.

Et puis vint le moment du départ de madame de Venelle. Je l'avais tellement détestée et pourtant, je ne pus retenir mes larmes. Elle était le dernier lien qui me restait avec mes années de jeunesse et ma passion pour Louis.

— Le roi m'avait confié la mission de vous accompagner jusqu'à votre nouvel établissement et je suis heureuse d'avoir accompli mon devoir. Vous allez être heureuse ici, me dit-elle en séchant ses larmes.

Madame de Venelle partie, je restai avec Morena, le dernier cadeau du roi.

Il fallut bientôt quitter Milan pour regagner Rome. Ma santé se dégradait de jour en jour. La fièvre ne me quittait plus, j'étais agitée de convulsions.

Très inquiet, mon époux envoya ses gens dans toutes les villes des alentours pour y quérir les meilleurs médecins.

Plus de dix se succédèrent. Ils se contentèrent de me prescrire des saignées, des purgations, des vomitifs sans savoir comment me tirer de ce mauvais pas.

Hélas, l'archevêque d'Amasie était toujours dans les parages et dès que mon époux s'éloignait, il entrait dans ma chambre :

— Vous êtes perdue, me susurrait-il. Vous devez vous préparer à mourir chrétiennement. Plus vous tardez, plus cela dessert votre époux. Par votre faute, il ne peut mener convenablement ses affaires qui périclitent.

Une autre fois, il me dit :

— Les médecins vous ont prescrit quinze jours de repos, mais mon fougueux neveu nc va pas vous attendre ! Il a besoin de femmes et plusieurs ne demandent qu'à le satisfaire.

Chaque fois que l'archevêque quittait ma chambre, des accès de fièvre me terrassaient.

Ce fut finalement Morena, témoin de ces conversations, qui informa mon époux des manigances de l'archevêque. Elle n'en saisissait sans doute pas la teneur, mais elle voyait mon trouble dès qu'il m'avait parlé. Lorenzo comprit enfin l'attitude de son oncle et l'obligea à s'excuser. Mais le mal était fait.

Je ne vis plus l'archevêque durant les quinze jours de ma convalescence. Et petit à petit, la fièvre diminua, l'appétit me revint et on put enfin assurer que j'étais guérie. Mais les cicatrices de cette épreuve demeureraient ancrées dans les profondeurs de mon âme.

Nous étions à la fin juin 1661 lorsque mon époux put enfin me faire découvrir l'immense palais situé à Rome, piazza Santi Apostoli, hérité de ses ancêtres et dans lequel il hébergeait une partie de sa famille, dont, pour mon malheur, son oncle d'Amasie.

Lorenzo m'avait réservé un appartement au rez-de-chaussée, frais et lumineux, dont les hautes fenêtres donnaient sur un charmant jardin privé. La chambre était agrémentée d'une fontaine dont le gazouillement rendait la chaleur plus supportable. Aux murs, une remarquable collection de tableaux et des coffres d'ébène richement décorés d'ivoire, d'écaille, de nacre et de pierres précieuses dans lesquels mes servantes rangèrent vêtements et bijoux.

Le soir même, comme je me sentais mieux, j'invitai mon époux à dîner près de mon lit. C'était la première fois que nous passions un agréable moment ensemble. Il m'en sut gré et ne cessa de me dire de fort gentilles choses à mon sujet, ce qui me le rendit bien aimable. Je n'oubliais pas que durant toute ma maladie, il était resté à mon chevet le visage soucieux, m'apportant des fleurs, des fruits frais, des colifichets, des bijoux qui me prouvaient son attachement.

Maintenant que j'étais sur pied, il s'appliqua à me distraire, ce qui, à Rome, était une tâche ardue car le théâtre, les bals en masque, les opéras étaient bannis par le pape Alexandre VII.

— Les opéras ? Mais ils sont l'essence même de l'Italie ! me désolai-je.

— Les décisions du pape sont sans appel, me répondit-il.

— Sans le théâtre, je vais périr d'ennui.

— De temps en temps, je ferai venir une troupe qui présentera quelques pièces saintes... mais aucune comédienne ne pourra jouer. Les rôles féminins seront interprétés par des hommes.

— Vous plaisantez ?

— Non, ma chère. Il faudra vous y habituer. Les règles de l'Église doivent être scrupuleusement respectées mais vous pourrez présider d'immenses banquets avec d'extraordinaires machines comme vous n'en avez jamais vu en France.

— Je me moque des banquets... je veux de la musique, des bals et du théâtre.

Contrarié par ma réaction, il hocha la tête et hésita à poursuivre. Je l'encourageai :

— Et qu'y a-t-il donc encore d'interdit à Rome ?

— Eh bien... je vous prierai de ne pas passer votre temps à la fenêtre à regarder les mouvements de la rue... c'est tout à fait déplacé ici.

— Vous parlez sérieusement ?

— Tout à fait, ma mie. Pour l'heure, je vous remercie de vous conformer à cette coutume.

— J'imagine que je ne pourrai pas tenir salon pour réunir autour de moi les beaux esprits d'Italie et réciter les vers de Corneille ou d'autres dramaturges comme cela se fait à Paris ?

— Plus tard, peut-être... mais aucune dame de la haute société ne se livre à ce genre de... réunion.

— Je n'imaginais pas qu'en vous épousant, l'ennui allait me terrasser.

— Je ferai tout mon possible pour vous distraire.

Il tint parole.

Puisque j'étais à présent tirée d'affaire, il venait me faire l'amour trois fois par jour. Une fois au réveil, une fois vers midi et la troisième fois au coucher. Je ne m'en plaignais point. Il était tendre et vigoureux et j'avais pris goût à nos ébats. Cela ravissait Lorenzo qui, comme tout bon Italien, se vantait haut et fort de ses exploits amoureux. Il réussit tant et si bien à me séduire qu'il m'arrivait de ne plus penser à Louis ou alors comme à un ami lointain. Jamais je n'aurais cru que ce serait possible.

Je commençai à rendre quelques visites à des dames de la haute société romaine afin de pouvoir me constituer un cercle de relations et, je l'espérais, avec le temps créer un salon dans lequel nous pourrions agréablement bavarder de littérature, de poésie, de peinture, ce qui constituait le sel de la vie parisienne. Las, je me rendis rapidement compte que les femmes italiennes n'existaient pas sans leur époux. Elles n'avaient aucun droit, sauf celui de s'occuper de leur maison. Ce n'était vraiment pas la vie que je m'étais imaginée. De plus, elles étaient maladivement jalouses de leurs privilèges.

— Je vais vous octroyer un maître de cérémonie qui vous guidera, m'annonça Lorenzo.

— Un maître de cérémonie ? Je n'en ai nul besoin. En France, je savais très bien tenir mon rang ! protestai-je.

— Toutes les dames de la bonne société romaine en ont un. Il vous dictera la conduite à adopter en fonction du rang de la dame que vous recevez, que vous croisez à la promenade, ou chez qui vous vous rendez. Ici, une faute de bienséance n'est jamais pardonnée.

Quelques jours plus tard, je fis les frais de cette coutume absurde. La princesse Chigi, nièce du pape régnant, me proposa d'aller visiter ensemble un monastère à quelques lieues de Rome. Ce n'était pas un déplacement très festif, mais il me permettait au moins de sortir de chez moi. Las, nos maîtres de cérémonie respectifs ne réussirent pas à se mettre d'accord pour déterminer laquelle des deux devait venir chercher l'autre. Ainsi, nous nous attendîmes jusqu'au soir, prisonnières de cette étiquette bornée, sans qu'aucun des deux ne veuille céder.

Au souper, lorsque je racontai la scène à Lorenzo, nous rîmes de bon cœur.

— C'est tout à fait ridicule ! conclus-je.

— J'en conviens, me répondit-il avant d'ajouter : Si vous souhaitez vous séparer de votre maître de cérémonie, j'y consens.

— Ah, je vous en remercie. Je n'ai point l'habitude que l'on me dicte ainsi ma conduite. Et un peu de liberté me sera salutaire.

Depuis que j'allais mieux, je proposais parfois à Lorenzo de l'accompagner lorsqu'il partait chevaucher dans la campagne. La première fois, il fit avancer la calèche, mais je m'y opposai aussitôt en lui disant :

— Je veux monter l'une des juments de votre écurie.

— Cela n'est pas du tout convenable, me reprocha-t-il.

— Je le faisais avec le roi de France et personne n'y trouvait rien à redire.

Je pris ainsi l'habitude de caracoler à côté de lui lorsqu'il partait visiter ses territoires. Cela fit naître entre nous une complicité qui nous ravissait.

Lorsque l'été fit tomber sur Rome une chape de plomb intenable, Lorenzo m'encouragea à venir me rafraîchir dans l'une de ses villas construites sur des collines dominant la ville. Nous aurions pu nous y rendre à cheval, mais il préféra éviter que ma « fantasque liberté », comme il l'appelait avec amusement, ne se fasse trop remarquer. Alors, pour traverser la ville, il fit atteler six de ses plus beaux chevaux à une calèche légère et tout Rome s'émerveilla de ce bel attelage qui passait sous ses fenêtres, ce qui n'était point pour me déplaire.

Ces villas étaient nichées dans de splendides jardins où poussaient des oliviers, des orangers, des pins, des lauriers et des haies de myrtes odorantes. De superbes statues de marbre les ornaient et de nombreuses fontaines gazouillaient en rafraîchissant l'atmosphère. Lorenzo, bienfaiteur des arts, y logeait toujours quelques artistes. J'y croisai plusieurs fois le talentueux peintre Claude Lorrain[1].

Ma favorite était la villa Marino, située à douze milles de Rome[2]. Les jardins étaient immenses et Lorenzo me surprenait souvent en cachant dans les bosquets des musiciens qui se mettaient à jouer lorsque nous arrivions. C'était tout à fait charmant. Lorenzo savait me faire une cour empressée qui éveillait mes sens.

Un soir d'août, alors que nous étions de retour à Rome, il m'annonça :

— J'ai une surprise pour vous, mon aimée.

— Un nouveau bijou ?

---

1. Claude Gellée dit « le Lorrain » (1600-1682), peintre paysager.
2. 17 kilomètres.

— Non point... plutôt une féerie comme vous aviez coutume d'en voir en France.

— Oh, voyons de quoi il retourne, répondis-je intriguée.

— Un nouveau lac, murmura-t-il avec un sourire mystérieux.

— Un lac ? répétai-je, désappointée.

Je connaissais déjà quelques lacs italiens et il n'y avait pas de quoi m'émerveiller. Cachant ma déception, j'ajoutai :

— Quelle calèche avez-vous fait atteler pour ce voyage inattendu ?

— Aucune, ma mie. Nous y allons à pied.

Il me tendit son bras, j'y appuyai la main et nous fîmes quelques pas. Je reconnus aussitôt le parcours et je m'étonnai :

— N'allons-nous pas vers la piazza Navona ?

— Si... mais ce n'est plus une place, m'annonça-t-il, malicieux.

Et tout à coup, je découvris un lac sur lequel voguaient des barques, des gondoles ornées de banderoles brodées à mon nom, illuminées de centaines de lampions. Des porteurs de torche placés tout autour éclairaient les façades des palais et des églises. Lorenzo m'aida à m'installer sur les coussins moelleux de la plus belle des gondoles décorées de milliers de fleurs odorantes. Aussitôt une douce musique s'éleva tandis que nous avancions lentement sur les eaux miroitantes. Lorsque nous fûmes au milieu de ce lac, toutes les lumières s'éteignirent. Je me blottis contre Lorenzo, redoutant les éclats violents d'un feu d'artifice. Mais une énorme lune lumineuse monta dans les airs et vint se placer juste au-dessus de notre embarcation. Un murmure d'émerveillement et quelques cris de stupeur parcoururent l'assistance autour de nous.

— Vous êtes bien plus brillante que cet astre de carton, me souffla Lorenzo à l'oreille.

Pour le remercier et parce que j'en avais grande envie, je lui tendis mes lèvres. Un peu surpris, il m'embrassa en rabattant devant nos visages le large éventail de plumes que tenait un page maure. À Rome, il n'est pas de bon ton de s'embrasser en public. Mais je n'en avais cure.

J'avais l'impression de revivre la tendre complicité qui m'avait unie à Louis, à cette différence près que la passion charnelle s'y mêlait avec une intensité nouvelle. Pour Lorenzo aussi, j'étais sa reine. Il ne cessait de me le répéter. La prédiction de mon père n'était-elle pas en train de se réaliser ? Ce n'était pas le roi Louis qui en serait l'instigateur, mais le prince Colonna... et, même si je ne savais pas encore comment, c'était sans doute grâce à lui que j'allais bouleverser le monde.

Le bonheur m'irradiait.

L'amour de mon époux m'avait donné de l'assurance et malgré ses réticences, j'entrepris d'ouvrir un salon où je conviai les dames de Rome. Fort peu se déplacèrent. Je suppose que leurs maris ne les autorisaient pas à quitter « *la casa* » pour se rendre chez cette effrontée de femme du connétable. En revanche, dès qu'un Français venait à Rome, c'est chez moi qu'il se rendait avec le plus d'empressement. Quel plaisir d'avoir des nouvelles de France !

J'appris ainsi que Louis avait choisi Louise de La Vallière, une demoiselle d'honneur de mon amie Henriette, comme favorite. Je l'avais aperçue lors de l'entrée du couple royal dans la capitale. Je me souvenais qu'elle boitait et qu'elle était maladivement timide... Je lui en voulus d'avoir su conquérir Louis. Et la jalousie me serra le cœur malgré moi.

Peu après, vint l'annonce que la reine avait enfanté un garçon le 1er novembre 1661. Mon cœur se serra à nouveau. Tout ce qui touchait Louis me touchait. J'essayais pourtant de me persuader que sa vie ne me regardait plus. C'était impossible. Il était toujours en moi et quoi que je fasse, je ne parvenais pas à le déloger.

Et puis ce fut mon tour !

J'étais heureuse d'assurer si rapidement la succession de la famille Colonna.

L'annonce fit briller les yeux de Lorenzo. Il m'enlaça, m'élevant au-dessus de lui avec une fougue qui nous fit rire tous les deux. Cette complicité, née au fil des mois, était désormais scellée par la promesse de cet héritier.

En Italie, on mesurait l'importance d'une famille non seulement à ses biens mais à son nombre d'enfants.

Pourtant, mon esprit rebelle et mon goût pour la liberté me firent bientôt oublier les recommandations du médecin, qui m'avait ordonné le repos. Une nature aussi ardente que la mienne se laissait difficilement dompter. Ainsi, à trois mois de grossesse, l'idée de rester alitée m'était insupportable. Lorsque j'appris que Lorenzo partait à la chasse, j'eus l'envie irrépressible de le rejoindre. Ignorant calèche et protocole, j'enfourchai ma jument avec une insouciance presque coupable.

Je galopais, ivre de liberté, le vent fouettant agréablement mon visage. Je franchissais haies et ruisseaux dans des sauts audacieux, animée d'un bonheur sauvage. Mais à la tombée de la nuit, alors que je regagnais le domaine, des douleurs sourdes et violentes m'étreignirent, comme des griffes qui se refermaient sur moi.

Lorenzo accourut, les traits marqués par l'inquiétude. Il supplia le médecin de me sauver, tout en me tenant tendrement la main. Hélas, malgré les efforts déployés, la vie qui grandissait en moi s'éteignit dans une souffrance amère. Le médecin, sans doute en quête de mots pour apaiser nos tourments, annonça presque avec détachement :

— Ce n'était qu'une fille !

Une violente fièvre s'empara de moi et je délirai pendant quarante jours. Une fois encore, Lorenzo veilla à mon chevet et c'est souvent lui qui, le visage inquiet, me bassinait le front d'un linge humide.

On me rapporta qu'à Rome, on prétendait que je n'étais pas bonne pour enfanter et que j'étais destinée aux fausses couches. On plaignait beaucoup le superbe Lorenzo d'avoir accepté une épouse à la santé si fragile et au tempérament si exubérant. Lorenzo, toujours très épris de moi, ne m'en voulut même pas. Après ces jours douloureux, la santé me revint petit à petit et je repris avec grand plaisir les chasses avec mon époux. Comme moi, comme Louis, il aimait courir les forêts, forcer le cerf, le sanglier et revenir fourbu, crotté mais heureux.

Et puis ce fut le temps du carnaval. Toute la ville était en masque. Les armoiries des carrosses étaient voilées, dissimulant ainsi l'identité de ceux qui s'y trouvaient. Les cochers, les valets, les pages, les laquais, les chevaux étaient méconnaissables. On pouvait tout se permettre et je ne m'en privais pas. C'était, à dire vrai, la seule période de l'année où Rome était agréable.

Un jour, alors que je me trouvais dans mon carrosse avec Morena, bloquée par une foule dense, chamarrée et bruyante, un arlequin effronté ouvrit brusquement la portière et se pencha pour me voler un baiser.

— Monsieur ! m'offusquai-je.

L'arlequin éclata d'un rire cristallin que je reconnus immédiatement :

— Philippe ? Toi ici... mais...

Il s'installa en face de moi sans façon et m'annonça :

— J'arrive tout droit de Paris. On ne s'y amuse plus comme autrefois. Et puis, je n'y possède que la moitié du palais Mazarin et je n'y ai pas mes aises. L'autre moitié appartenant à ce benêt qui a épousé cette pauvre Hortense.

— Comment va-t-elle ?

— Mal. Son époux la séquestre et ne lui donne pas un sou. Elle a le projet de fuir le plus loin possible de lui.

Il haussa les épaules pour m'indiquer qu'il ne pouvait rien pour notre sœur et reprit :

— Je vais rester quelques jours à Rome. Là au moins, j'ai le choix entre habiter le palais du Monte Cavallo ou le palais Mancini sur le Corso. J'y suis chez moi. Et puis, je me rendrai à Venise. La période du carnaval est le meilleur moment pour la découvrir. Viens donc avec moi !

L'idée me ravit mais contrairement à ce que j'avais pensé, Lorenzo ne fut pas enthousiasmé à l'idée de me laisser partir à Venise avec mon frère. Il est vrai que ce dernier entrait sans crier gare dans ma chambre alors que j'étais à ma toilette et qu'il ne se gênait pas pour me voler un baiser ou me caresser les seins en riant. Il était ainsi, Philippe, grivois mais bon enfant.

— J'ai ouï dire que Philippe se comportait avec vous plus comme un amant que comme un frère ! me rétorqua-t-il alors que je venais lui soumettre mon projet de voyage à Venise.

— Oh, Lorenzo, comment pouvez-vous imaginer une horreur pareille ? m'indignai-je.

— Tout Rome prétend que vous êtes volage parce que vous sortez à votre guise sans chaperon, poursuivit-il d'un ton aigri.

— Je vais simplement où j'ai envie d'aller parce que vous acceptez que je sois libre, ce dont je vous sais gré.

— Eh bien, cette fois, vous resterez à Rome avec moi.

Déçue et mortifiée de voir que j'avais perdu sa confiance, je laissai partir Philippe à Venise.

Je n'eus pas le temps de le regretter car je découvris que j'étais enceinte.

Ne voulant pas risquer un nouvel incident, je suivis les conseils des médecins et je me ménageai. Tant et si bien que le 7 avril 1663, j'accouchai dans de terribles souffrances d'un beau et solide garçon.

Lorenzo était fou de joie. S'il l'avait pu, il aurait fait carillonner toutes les cloches de Rome et même d'Italie pour célébrer cette naissance. Il avait choisi de nommer le nourrisson Filippo et lui donna le titre de prince de Paliano. Tous les pays amis furent prévenus par leurs ambassadeurs. Le roi Louis adressa au connétable ses félicitations. Quelque chose se crispa en moi, comme chaque fois qu'on me parlait de Louis. J'aurais dû l'avoir oublié. Je n'y parvenais pas.

Pour célébrer mes relevailles, Lorenzo me surprit par un fabuleux cadeau : un lit de repos sculpté par un artiste[1] de renom, un véritable décor de théâtre. C'était une immense coquille en bois doré soutenue par quatre chevaux marins montés par des sirènes. Le ciel de lit était constitué d'anges retenant de leurs mains potelées de grands rideaux de brocart d'or tissé exprès à Florence. Pour satisfaire Lorenzo, j'étais vêtue à l'italienne d'une chemise ornée de dentelle de Venise. On avait relevé ma longue chevelure noire avec des broches de pierreries. Au cou, je ne portais plus le collier de perles de Louis mais le fameux collier des Colonna, d'une valeur inestimable, façonné jadis par Benvenuto Cellini[2].

Ce cérémonial me combla de fierté, d'autant que l'ambassadeur de France vint me dire que la célébration pour la naissance du dauphin avait eu moins d'éclat. Tout Rome défila devant moi et je savourai chaque compliment, chaque regard respectueux, y compris ceux de mes rivales : il me fut très plaisant de voir la princesse Chigi obligée de me présenter ses compliments et aussi les représentants de la famille Orsini, qui étaient les ennemis jurés de la famille Colonna.

1. Il Tedesco, peintre et décorateur allemand.
2. Benvenuto Cellini (1500-1571), orfèvre, sculpteur réputé.

Grâce à mon fils, j'obtenais enfin un statut important.

Pourtant, je sentis immédiatement que je n'avais pas la fibre maternelle. Sans doute parce que je n'avais point été aimée par ma mère, je n'éprouvais aucune tendresse pour ce nourrisson braillard et baveux. Mes femmes s'occupèrent de lui avec dévouement et une nourrice lui offrit son lait.

La maternité m'avait donné de l'importance. Je n'étais plus stérile. J'étais la femme de Lorenzo à part entière. Pour immortaliser ce moment, il fit exécuter mon portrait en costume d'apparat drapé d'hermine. J'y apparais glorieuse, voluptueuse sans excès, Benedetti[1] me compara à Vénus. Ce bon mot fit le tour de Rome et accrut mon prestige. En effet, je n'avais pas l'embonpoint et le teint laiteux qui étaient les canons de la mode. J'étais svelte et j'avais le teint mat. Ce qui m'avait desservie lorsque j'étais arrivée à Rome accentua tout à coup mon succès... il s'y ajoutait bien sûr cette pointe de mystère autour de mon idylle avec le roi de France.

Bientôt, toute la société romaine se pressa chez moi. Alors il me plut de donner le ton à ces dames coincées dans leurs habitudes. Je me montrais bras nus et même avec de vertigineux décolletés qui affolaient les hommes et faisaient chuchoter les femmes. C'est ce qui se portait à Paris... mais qui était interdit dans la cité pontificale. J'usais aussi de nombreux parfums dont il me plaisait de changer chaque jour. Tantôt femme du monde, tantôt participant à des chasses ou à des voyages à cheval. On parlait beaucoup de moi, de ma liberté et cela m'amusait. Je l'avais acquis chèrement et je ne comptais pas l'abandonner.

À la fin de l'année 1663, je me retrouvais enceinte pour la troisième fois. Je n'en étais pas contente. Quoi, encore grosse ! Avoir le corps déformé et souffrir le martyre pour accoucher ! De plus, carnaval serait bientôt là et Lorenzo m'avait promis que nous irions le fêter à Venise. J'en rêvais depuis si longtemps ! Je lui

1. Elpidio Benedetti (1609-1690), abbé et agent au service de Mazarin.

cachai donc mon état et je partis à cheval avec lui, rêvant des fêtes merveilleuses qui m'attendaient !

Mais ce qui devait arriver arriva. Je fis une fausse couche. Lorenzo en fut attristé, moi guère. J'avais compris que je pouvais enfanter rapidement. Je commençais d'ailleurs à me lasser de cet état qui ralentissait mon train de vie, comme je me lassais des ébats renouvelés et violents que Lorenzo m'imposait. Au début de notre vie de couple, j'avais apprécié l'empressement de mon époux à me posséder, maintenant, j'en étais écœurée. Trop, c'était trop.

Après trois semaines de repos, je me livrai corps et âme aux plaisirs du carnaval. Je n'avais pas une minute de répit. Il y avait les régates et les joutes nautiques auxquelles il m'arrivait de participer parce qu'un capitaine m'invitait à son bord ; les nombreux banquets auxquels j'étais conviée, les feux d'artifice, les fêtes diverses et aussi des opéras et des comédies qui se donnaient dans les quatre théâtres de la ville ; sans oublier les concerts, les bals et les salles de jeux organisés par les plus grandes familles de Venise dans leurs somptueux palais. Mais je ne dénigrais pas non plus les nombreux spectacles de rue avec leurs musiciens ambulants, leurs saltimbanques, les montreurs d'animaux, les marionnettes... Venise était une fête permanente où il était impossible de s'ennuyer !

Et bien sûr, je n'étais pas la seule à priser ces moments de liberté et de joie. Les plus grands seigneurs d'Europe y venaient pour s'encanailler. Les marquises et les duchesses n'étaient pas en reste. Tout ce beau monde portait le masque et jouissait d'une impunité totale. Mon frère Philippe y venait chaque année. Il s'y ruinait en costumes de soie, en bijoux... perdait le peu qui lui restait à la bassette et y gagnait une réputation de libertin qui ne le dérangeait nullement.

Mon époux m'exhortait à un peu de modération et à ne point trop m'afficher avec Philippe, mais c'était mon frère et nous avions un lien indéfectible. Et puis, j'avais été sage et prude si longtemps que j'avais maintenant besoin de m'étourdir. D'ailleurs Lorenzo n'était pas le dernier à s'amuser. Il allait lui aussi en masque où bon lui semblait et je faisais de même. Je savourais, je l'avoue, la liberté qu'il m'octroyait. Il savait que si j'aimais la fête, les bals, la comédie, je n'accorderais pas mes faveurs à un autre homme que lui. J'espérais qu'il en était de même de son côté.

Oh, que ces moments-là étaient agréables !

Et puis, je me retrouvai de nouveau enceinte et cette fois, c'est en litière que je fus contrainte de regagner Rome.

Le 21 octobre 1664, j'accouchai toujours très difficilement et dans d'abominables douleurs d'un deuxième fils que l'on nomma Marcantonio. Lorenzo exultait. La tradition familiale serait respectée. Il aurait un fils connétable et un autre cardinal. Moi, je n'en pouvais plus de risquer ma vie pour enfanter. J'essayai de l'expliquer à Lorenzo, mais il me répondit :

— C'est votre rôle, ma mie, de peupler la casa de nombreux enfants. Et puis, l'amour avec moi ne semble pas vous déplaire.

Il ne me laissa pas le choix.

Au printemps 1665, je repartis joyeusement pour Venise.

Sans doute entraînée par cette liesse et cette folie générale, je m'amusais à me laisser courtiser par un Allemand ventripotent, Ernst August, prince-évêque d'Osnabrück, marié à une énorme Sophie, une sorte de dragon vertueux dont les quartiers de noblesse remontaient à Charlemagne. Elle soufflait comme un bœuf dès qu'elle avait fait trois pas de danse, jurait comme un cocher de ferme et s'habillait fort mal. Son époux trouvait chez moi l'esprit et la grâce dont sa femme était dépourvue. Pour ma part, ce qui me plaisait surtout, c'était de voir cette malheureuse Sophie verdir de jalousie chaque fois que son mari était à mon côté. J'avais envie de lui dire que son honorable lignée ne la rendait pas désirable pour autant. Bien évidemment, je n'éprouvais aucun sentiment pour cet homme sans charme, mais être désirée m'était infiniment agréable !

Hélas, cette Sophie se répandit en calomnies à mon sujet, disant à qui voulait l'entendre que son mari la trompait dans mes bras. C'était faux, bien sûr. Mais le mal était fait.

Mon époux, qui avait réussi à oublier les ragots concernant ma relation avec Philippe, recommença à douter de moi et me fit plusieurs scènes violentes :

— Madame, sachez qu'à Rome, un mari trompé peut répudier sa femme du jour au lendemain, ou même la faire jeter en prison. C'est une question de dignité. Je ne supporterai pas que vous entachiez l'honneur de la famille Colonna.

Je protestai fermement :

— Je vous jure, Monsieur, que je vous suis restée fidèle. Il me semble que vous avez eu la preuve, par le passé, que l'honneur pour moi était primordial, puisque malgré son insistance je n'ai jamais cédé au roi de France.

Il m'interrompit sèchement :

— Il suffit ! Ne me rappelez pas que je ne suis que le deuxième dans votre cœur... et peut-être même dans votre lit.

— Ah, Monsieur, vous m'insultez !

Il me souffleta. C'était la première fois qu'il levait la main sur moi. J'en fus meurtrie et complètement déboussolée. Je ne le montrai pas, espérant que ce mouvement d'humeur ne se reproduirait plus.

Cette nuit-là, il me posséda bestialement, me tenant les poignets, me mordant les seins. Ce débordement de violence amoureuse me troubla profondément.

Quelques semaines plus tard, je découvris que j'étais à nouveau enceinte. J'en aurai hurlé de rage, mais je me contins pour annoncer la nouvelle à Lorenzo qui exulta. Peu de temps après, il fut obligé de se rendre en Espagne pour ses affaires.

— Ce sera notre première séparation, me désolai-je.

— En effet, et vous allez me manquer.

— Vous me serez fidèle, n'est-ce pas ?

— Bien sûr. Aucune femme n'est capable de vous remplacer. Et vous aussi, vous m'attendrez bien sagement.

— Soyez sans crainte. La fidélité est un bien très précieux.

C'est le marquis de Los Balbases que je détestais qui m'offrit l'hospitalité et fut chargé de me surveiller. Ne pas avoir le droit de vivre seule durant quelques mois était humiliant, mais c'était le lot de toute femme romaine et je devais m'y conformer. Rongeant mon frein, je demeurai donc sagement dans sa maison avec pour seule distraction la compagnie de sa maussade épouse et les facéties de Morena.

Lorenzo revint à Rome juste à temps pour assister à mon accouchement. Il fut long et pénible. J'y souffris mille tourments. Plusieurs fois je crus que j'allais y perdre la vie. Mais je réussis à mettre au monde un troisième garçon que l'on appela Carlo. J'étais épuisée. Mon époux, lui, était au comble de la félicité.

Depuis des mois déjà, je consultais des devins comme j'en avais l'habitude. Guidés par ma fidèle Morena, certains venaient discrètement la nuit lorsque je n'arrivais pas à trouver le sommeil. Ils lisaient dans les astres, dans une boule de cristal, dans les lignes de la main pour me prédire mon avenir. L'un d'eux m'assura que la mort me guettait au détour d'un accouchement. Comme celui de Carlo venait d'avoir lieu et que j'en étais sortie indemne, je me persuadai qu'il ne fallait plus que j'enfante sous peine de trépasser.

Et puis comme les mauvaises langues sont toujours bien pendues, on m'apprit que Lorenzo avait depuis plusieurs mois déjà une liaison avec la princesse Chigi. La jalousie et l'humiliation me mordirent le cœur. Comment ? Il exigeait que je lui sois fidèle alors qu'il ne l'était pas ? J'eus l'affreuse impression que tout ce que j'avais bâti avec lui s'effondrait.

Lorenzo se lassa vite de la princesse pour s'enticher de l'épouse anglaise du sieur Paleotti qu'il hébergea quelque temps au palais Colonna. La princesse Chigi faisait des crises de jalousie avec des hurlements qui perçaient les murs de mon appartement. C'était assez cocasse.

Un soir, n'y tenant plus, je lui reprochai ses liaisons adultères :

— On m'a dit, mon ami, qu'il y a quelques mois vous m'aviez trompée avec la princesse Chigi et qu'à présent vos faveurs allaient à madame Paleotti...

— C'est que, Madame, vous êtes souvent grosse et ma virilité a besoin de s'exprimer tous les jours.

— Certes, mais ce sont vos œuvres qui me mènent à ces grossesses et il suffirait que vous utilisiez quelques techniques non réprouvées par l'Église pour que je ne le sois point.

— Jamais ! Je ne saurais me satisfaire de demi-mesure, moi !

La discussion s'arrêta là et je me laissai aller dans ses bras où il me fit l'amour avec violence, comme c'était souvent le cas maintenant.

Un matin, Morena, qui m'était toute dévouée, entra dans ma chambre la mine défaite.

— Qu'est-ce qui te tourmente ainsi ? l'interrogeai-je, intriguée.

— Oh, madame Marie... je ne sais si je dois... c'est tellement...

— Tu dois tout me dire.

Après une longue hésitation, elle finit par m'avouer :

— Eh bien, j'ai appris qu'une demoiselle a accouché deux jours après vous d'une petite fille dont le père est le connétable. Elle est prénommée Maria !

La colère monta en moi comme la lave d'un volcan et je hurlai :

— Comment a-t-il osé ?

Aussi, le soir même, je fis une abominable scène à Lorenzo :

— Vous m'aviez assuré que vous me trompiez alors que j'étais enceinte afin de couvrir vos besoins physiques. Mais je viens d'apprendre que vous êtes le père d'une fillette née en même temps que Carlo.

— Calomnie !

— Je le tiens de source sûre. Vous avez doté cette enfant qui sera élevée dans le meilleur couvent de la ville.

— Eh bien, que vous importe ! Tous les grands de ce monde ont des bâtards et leurs épouses s'en accommodent. Le roi de France lui-même a engendré deux enfants avec mademoiselle de La Vallière et la reine n'en a pas fait un scandale !

— Si j'avais été reine de France, Louis ne m'aurait jamais trompée... Mais c'est vous que l'on m'a contrainte à épouser et je ne supporte pas votre trahison.

— Vous avez trop d'orgueil, Madame, me rembarra-t-il.

Il n'avait pas tort. Mais après avoir été détestée par ma mère, aimée par le roi de France, avoir failli être reine, puis avoir été abandonnée, c'est mon orgueil qui m'avait sauvée du désespoir et de la folie.

Quand Lorenzo s'approcha de ma couche, pour une réconciliation sur l'oreiller comme il en avait l'habitude, je le repoussai.

— Monsieur, nous ferons désormais lit à part. Vous m'avez humiliée avec la princesse Chigi, la marquise Paleotti et maintenant avec une fille du peuple. Et je ne suis pas de celles que l'on peut ainsi bafouer.

— Vous êtes ma femme et vous me devez obéissance.

— Vous êtes mon mari. Vous m'avez juré fidélité devant Dieu et vous n'avez pas respecté votre parole alors que je vous suis demeurée fidèle.

— Allez au diable ! conclut-il.

Il claqua violemment la porte de ma chambre derrière lui, me laissant seule avec mon chagrin.

J'avais espéré qu'il serait tombé à mes pieds, pour me supplier de lui pardonner, me dire qu'il m'aimait, que je lui étais indispensable. Alors peut-être aurais-je cédé en souvenir des belles années passées.

Il ne le fit pas. Je restai donc sur mes positions. Il ne vint plus jamais dans mon lit.

Je savais que c'était une arme à double tranchant parce que ce qu'il n'obtenait plus de moi, il irait le chercher ailleurs. Une part de moi savourait la leçon que je lui infligeais, une autre se morfondait en l'imaginant se vautrer dans d'autres bras.

L'injustice de la situation m'écrasait. Il était maladivement jaloux, redoutant que je le trompe, alors qu'il était volage sans éprouver aucun remords.

Une nuit, sa jalousie éclata d'une manière si violente qu'elle aurait pu devenir tragique. Il avait aperçu une échelle de corde suspendue à une des fenêtres de mon appartement. Suspicieux et furieux, il pénétra dans ma chambre la dague à la main, prêt à pourfendre mon amant.

— Holà, Monsieur, je vous surprends en train de commettre votre forfait, claironna-t-il en se jetant sur mon lit.

Je poussai un cri d'effroi. Morena, qui, après un abominable cauchemar, m'avait demandé l'autorisation de dormir dans mon lit, se réveilla en sursaut et hurla de peur lorsqu'elle aperçut le poignard.

— Où est-il ? rugissait Lorenzo en parcourant la chambre à grandes enjambées nerveuses.

— Qui donc cherchez-vous ? protestai-je.

— Celui qui s'est servi d'une échelle de corde pour venir vous posséder !

— Quoi ? Que me dites-vous là ? Personne n'est dans cette chambre à part moi et Morena. Vérifiez donc vous-même.

Il dut bien convenir, en pestant, qu'aucun homme n'était avec moi. Une fois le calme revenu, tremblante et désemparée, j'échafaudai une hypothèse :

— Il s'agit sans aucun doute d'un odieux stratagème monté par la princesse Chigi pour me discréditer à vos yeux.

— Je ne pense pas que la princesse se livrerait à ce genre d'action, riposta-t-il.

Je suppose qu'il informa sa maîtresse de mes soupçons car elle me battit froid durant de longs mois. Nous découvrîmes quelques jours plus tard que c'était un valet qui avait placé l'échelle pour pouvoir piller commodément un appartement voisin du mien.

Cette scène tout aussi angoissante que burlesque me fit comprendre que je ne devais pas jouer avec l'honneur des Colonna et qu'à la moindre incartade, je pouvais mourir d'un coup de dague.

Une vague de mélancolie m'envahit. Louis, j'en étais certaine, n'aurait pas agi si brutalement. Alors que je repensais à la délicatesse dont il avait toujours fait preuve à mon égard, un soupir m'échappa.

Le pape rigoriste Alexandre VII venait d'avoir la bonne idée de décéder. Son remplaçant Clément IX était tout son contraire. Il était fin lettré, aimait la musique et le théâtre... comme moi.

Je rattrapai rapidement le temps perdu et chez les Colonna il y eut bal, musique et théâtre le plus souvent possible. Après avoir critiqué ma liberté, les notables de Rome se précipitaient chez moi. Et comme le théâtre était ma grande passion je m'y adonnai sans retenue. Les nombreuses répétitions faisaient partie intégrante de mon plaisir. Il m'arrivait de donner mon avis, quelques conseils, et parfois les comédiens me demandaient d'interpréter l'un des rôles que je connaissais par cœur à force de les entendre, c'était, je l'avoue, assez jubilatoire. J'aimais côtoyer ces saltimbanques épris de beaux textes et de liberté.

Une troupe vint me présenter *Agarite*, une pièce d'un dénommé Durval qui avait été donnée pour la première fois à Paris, à l'hôtel de Bourgogne. Reprendre une pièce que le roi de France avait vue me motiva grandement. Le *Ballet des Quatre Vents* faisait partie du spectacle et on me proposa d'y danser avec quelques-unes de mes dames et Morena, enchantée de découvrir ce nouveau passe-temps.

De nombreux notables intriguèrent pour être invités à ces représentations. Cela me combla. Je retrouvais l'excitation que j'avais connue lors des ballets donnés au Louvre ou à Fontainebleau. J'en étais la digne héritière. C'était grâce à Louis que le goût du théâtre m'était venu et j'étais certaine qu'il serait fier de moi lorsqu'il saurait les pièces que j'avais montées et dans lesquelles j'avais joué... parce que j'espérais secrètement que Louis se tenait au courant de mes activités.

En février, des comédiens interprétèrent une comédie écrite par Angela d'Orso. Que ce soit une femme qui en soit l'autrice me plaisait. C'était tout à fait inhabituel. Mais il me fallut tricher pour l'imposer. Et je ne révélai l'autrice de cette farce que lorsque les spectateurs eurent fini de rire et d'applaudir. Je crois bien que plusieurs d'entre eux crurent que je mentais. Une femme capable d'écrire une telle comédie burlesque, c'était tout à fait inconcevable. Je m'attirai ainsi quelques inimitiés. J'entendis même des gentilshommes dire : « Cela ne m'étonne pas de la part de la connétable. Sa vie dissolue est à l'image de celle de ces vers grotesques. »

Je laissai dire ces méchants... mais Lorenzo en fut perturbé et me conseilla de ne plus faire jouer de pièces écrites par une femme et de ne plus m'y produire.

— Il n'est pas bon, Madame, que vous vous donniez ainsi en spectacle. N'oubliez pas que vous êtes Madame la Connétable, me sermonna-t-il.

Fin janvier 1668, Filippo Acciaioli, un auteur florentin reçu dans toutes les cours d'Europe, monta, à mon initiative, un spectacle burlesque dont Rome avait perdu l'habitude tant elle s'était empêtrée dans la bigoterie et bien que je m'y sois beaucoup amusée, le succès ne fut pas au rendez-vous.

En revanche, *L'Empiopunito*, une pièce en musique et à grand spectacle, moralisatrice à souhait, fit un triomphe. Mais Lorenzo commença à me reprocher avec vigueur l'argent que je dépensais pour le théâtre. J'essayai de lui prouver qu'aider les dramaturges, les artistes était une façon habile de montrer la puissance des Colonna. Cet argument finit par le convaincre, il était tellement orgueilleux ! J'obtins ainsi des sommes appréciables pour de nouvelles pièces.

Lorsque je n'étais pas à Venise pour le carnaval, je participais avec joie aux mascarades qui se déroulaient à Rome chaque année dans la via del Corso. Une rue longue et droite d'environ cinq mille pieds[1] qui allait de la piazza Venezia à la piazza del Popolo. Nous préparions cet événement pendant des mois pour rivaliser d'originalité, de richesse, de folie avec les grandes familles romaines. J'avais toujours de bonnes idées et les plus grands artistes acceptaient de travailler pour la famille Colonna.

Ma relation avec Lorenzo se dégradait de plus en plus. J'étais persuadée qu'il avait engagé des espions pour me surveiller. Cette année-là, il refusa que je participe au carnaval de Venise. Alors, pour le carnaval de Rome, je me vengeai en imaginant un char grandiose, dépassant en originalité tout ce que l'on avait vu jusqu'à présent. J'avais exigé que l'on fasse venir des lions, des tigres, des singes... Lorenzo, qui voulait montrer la puissance de sa famille, n'avait pas osé me refuser ce caprice. Je parus en Circé, l'enchanteresse de la mythologie grecque qui avait le pouvoir de transformer les humains en bêtes. J'étais belle, mystérieuse et majestueuse sur le char. Un lion rugissait dans une cage, un tigre montrait ses crocs féroces dans une autre tandis que des singes se balançaient à des branches artificielles et que des cerfs marchaient derrière les chevaux. Des cris d'étonnement et d'admiration m'accompagnèrent tout le long du déplacement. Combien de temps ce bonheur factice allait-il durer ?

1. Un kilomètre et demi environ.

J'étais toujours restée en relation avec Hortense. Notre frère Philippe me donnait de ses nouvelles chaque fois qu'il venait à Rome ou à Venise et elle m'envoyait des lettres dans lesquelles elle me décrivait sa situation.

Son époux, le marquis de La Meilleraye titré duc de Mazarin à la mort de notre oncle, n'était qu'un bigot jaloux à l'esprit dérangé. Il la maltraitait et l'humiliait sans cesse. La plupart du temps, il la faisait enfermer dans un couvent pour qu'aucun homme ne puisse l'approcher.

J'appris tout soudainement qu'elle avait réussi à s'enfuir de France et qu'elle venait d'arriver à Milan où le marquis de Los Balbases avait accepté de l'héberger.

Nous ne nous étions pas revues depuis sept ans. Mais les souvenirs de notre exil à Brouage, des fêtes à Paris, à Fontainebleau... tout cela lié à mon amour pour Louis vint me réchauffer le cœur.

Je partis immédiatement à sa rencontre.

Nous tombâmes dans les bras l'une de l'autre. Hortense fondit en larmes et commença à me raconter ses mésaventures, la voix tremblante :

— Ah, si tu savais ce que j'endure... La Meilleraye gère mes biens et ne me donne pas un sou. J'ai profité de l'effervescence occasionnée par l'organisation du Grand Divertissement offert à Versailles par le roi pour m'enfuir. Je crois bien que Sa Majesté, lassée par les jérémiades de mon époux et consciente du malheur qui m'accable, a fermé les yeux sur mon évasion. J'avais revêtu des habits d'homme et j'ai pu me fondre dans la foule de Versailles.

— Tu es partie seule ?

— Non. Le chevalier de Rohan, qui a enflammé mes sens pour pallier la froideur de mon époux, m'a aidée et accompagnée. D'ailleurs, sans lui, je serais morte d'ennui. Il m'avait prêté son carrosse... mais craignant que La Meilleraye mette tous ses hommes à mes trousses, j'ai rapidement abandonné la voiture et j'ai enfourché un cheval que j'ai mené au galop jusqu'ici.

— Il est vrai que, comme moi, tu es une excellente cavalière.

Elle m'accorda un petit sourire de connivence et essuya ses yeux embués de larmes avec un mouchoir brodé.

— Et quel bonheur de fausser compagnie à mon bourreau ! Ce furent des heures anxieuses, mais joyeuses puisque je les partageai avec mon amant.

— Le chevalier a été bien accueilli par le marquis ? m'enquis-je.

— Il n'est plus avec moi, m'informa-t-elle. Il m'a lâchement abandonnée avant de franchir la frontière.

— Oh, ma pauvre amie, la plaignis-je.

— C'est un goujat... comme quatre-vingt-dix pour cent des hommes. Je suppose qu'il a eu peur de la réaction du roi. Heureusement, son écuyer, le chevalier de Courbeville, a accepté de veiller à ma sécurité pendant le voyage. Il est jeune, charmant et...

— C'est ton amant, coupai-je, sûre de moi.

Je connaissais les emportements amoureux de ma sœur.

Elle hocha la tête, ce qui fit onduler sa merveilleuse chevelure acajou puis elle me décrivit leur chevauchée jusqu'à Nancy, où le duc de Lorraine – autrefois mon soupirant – leur avait offert une vingtaine de gardes pour les escorter jusqu'en Suisse. Elle revécut pour moi chaque étape, chaque frisson d'angoisse. À Neuchâtel, une chute l'avait clouée sur une civière ; presque tous ses gens l'abandonnèrent, sauf le chevalier de Courbeville qui prit soin d'elle avec une douceur rare.

Las, à peine était-elle installée à Milan que la traque reprit. Un émissaire de La Meilleraye rejoignit ma sœur pour la convaincre de retourner au domicile conjugal. Elle découvrit que son époux colportait d'odieuses calomnies au sujet de sa relation avec notre frère Philippe.

— J'ai subi le même genre d'épreuves car il est vrai que Philippe a parfois des gestes un peu... un peu provocants, mais il ne s'agit que de jeux qui n'entament en rien notre réputation, assurai-je.

— Bien sûr. Et redoutant d'être la risée de la cour, ce bourreau m'autorise maintenant à rester en Italie à condition que le connétable accepte de me surveiller ! Mais je n'ai que faire de ses ordres ! termina-t-elle furieuse.

Je saisis sa main et j'ajoutai avec tendresse :

— Tu es la bienvenue dans notre maison. Rien de fâcheux ne pourra t'y arriver.

Nous séjournâmes quelque temps à Milan dans la magnifique demeure du marquis de Los Balbases. Toute la ville venait admirer Hortense que l'on disait la plus belle femme d'Europe. Personne ne fut déçu. L'amour et la volupté décuplaient sa beauté.

Pourtant, cette sérénité fut de courte durée.

Nous apprîmes bientôt que le duc Mazarin avait obtenu du Parlement de Paris une autorisation pour faire arrêter sa femme dans n'importe quel lieu. Elle était accusée d'inceste et échue de ses droits en tant qu'épouse indigne. Toute la famille Colonna s'empressa de déconseiller à Lorenzo de l'accueillir chez lui. Mais le connétable n'en tint pas compte et, sans doute pour me reconquérir, il accepta d'héberger Hortense à Rome.

Dans notre demeure, elle passait le plus clair de son temps enfermée dans sa chambre avec Courbeville. Peut-être parce que j'avais renoncé à ce genre d'ébats avec Lorenzo, j'en pris ombrage... et mon époux également.

— Tu devrais observer plus de modération, fis-je remarquer à ma sœur.

Elle rougit, mi-amusée, mi-provocante.

— C'est qu'il est un amant... sans égal, se défendit-elle.

— Comment peux-tu tolérer cet homme qui n'est même pas gentilhomme ?

— Oh, c'est très simple. Il est tendre, prévenant et me fait l'amour comme personne.

Je compris que je ne pourrais pas la raisonner.

Fort heureusement, arriva la période de carnaval qui ramena Philippe en Italie. Nous décidâmes de partir tous les quatre pour Venise. J'avais bien essayé de persuader Hortense qu'elle s'y amuserait mieux si elle n'était pas accompagnée de Courbeville, mais elle me rétorqua assez sèchement qu'au contraire, elle ne pourrait pas vivre, même quelques semaines, sans lui. Lorenzo, tout d'abord réticent, finit par accepter, sans doute pour éloigner de Rome ce couple illicite qui commençait à faire beaucoup jaser.

Hortense découvrit donc avec joie tous les plaisirs de la Sérénissime. Elle ne manqua aucune fête, aucun bal, aucun défilé, aucune représentation théâtrale. Sa réputation de femme libre et le parfum de scandale qui l'accompagnait la faisaient inviter partout. Elle riait, elle s'étourdissait, elle batifolait avec des gentilshommes en masque, mais elle dormait toutes les nuits avec Courbeville.

J'en étais venue à le haïr, parce que, pour moi, il empêchait Hortense d'être courtisée par un marquis, un duc, un comte qui aurait pu assurer son avenir si un jour elle parvenait à se séparer de La Meilleraye. Un soir, elle m'avait confiée :

— Je n'ai pas un sou. En partant précipitamment, je n'ai rien emporté. Il ne me reste que quelques pierreries que je portais sur moi. Je te suis donc reconnaissante de subvenir à mes besoins.

Je tentais d'intimider Courbeville pour qu'il quitte Hortense :

— Monsieur, votre place n'est pas ici. Vous nuisez à la réputation de ma sœur. Partez, si vous l'aimez.

Il eut un rire moqueur et me répondit avec insolence :

— Je n'ai pas d'ordre à recevoir de vous. Je partirai seulement si Hortense l'exige, ce dont je doute fort.

Je suppose qu'il rapporta cette conversation à Hortense car elle ne m'adressa plus la parole. Alors, puisque de toute façon nous étions fâchées, je profitai d'un moment où elle n'était pas avec lui pour envoyer mes gens saisir par le col cet amant de bas étage et le bouter hors de la maison.

Évidemment, cela déplut à ma sœur qui quitta immédiatement le palais Colonna pour s'aller réfugier chez notre tante Martinozzi. Elle ne devait pas se souvenir que la sœur de notre mère était un modèle de vertu. Cette dernière entreprit aussitôt de remettre Hortense dans le droit chemin. Elle lui octroya un confesseur et la contraignit à assister à tous les offices religieux.

Je ne pus m'empêcher de sourire lorsque j'appris le régime auquel ma chère Hortense était soumise. D'autant qu'il n'y avait plus rien à craindre de Courbeville qui, grâce à l'intervention de Lorenzo, était enfermé dans la citadelle de Civitavecchia pour avoir couché avec une duchesse française.

Bientôt, la menace devint encore plus forte. Le duc Mazarin réussit à obtenir du pape que sa femme soit contrainte de se retirer au moins deux ans dans un couvent.

— Quoi ? tempêta ma sœur. Ce n'était pas assez d'enfermer le seul homme qui me prouvait sa tendresse, il faut que l'on me prive, à mon tour, de liberté ?

Alors plutôt que d'attendre que le pape lui désigne un lointain couvent, elle choisit d'entrer chez les bénédictines du Campo Marzio au centre de Rome, dont l'abbesse était notre tante Cleria Mazzarini.

Quelques jours plus tard, je la visitai, espérant une réconciliation. Elle m'accueillit chaleureusement. Hortense n'était pas rancunière. Elle me supplia tout d'abord d'intervenir pour faire libérer Courbeville. Elle était rongée par le remords de savoir qu'il croupissait en prison par sa faute.

— Voici une lettre que tu serais bien aimable de remettre au neveu du pape, me dit-elle en me tendant un pli cacheté. Nous avons été très amis... il y a quelques années... et je suis certaine qu'il ne me refusera pas son aide.

— Je ferai mon possible, lui répondis-je du bout des lèvres.

— Mais ce n'est pas tout... poursuivit-elle en se troublant.

— Tu veux que je t'apporte des vêtements, des livres, des parfums... de quoi agrémenter ta vie monacale ?

— Non, non, je n'ai besoin de rien... sauf que...

Je sentais bien qu'elle avait quelque chose d'important à me dire et qu'elle n'y parvenait pas. Elle garda le silence un moment et lâcha tout à trac :

— Je suis enceinte.

— Non ?

— Si. D'ici quelques semaines, il me sera impossible de cacher mon état. Alors, le scandale sera immense, et... Je dois absolument sortir de ce couvent. Je compte sur toi pour m'y aider.

Le choc me laissa muette. Je réfléchis un moment puis je lui promis d'essayer de trouver une solution.

Sitôt sortie, je cherchai à qui demander de l'aide. Il me souvint alors que Christine de Suède, que j'avais rencontrée à Fontainebleau et qui avait encouragé le roi à vivre pleinement son amour pour moi, habitait maintenant à Rome après s'être convertie au catholicisme et être devenue la protégée du pape.

L'espoir et l'anxiété se disputaient en moi tandis que ma calèche me conduisait chez elle. Elle me reçut fort aimablement et écouta mon récit sans m'interrompre. Quand je lui demandai s'il lui était possible de recevoir Hortense le temps de sa grossesse, dès que j'aurais réussi à la faire sortir du couvent, elle m'assura :

— Mais bien sûr ! Je dois avouer que je me reconnais un peu dans cette voluptueuse Hortense qui ne craint pas le scandale pour savourer l'amour qui la fait vibrer. J'étais comme elle dans ma jeunesse...

— Pouvons-nous compter sur vous, Madame ?

— Amenez votre sœur chez moi dès qu'elle sera sortie du couvent, me proposa-t-elle.

Le cœur plus léger, je m'empressai de rapporter la nouvelle à Hortense. Elle me serra les mains avec transport, heureuse d'apercevoir la fin de ses problèmes. Les jours qui suivirent, j'élaborai un plan d'évasion avec mes fils, qui ne demandaient qu'à prouver leur valeur dans ce rôle de neveux complices.

Le jour venu, je me rendis au couvent avec eux. Après un court moment d'effusion où mes garçons jouèrent parfaitement leur rôle de neveux pleins de tendresse pour leur tante, je les laissai au parloir avec des religieuses heureuses de s'occuper d'eux. J'entraînai Hortense vers le cloître où nous entreprîmes de déambuler en parlant à voix basse, dissimulant avec peine notre impatience. Notre plan se mettait en place. D'un pas lent mais assuré, nous approchâmes de la porte du couvent où j'abandonnai Hortense un instant pour aller récupérer mes garçons. La sœur tourière m'ouvrit la porte sans méfiance. Hortense se jeta dehors et nous la suivîmes, puis nous plongeâmes tous les cinq dans le carrosse qui nous attendait toutes portières ouvertes.

— Évasion réussie ! pérora mon aîné.

— Bravo, les garçons, vous avez joué votre rôle à la perfection, les félicita Hortense, et maintenant, je suis libre !

La première étape réussie, je fis arrêter la voiture devant le palais Colonna pour y déposer mes fils. Hortense et moi filâmes jusqu'à la demeure de Christine de Suède. Un majordome nous reçut et nous expliqua, l'air contrit :

— Madame regrette profondément, mais dans sa position, il lui est impossible de vous venir en aide.

Le visage de ma sœur se ferma et elle maugréa, désabusée :

— On ne peut compter sur personne.

— Sur moi, tu pourras toujours compter, mais il est vrai qu'en matière de scandale, Christine de Suède a eu son compte. Maintenant qu'elle s'est assagie et qu'elle est la protégée du pape, tout écart pourrait la faire chasser de Rome, dis-je à ma sœur.

Nous étions assez désemparées. Où aller ?

Nous décidâmes de nous rendre au palais Mancini, où nous avions passé notre enfance et qui appartenait à présent à Philippe. Une tante et le cardinal Mancini y logeaient. Il nous fallut longuement discuter, argumenter, supplier même avant que la porte ne s'ouvre. Cependant, pour bien marquer sa réprobation de la conduite innommable de sa nièce, notre tante quitta immédiatement les lieux.

Hortense avait un toit, c'était l'essentiel... mais plus du tout d'argent. Et son époux continuait à s'évertuer à la discréditer aux yeux de tous. Si bien que, quelques jours plus tard, redoutant que la rumeur salisse un peu plus la réputation de la famille Mancini, le cardinal la chassa. L'injustice de cette situation fit monter en moi un mélange de colère et de tristesse. Comment un homme de sa stature pouvait-il agir ainsi envers sa propre famille ?

Heureusement, Hortense parvint à dénicher un petit appartement que le propriétaire consentit à lui louer en souvenir de notre mère qu'il avait bien connue. Elle s'y installa et fut rapidement invitée partout. Son évasion rocambolesque du couvent où son époux jaloux l'avait enfermée décuplait l'intérêt que l'on avait pour elle. Elle était la reine de toutes les fêtes... et particulièrement celles données au palais Colonna.

Le jeune marquis d'Elbeuf tomba bientôt sous son charme. Elle lui offrit un petit médaillon contenant son portrait... comme elle le faisait à tous ses soupirants. Ce cadeau, innocent à première vue, faillit déclencher un duel entre deux gentilshommes qui possédaient le même bijou.

Hortense vivait intensément. Elle courait les bals, dansait jusqu'au matin, épuisait ses amants, se délectant de cette liberté nouvelle. Sa grossesse était discrète et la rendait encore plus belle, plus voluptueuse.

Et ce qui devait arriver arriva: elle fit une fausse couche. Étrangement, elle ne parut pas éprouvée. Quelques jours plus tard, elle reprit toutes ses activités avec la même fougue...

Ah, ce printemps 1670 !

Le chevalier de Lorraine débarqua chez nous. Il avait vingt-cinq ans et était toujours aussi beau. Je l'avais rencontré quelques années auparavant à Fontainebleau lors des fêtes endiablées que le roi y donnait. Il était déjà le mignon de Monsieur, frère du roi, qui avait épousé Henriette d'Angleterre pour faire taire les ragots et aussi parce que le roi, peut-être à la suite de mon exil à Brouage, s'était épris d'Henriette. La reine mère voyait d'un très mauvais œil cette attirance qui risquait de nuire au couple que le roi formait depuis peu avec l'infante. Elle devait redouter que cette dernière, outragée, ne décide de rompre le mariage. Quel chaos cela aurait été !

Henriette, ma tendre amie, m'écrivait des lettres poignantes dans lesquelles, entre les lignes, je comprenais qu'elle était fort malheureuse.

> *Mon époux se promène paré de bijoux et de dentelles au bras du chevalier de Lorraine et du marquis d'Effiat qui tous deux se chamaillent pour obtenir ses faveurs. Je n'ai jamais éprouvé le moindre plaisir, la moindre joie avec lui. Je ne supporte l'accouplement que dans l'objectif de lui donner des garçons pour lui plaire. Las, je n'ai que deux filles.*

Et puis, une de ses lettres m'informa que le roi, qui la tenait en haute estime, avait accédé à sa demande et avait chassé le chevalier de Lorraine de la cour. Il avait même été incarcéré au château d'If, une prison humide située en pleine mer en face de Marseille et dont personne ne pouvait s'échapper. À présent, elle savourait la joie de n'être plus la risée des gens de cour, d'autant que son époux se conduisait maintenant avec elle de façon assez galante, puisqu'il n'avait plus ses mignons pour le détourner de son devoir.

Cependant, Monsieur avait tant supplié son frère qu'il obtint enfin la libération du chevalier de Lorraine à condition qu'on ne le revît pas en France.

Et c'est donc à Rome que Lorraine décida de s'établir avec son jeune frère, Charles, comte de Marsan qui l'avait suivi dans son exil. Bien qu'il fût plus attiré par la gent masculine, Philippe me fit une cour empressée. Il avait quatre ans de moins que moi et j'avoue que plaire à un si jeune homme me mit en émoi. Son frère, qui avait juste vingt-deux ans, n'était pas en reste et nous formâmes une coterie où le seul mot d'ordre était l'amusement. Ils étaient invités partout et en particulier dans les nombreuses villas du prince Chigi et de son frère le cardinal Flavio. Je suppose que ce dernier goûtait la gaieté de Philippe et sans doute la jeunesse de Charles.

Que de fêtes ! de cavalcades, de bals, de festins, de promenades à cheval, en calèche, en barque sur les lacs ! Et comme dès le mois de juin, la chaleur devenait intenable, nous allions souvent avec ma sœur, mon frère, le chevalier et le comte de Marsan nous baigner dans le Tibre. Hortense et moi revêtissions une longue chemise qui, une fois mouillée, laissait deviner notre anatomie, ce qui nous amusait fort. Nous découvrîmes que de nombreux notables se cachaient dans les roseaux de la berge pour nous admirer. Une fois, mon pied se prit dans un filin alors que je sortais de l'eau et je fus violemment projetée dans le fleuve. Comme je ne savais pas nager, j'allais me noyer lorsque le chevalier plongea pour me sortir de l'eau. Il me tint un moment, ruisselante, à demi nue, frissonnante de peur, serrée contre lui. Bien évidemment cette scène équivoque fut racontée et commentée par tous ceux qui nous observaient.

— Madame ! s'emporta mon époux. Tout Rome rit de moi en assurant que je vous permets toutes les folies. Cela doit cesser !

— Les Romains voudraient nous faire croire qu'ils sont des modèles de vertu, alors qu'ils trompent leur femme tant et plus ! ripostai-je.

— Ne modifiez point mes propos ! Ce qui est toléré pour un homme est incontestablement défendu aux femmes.

— Voilà bien une moralité à deux vitesses ! ironisai-je.

Il haussa les épaules et reprit d'un ton aussi acéré qu'un poignard :

— On m'a aussi rapporté que vous protégiez un jeune chanteur en lui octroyant des gratifications sur votre cassette personnelle.

— En effet. Il a beaucoup de talent et ne réussit pas à vivre correctement de son art, me défendis-je.

— Son art ? ricana Lorenzo. N'est-il pas de vous faire l'amour en chantant ?

— Et quand bien même... répliquai-je pour lui tenir tête.

— Je vous somme d'arrêter ces... ces frivolités qui me coûtent ma réputation et la vôtre ! D'ailleurs, j'ai ouï dire que l'on commençait à me traiter de *cornuto*. C'est intolérable.

Je quittai la pièce en claquant la porte. Voilà un motif de plus qui me fâcha avec Lorenzo. Je n'avais cure de la bonne moralité de ces maris pointilleux. Je voulais me divertir, oublier l'échec de mon mariage, oublier mon amour pour Louis, ne pas penser à l'avenir et ne vivre que la joie présente. J'avais trente et un ans et je devais profiter des beaux moments que la vie m'offrait avant que ma beauté ne s'envole définitivement.

C'est en pleines festivités qu'Hortense m'annonça :

— Je rentre en France avec notre frère.

— Tu n'y penses pas ? m'insurgeai-je. Ton époux te fera immédiatement enfermer.

— Je suis obligée de courir ce risque. Le duc Mazarin détient les douze millions de livres de ma dot et je n'ai plus un sou. Je vais exiger du roi qu'il m'en rende une partie.

— Je redoute vraiment que tu tombes dans la gueule du loup.

— Oh, je saurai bien me défendre, m'assura-t-elle en brandissant une épée imaginaire, ce qui nous fit pouffer de rire.

Hortense et Philippe partis, le chevalier de Lorraine et son frère mirent tout leur savoir à me distraire. Ils y parvinrent assez bien.

— Votre amie Henriette, l'épouse de Monsieur, est morte le 29 juin.

Cette lettre arriva début juillet par le courrier diplomatique et mon époux me l'annonça sans ménagement. Henriette... morte ? *Impossible*, me disais-je, *il y a deux jours à peine, elle m'écrivait encore*. Sachant que, comme moi, elle aimait beaucoup monter à cheval, je proposai, très émue :

— S'agit-il d'un accident de chasse ?

Lorenzo secoua la tête et poursuivit froidement :

— Non point. Il semble qu'elle soit tombée raide morte après avoir absorbé un verre glacé de chicorée.

Je poussai un cri strident et lançai :

— Elle a été empoisonnée ! Elle le redoutait depuis longtemps.

— Mais non, voyons, qu'allez-vous vous imaginer, me contredit mon époux.

— Empoisonnée ! répétai-je, bouleversée.

Je quittai aussitôt la pièce, effondrée par ce drame, et j'attendis la visite du chevalier de Lorraine en refoulant mes larmes. Pour moi, il était le seul coupable possible. Dès qu'il pénétra dans mon salon, je l'invectivai :

— Vous avez empoisonné Henriette !

— Quoi ? Vous divaguez ? se rebella-t-il.

— Aucunement. Vous lui en voulez à mort de vous avoir fait chasser de la cour !

— Comment aurais-je pu mettre du poison dans son verre puisque j'étais à Rome ? se défendit-il avec morgue.

— C'est que vous êtes malin, Monsieur. Vous avez dû payer fort cher pour que quelqu'un exécute ce forfait à votre place. Votre ami le marquis d'Effiat par exemple ? Henriette m'avait écrit qu'il était furieux que le roi vous ait exilé et que le trio que vous formiez avec son époux soit détruit par sa faute.

— Croyez-vous qu'Effiat, qui a tout ce qu'un homme bien né peut souhaiter, soit assez bête pour s'être compromis dans une pareille affaire ? plaida-t-il.

— Ah, la vengeance fait commettre bien des crimes...

— Voyons, Marie, reprit-il d'un ton mielleux, oubliez-vous tous les bons moments que nous avons passés pour m'incriminer de la sorte ?

Quel toupet avait cet homme pour mêler mes sentiments à son affreux crime. Je me raidis et je hurlai presque :

— Oui, Monsieur. À partir de ce jour, je ne vous connais plus. Disparaissez de ma vue avant que je n'ordonne que l'on vous jette en prison.

Il essaya de me prendre la main, je reculai d'un pas et l'index pointé vers la porte, je répétai :

— Disparaissez !

Il sortit droit et fier. Mais j'étais désolée de perdre un compagnon de plaisir tel que lui.

Je mis plusieurs jours à me remettre de la disparition d'Henriette. Nous avions beaucoup de similitudes dans nos destinées et il me parut que le poison me guettait aussi. Je recommandai à ma fidèle Morena de faire en sorte que personne, en dehors d'elle, ne touche à mon verre et à mon assiette.

— Soyez sans crainte, Madame, me dit-elle avec son délicieux accent des îles, je veille sur vous comme si vous étiez ma propre mère.

Et puis trois mois après son départ, je reçus une lettre d'Hortense :

Ma chère Marie,

Ce jour d'hui, je ne te parlerai pas de mes déboires conjugaux mais je t'annonce, parce que je ne pense pas qu'il ait eu le courage de te l'écrire, que notre frère vient de se marier.

— Quoi ! m'offusquai-je, le pli serré dans mon poing. Comment a-t-il pu ne pas me prévenir ? C'est inconcevable ! Sans doute a-t-il convolé avec quelque gourgandine et n'a pas osé m'en informer.

Je repris aussitôt ma lecture :

Tu dois te demander quelle est l'heureuse élue. Moi-même, j'ai eu beaucoup de mal à le croire, car il a tenu secrètes toutes les transactions. Alors tiens-toi bien, notre cher Philippe a épousé mademoiselle de Thianges. Elle est jeune, jolie et modeste car elle a été élevée à l'Abbaye-aux-Bois ! Notre frère si friand de plaisirs avec une prude demoiselle, voilà qui ne manque pas de piquant !

Un sourire naquit sur mes lèvres. Pourquoi mon frère s'était-il encombré d'une si vertueuse personne qui allait le tenir en laisse et ne point accepter qu'il coure partout à la recherche de chair fraîche ?

> *Oh, j'entends d'ici tes questions!* continuait Hortense. *Je vais immédiatement y répondre. Diane-Gabrielle de Thianges est la nièce de madame de Montespan, favorite en titre de notre roi ! Tu comprends maintenant l'intérêt de ce mariage. Voilà donc notre Philippe bien aimé proche du pouvoir. D'ailleurs le roi lui a rendu toutes ses charges et tu le verras bientôt à Rome, car, comme tu le sais, il adore plus que tout l'Italie.*

Je dus m'asseoir. Cette lettre contenait plusieurs informations qui me blessaient.

Je dois reconnaître que celle qui me faisait le plus souffrir était que Louis, après m'avoir plusieurs fois juré un amour éternel, s'était épris de Louise de La Vallière puis s'était entiché de cette Montespan qui avait juste un an de moins que moi. Pourquoi donc n'avais-je pas accepté d'être sa maîtresse ? À cette heure, je serais encore à Versailles, aimée du roi et avec une place enviable à la cour ! Au lieu de cela, je devais me contenter de Rome et d'un époux que je ne supportais plus. Oh, que tout cela était cruel !

Quant à Philippe, avec qui j'avais partagé tant de choses, qui était mon frère, mon ami, mon confident, pourquoi ne m'avoir caché son mariage ? Ne comptais-je pas pour lui ?

Je me sentis tout à coup seule, affreusement seule.

Hortense revint à Rome en mai 1671. Je l'accueillis avec joie. Sa fantaisie m'avait manqué. Elle apportait l'air de Paris, de Versailles, de Fontainebleau et elle me conta, avec force détails, les petits potins de la cour :

— Madame de Montespan a, paraît-il, accouché d'un enfant, mais comme le père est le roi, tout cela s'est fait en grand secret.

Elle éclata de rire avant de poursuivre :

— Ce n'était un secret pour personne parce que depuis deux mois la marquise ne portait que des robes amples. Elle voulait faire accroire que ne plus mettre de corset et avoir des jupes battantes était une nouvelle mode.

Une pointe de jalousie me perça à nouveau le cœur. Je l'avais déjà ressentie lorsque mademoiselle de La Vallière avait accouché de ses deux enfants car je ne pouvais m'empêcher de penser que c'était moi qui aurais dû porter les enfants de Louis, de mon amour de jeunesse que je ne parvenais pas à chasser de mon esprit.

— Quant à la mort de Madame, continua Hortense, le roi a fait procéder à une autopsie et on n'a pas retrouvé de poison dans son corps.

— Le chevalier de Lorraine serait donc innocent ?

— En effet. Monsieur a lui aussi été blanchi. Le roi et son frère se sont jetés dans les bras l'un de l'autre et on parle déjà du prochain mariage du veuf.

— Eh bien, ma chère Henriette a été vite oubliée, dis-je tristement.

— Las, c'est ainsi à la cour.

— As-tu pu voir tes enfants[1] ? l'interrogeai-je pour faire diversion.

— Non. Pour me punir, mon mari m'interdit de les approcher. J'ignore même où ils sont. Mais l'une de mes dames m'a dit que Charlotte, qui va sur ses huit ans, est une jolie demoiselle, qu'Anne et Olympe sont très sages et que Jules, qui a à peine quatre ans, est un gentil garçon.

— Comme moi, tu as largement rempli ta mission d'épouse.

— En effet. J'ai gagné le droit de vivre loin de cet affreux mari que l'on m'a donné. Pour l'heure, il refuse de me restituer ma dot tant que je ne vivrai pas avec lui.

— Mais pourquoi donc fait-il tant de manières ? Qu'il prenne une maîtresse et qu'il te rende ta liberté, m'agaçai-je.

— Il est si bigot qu'il ne veut faire l'amour qu'avec moi, sa femme devant Dieu.

— Ah, ma pauvre amie, quelle malchance d'être tombée sur le seul homme qui refuse de tromper sa femme ! me lamentai-je en me retenant de rire.

Avec une ironie douce-amère, elle me conta aussi les élans de piété excessive de son mari. Il avait taillé les sexes de toutes les statues antiques, barbouillé les nudités des tableaux du Titien, suscitant l'effroi du roi lui-même.

— Et une fois encore, le duc a exigé que je me retire dans une abbaye. C'est son obsession. Après plusieurs mois d'enfermement pendant lesquels j'ai montré tous les signes d'une vie rangée et

1. Hortense a eu quatre enfants avec son époux : Marie-Charlotte en 1662, Marie-Anne en 1663, Marie-Olympe en 1665 et Paul-Jules en 1666.

pieuse, le roi a consenti à me laisser sortir et m'a même accordé une audience.

— Tu... tu as parlé avec le roi ? m'étonnai-je.

— Si fait. Tout d'abord il a écouté mes doléances, puis il m'a promis qu'il me verserait une pension de vingt-quatre mille livres. Il souhaitait que je demeure en France, mais je lui ai dit que j'avais une forte attirance pour l'Italie, où j'avais plaisir à vivre avec ma famille. « Avec votre sœur, madame la connétable Colonna ? », a-t-il ajouté. « En effet, Votre Majesté, je me suis toujours bien entendue avec Marie », ai-je répondu. Il m'a bien semblé que le roi a frémi en entendant ton nom.

— Tu crois qu'il se souvient encore de moi ? me troublai-je.

— Je le jurerais. Et je pense même que tu es toujours présente dans son cœur.

Cette affirmation me perturba. J'avais tout fait pour oublier Louis, jouissant dans les bras de Lorenzo, m'étourdissant dans des fêtes sans fin, badinant avec quelques gentilshommes, mais il était toujours profondément ancré en moi.

Quelques jours après le retour de ma sœur, j'absorbai, dans la soirée, une purge afin de m'éclaircir le teint. J'avais envie d'avoir une peau aussi éclatante que celle d'Hortense car les ans ne semblaient pas avoir d'emprise sur sa beauté. C'était une pratique courante et qui me réussissait assez bien. Mais au cœur de la nuit, d'atroces douleurs me saisirent et je hurlai :

— On m'a empoisonnée !

La panique s'empara de moi. Je me souvenais très bien que durant mon voyage vers l'Italie, l'archevêque d'Amasie m'avait fait une peinture catastrophique de la famille Colonna et de la noblesse italienne en général, m'assurant que le poison était habituel chez eux et que si ce n'était point le poison, c'était le poignard. Cela me revint si brutalement à l'esprit qu'entre deux vomissements, je répétai :

— On m'a empoisonnée !

Je me tordis de douleur, je délirai. Morena demeura toute la nuit à mon chevet. Par contre, mon époux, qui avait été prévenu de mon état, ne quitta pas sa chambre.

— C'est lui ! Il a versé du poison dans la purge et il ne tient pas à assister à mon agonie.

Au matin, quoique affaiblie, je n'étais point morte. Lorenzo avait-il raté son coup ? Je ne le vis plus durant une semaine, ce qui confirma mes doutes. Mais si je n'avais pas perdu la vie, j'avais perdu le sommeil.

Depuis déjà un an, je m'initiais aux arts divinatoires. Mon père m'avait transmis sa passion et son don.

J'avais fait aménager, au sommet d'une tour, une pièce qui était mon domaine. Aucun domestique, à part Morena, n'osait s'y aventurer car il se murmurait que l'on y croisait parfois des sorcières. Cela me satisfaisait. Je pouvais ainsi y recevoir des mages et des cartomanciennes sans avoir de comptes à rendre à personne. C'était une pratique assez courante dans la noblesse de Rome mais qui effrayait les petites gens. Une fenêtre s'ouvrait sur le ciel et une lunette me permettait d'observer les étoiles et d'en déduire des prévisions pour mon avenir. Je me pris de passion pour les prophéties de Nostradamus qui était le meilleur mage de tous les temps et notre maître à tous. J'appris également à manier les cartes et j'y lus d'assez étranges choses. J'étais douée.

— Regarde, Morena, cette carte que je tire à chaque fois est celle de la mort violente.

— Vous êtes certaine ?

— Oui. Et la suivante qui montre une plante vénéneuse indique que je périrai par le poison. À l'avenir je veux que tous mes aliments, mes boissons soient goûtés devant moi, que mes couverts, mon verre, mes assiettes soient nettoyés en ma présence, lui ordonnai-je avant d'ajouter : Surveille aussi mon époux, car il est certain que c'est de sa main que je périrai.

Quelques jours plus tard, Morena m'apporta une lettre trouvée dans les affaires de Lorenzo. J'ignore qui en était l'auteur, mais elle annonçait en substance ma mort prochaine et lui recommandait de trouver une nouvelle épouse.

Mes sinistres prévisions étaient en train de se réaliser. Je décidai donc de me réfugier au palais Mancini avec Hortense. Ne voulant pas envenimer ma situation, je chargeai mon beau-frère, le prince de Sonnino, d'obtenir le consentement de mon époux. Je redoutais de l'affronter moi-même car il pouvait être violent. Je demeurai derrière la porte pendant l'entretien.

— Jamais ! hurla Lorenzo. Qu'elle m'interdise sa couche est déjà par trop humiliant, mais si Rome découvrait que nous n'habitons plus ensemble, c'est pour le coup que l'on me nommerait *Cornuto*. Si elle insiste, je préfère prendre les devants et la faire enfermer à Paliano. Tout le monde comprendra que je préserve ma réputation en faisant interner une épouse adultère... et peut-être même coupable d'inceste.

— Voyons, Lorenzo, tu vas trop loin, tempéra le prince Sonnino.

— Et elle, ne va-t-elle pas au-delà de ce qu'un époux peut supporter ?

Je me sentis menacée. J'allais mourir empoisonnée ou finir mes jours dans la forteresse de Paliano. Et vers qui me tourner ? À qui demander de l'aide ? Aucun Italien ne viendrait à mon secours par peur des représailles de la puissante famille Colonna.

Je pensai alors au chevalier de Lorraine, que j'avais chassé de chez moi parce que je le croyais responsable du décès d'Henriette. Puisque mon amie n'était apparemment pas morte empoisonnée, je décidai de le rappeler près de moi. À dire vrai, il me manquait beaucoup. Il était gai et me faisait une cour empressée que j'appréciais. En fait, j'aimais le badinage, les effleurements, les coups d'œil langoureux qui rendaient hommage à ma beauté.

Lorenzo m'avait écœurée de l'acte sexuel. Certes j'avais connu quelques beaux moments dans ses bras, mais en y réfléchissant je devais bien convenir que j'éprouvais plus de plaisir lorsqu'il me convoitait que lorsqu'il me possédait avec brutalité. L'amour que j'avais connu avec Louis n'était jamais allé jusqu'au paroxysme. Les gestes tendres, les frissons, les serments, l'inflammation des sens suffisaient à me combler.

Le chevalier de Lorraine accepta avec joie de revenir dans notre maison. Par contre, Lorenzo me fit une nouvelle scène violente lorsqu'il aperçut le chevalier alors qu'il quittait notre demeure.

— Quoi ? Vous revoyez ce... ce pantin enrubanné amateur de scandales ?

— Je vois qui je veux et le chevalier est un ami précieux et un lien appréciable avec Monsieur, frère du roi, qui m'a en haute estime.

— Faudra-t-il toujours que vous vous acoquiniez avec des gens aux mœurs... discutables ?

— Eh bien, au moins vous n'en serez point jaloux ! ironisai-je avant de tourner les talons.

Je l'entendis taper un poing furieux sur le mur et hurler une injure à mon encontre. Sa violence devenait plus présente et j'avais de plus en plus peur de lui.

J'avais confié au chevalier de Lorraine ma crainte que mon époux veuille se débarrasser de moi afin de pouvoir conserver ce qu'il restait de mon importante dot et reprendre rapidement une épouse plus docile.

— Il ne faut pas rester avec lui, Marie, me souffla-t-il en me saisissant les mains. Je vais immédiatement écrire à Monsieur afin de l'informer du danger auquel vous êtes exposée. Je suis certain qu'il trouvera une solution pour que vous puissiez revenir en France.

— C'est mon souhait le plus cher... et je vous serai éternellement reconnaissante si vous m'aidez à le réaliser, lui répondis-je le cœur battant d'espoir.

Las, un espion révéla au connétable que j'entretenais une correspondance avec Monsieur. Il crut que j'intriguais pour le discréditer aux yeux de la France. Une fois encore, il me menaça :

— Madame, votre conduite est indigne ! En m'épousant, vous êtes devenue romaine et vous ne devez plus avoir de commerce politique avec la France. Si vous continuez à me nuire, je vous ferai enfermer à Paliano !

Il n'était pas facile de me disculper sans lui avouer que mes courriers demandaient à Monsieur de me tirer des griffes de mon tyran afin que je recouvre ma place à la cour de France. Pour une fois donc, je baissai la tête sans me révolter et j'attendis que l'orage passe.

Je fis part à Hortense de mon souhait de m'évader d'Italie pour rejoindre la France :

— Tu n'y penses pas ? s'inquiéta-t-elle. Ta vie est ici. Tu as un statut enviable, l'argent, les honneurs...

— Non plus, la coupai-je. On m'a fait une sinistre réputation et plus aucune dame romaine n'accepte de venir chez moi. Et surtout, tu le sais bien, Lorenzo en veut à ma vie. Je dois fuir pendant qu'il en est encore temps.

Je suppose que ma décision l'étonna grandement car elle réfléchit un moment en silence avant de me proposer :

— Alors je t'accompagne un bout de chemin, mais il me sera impossible de rester en France. Dès que j'y aurai posé un pied, mon époux me fera séquestrer et c'est un risque que je ne veux pas prendre.

— Je comprends. De mon côté, le chevalier de Lorraine a écrit à Monsieur afin que j'obtienne un passeport. Le roi, conscient de mes difficultés conjugales, a accepté de m'en procurer un qui sera déposé à Marseille chez l'intendant des galères.

— Ah, voilà qui est rassurant.

— En effet. Cela prouve que Louis ne m'a pas oubliée et qu'il espère me revoir.

Pendant plusieurs mois, je jouai le rôle de l'épouse sage et vertueuse afin de ne pas éveiller les soupçons de mon mari mais, en secret et avec l'aide d'Hortense je préparai mon évasion et notre voyage.

— J'ai envoyé Pelletier, mon fidèle valet, à Naples afin qu'il nous trouve une embarcation pour Civitavecchia[1], m'annonça Hortense un soir.

— Il nous faudra quitter le palais Colonna fin mai. C'est à cette période que Lorenzo part visiter ses haras de Frattocchie[2]. En général il y reste plusieurs jours.

— Il est vrai que ton époux a la réputation d'aimer encore plus les chevaux que les femmes ! s'amusa Hortense.

— Pour une fois, je ne vais pas le lui reprocher.

Le 29 mai 1671, Lorenzo partit enfin pour Frattocchie. J'étais prête. J'avais mis mes affaires en ordre. Par écrit, j'avais légué à mes fils mes biens immobiliers car j'avais la ferme intention de ne jamais remettre les pieds en Italie. J'avais distribué à mes plus fidèles suivantes et à quelques valets de belles gratifications. Mais bien sûr, Morena partait avec moi. Au fil des ans, elle était devenue un peu ma fille. J'emportais mes bijoux et tout l'argent que j'avais en ma possession, soit sept cents pistoles, ce qui n'était pas grand-chose. Je portais sur moi plusieurs épaisseurs de vêtements et même un habit d'homme afin de pouvoir me déguiser si le besoin s'en faisait sentir. Morena avait fait de même. Je ne pouvais pas utiliser de malles de peur d'éveiller les soupçons des domestiques de Lorenzo.

Je montai dans ma voiture avec Morena en ordonnant au cocher de nous conduire au palais Mazarin. Hortense et sa fidèle Nanon nous attendaient. Nanon avait doublé de volume car elle portait

1. Port maritime à 75 kilomètres de Rome.
2. Près de Marino, soit à 25 kilomètres au sud-est de Rome.

aussi sur elle plusieurs vêtements de sa maîtresse. Dès que nous fûmes installées dans le carrosse, je criai assez fort au cocher pour que les espions de mon époux l'entendent :

— À Frascati[1] !

C'était le plan que nous avions fomenté. Personne ne s'étonnerait qu'avec les premiers beaux jours, nous allions respirer l'air vivifiant de cette propriété située à quatre lieues[2] à l'est de Rome... c'est-à-dire à l'opposé de Civitavecchia.

À la sortie de Rome, Pelletier nous attendait. Il donna un ordre au cocher et nous bifurquâmes en direction de la côte.

Nous atteignîmes Civitavecchia, il faisait nuit noire.

Aucun bateau ne nous y attendait. Pelletier nous expliqua qu'il avait ordonné aux mariniers d'amarrer la felouque à cinq milles de là. C'était en effet une sage précaution car plusieurs fois j'avais embarqué avec Lorenzo dans ce port et je risquais d'être reconnue. Pelletier envoya un laquais pour faire ramener l'embarcation jusqu'à nous. En attendant, Hortense et moi nous réfugiâmes dans un bois proche afin de ne pas attirer l'attention... et nous attendîmes. Longtemps.

— Nous avons été trahies ! s'agaça Hortense.

— Lorsque Lorenzo apprendra mon évasion, sa vengeance sera terrible ! m'affolai-je.

Nous nous assîmes le dos contre un arbre pour tâcher de prendre un peu de repos tandis que Morena et Nanon veillaient sur nous. Fort heureusement, la nuit était douce, mais bien sûr, impossible de dormir avec l'inquiétude qui nous taraudait. Nous redoutions à chaque minute d'être arrêtées par des sbires des Colonna. Chaque craquement de branche, chaque bruit étrange nous faisait sursauter.

Enfin, Pelletier revint vers nous.

— L'embarcation est à quai ? m'informai-je pleine d'espoir.

---

1. Frascati est la propriété des Colonna depuis 1508.
2. Environ 20 kilomètres.

— Hélas non, Madame, le laquais que j'avais envoyé s'est arrêté en chemin pour se désaltérer et il a tellement bu que, ivre mort, il n'a pas pu reprendre la route, m'expliqua Pelletier.

— Nous perdons trop de temps. Il est préférable de nous rendre à l'endroit où est la felouque afin d'embarquer rapidement, proposai-je.

Nous remontâmes dans notre carrosse en ordonnant au cocher d'emprunter des chemins détournés afin d'éviter de croiser, sur la route royale, des gentilshommes romains de notre connaissance. Mais nos chevaux, qui avaient déjà parcouru plus de quinze lieues[1] à bride abattue, étaient fourbus et n'avançaient plus, malgré les coups de fouet du cocher.

— Inutile d'insister, bougonna ma sœur. Mais j'ai une idée.

Nous descendîmes de voiture. Hortense mit dans la main du cocher quelques pièces et lui ordonna de revenir sur le port en colportant partout que nous avions embarqué vers une destination inconnue. Cette ruse astucieuse nous donnait un avantage précieux car si un espion des Colonna était dans le coin, il penserait notre évasion accomplie. Ensuite, nous retournâmes nous cacher dans le bois pendant que Pelletier cherchait une autre embarcation.

Que de contretemps ! La nervosité me gagnait. Cette évasion qui m'avait semblé si simple à planifier tournait au cauchemar. La chaleur était devenue insoutenable et nous n'avions rien à boire ni à manger. Le désespoir s'empara de moi et je dis à Hortense :

---

1. Environ 75 kilomètres.

— Je n'en puis plus. Retournons à Rome. Quant à mourir, je préfère la rapidité d'un coup de poignard que de dépérir ici à petit feu.

— Allons, Marie, je t'ai connue plus combative ! me gronda ma sœur.

Comme pour mettre notre courage à l'épreuve, le galop d'un cheval se fit entendre. Je frémis, persuadée que l'on venait nous capturer. Mais Hortense sortit deux pistolets dissimulés sous ses jupons, prête à défendre notre liberté.

— Qu'ils viennent ! lança-t-elle hardiment. Je les abats comme du gibier !

Ma peur s'envola face à son courage et de sa détermination. Le cavalier s'avéra être notre fidèle postillon qui nous annonça avoir retrouvé la felouque à cinq milles[1] de là. Je bénis la Providence, mais restai muette de fatigue, effrayée à l'idée de parcourir cette distance sous le soleil implacable.

— Cinq milles ? À pied ? C'est au-dessus de mes forces, me plaignis-je.

— Il le faut, Marie... m'exhorta ma sœur.

Nous traversâmes une plaine sans aucun arbre en faisant sauter des milliers de sauterelles. Morena, qui avait l'endurance de la jeunesse, s'en amusait. Moi, plus les heures passaient, plus mon pas ralentissait. Plusieurs fois, je me laissai tomber sur le solen marmonnant :

— Je suis trop fatiguée. Je n'irai pas plus loin.

J'avais vécu tant de situations dramatiques que mon corps semblait refuser cette nouvelle épreuve.

Avisant un laboureur dans son champ, Hortense avec un à-propos admirable lui conta une fable : nos montures nous avaient désarçonnées lors d'une chasse. Pour accréditer la fable, je poussai un gémissement en désignant ma cheville.

---

1. Environ 8 kilomètres.

Il était jeune, musclé et il accepta moyennant quelques pièces de me porter jusqu'à la mer. Je n'étais pas fière d'être ainsi soulevée par un rustre, mais cela me soulagea un peu. Inutile de préciser que nous n'échangeâmes pas trois paroles. Enfin, nous parvînmes au bord de l'eau. Épuisée, mais soulagée, je m'enquis :

— Vois-tu une embarcation ?

La main en visière au-dessus de ses yeux, Hortense parcourut la grève du regard.

— Non. Il n'y en a point, lâcha-t-elle désespérée.

— Je suis maudite, fulminai-je. J'aurais dû consulter mon astrologue avant de partir. Les astres ne sont sans doute pas alignés en ma faveur. Je ne reverrai jamais la France !

— Cesse de te lamenter, Marie. Nous verrons la France, je te le garantis.

Découragée, je haussai les épaules.

Le laboureur, qui, je crois, était tombé amoureux de moi, se débrouilla pour nous trouver une botte de paille sur laquelle nous pûmes nous allonger et aussi de l'eau et même une miche de pain. Nous nous désaltérâmes et nous partageâmes le pain en plaisantant sur la frugalité de notre repas, ce qui eut pour effet de nous redonner le moral. J'allais m'assoupir sur la paille, lorsque Morena, qui s'était approchée du bord de mer, cria :

— Deux embarcations à l'horizon !

— Deux ? m'étonnai-je en me levant d'un bond.

Elles accostèrent presque en même temps. L'une était la première que Pelletier avait retenue, la seconde était celle qu'il était personnellement allé chercher devant la défection de la première.

Les marins, furieux de se voir en concurrence, se disputèrent, s'empoignèrent, jurèrent, se jetèrent par-dessus bord en hurlant. Pelletier se chargea de les calmer et de négocier. Mais cela me coûta encore quelques pièces !

Au début, Morena refusa de monter à bord. Je devinais, en lisant la peur dans ses yeux, que des souvenirs funestes lui revenaient en mémoire. À force de persuasion, de tendresse, de promesses, elle accepta de me suivre en me serrant très fort la main.

— Ah, madame Marie. Pour vous, je suis prête à tout... je vous suivrai jusqu'au bout du monde, me dit-elle.

Dès que nous fûmes installées, je crus que j'allais enfin goûter un peu de repos, bercée par le roulis, en rêvant de la France. Mais à peine avions-nous pris le large que le capitaine se plaignit de la somme que nous lui avions donnée pour le voyage.

— C'est ce que nous avions convenu, objecta calmement Pelletier.

— J'ignorais qu'il y avait quatre femmes à embarquer, se buta-t-il.

— Ne voulez-vous pas plutôt vous enrichir sur le dos de deux dames de qualité ? m'indignai-je.

— Je me moque de savoir qui vous êtes. Je veux cent pistoles de plus... ou je vous jette par-dessus bord.

Son ton menaçant nous glaça le sang. Nous étions en pleine mer, à sa merci. Contrainte, je lui tendis la somme demandée. Il ne me remercia pas, assurant avec un sourire narquois qu'il nous conduirait « en toute honnêteté » à bon port.

Il faisait chaud, mais le vent nous était favorable et nous avancions bien. Les cent pistoles furent vitement oubliées. Dans quelques jours, nous foulerions le sol de France.

Le crépuscule commençait tout juste à poindre lorsque la vigie hurla de son nid de corbeau :

— Brigantin en vue !

Nous nous regardâmes sans oser formuler ce que nous imaginions. Je me rapprochai d'Hortense et Morena se blottit contre moi. Pour nous libérer de l'angoisse qui nous faisait trembler, je demandai au capitaine, d'une voix brisée :

— Des pirates ?

— Sans doute, grommela-t-il dans sa barbe.

Il saisit sa longue-vue et examina le navire. Longtemps. Très longtemps. Je le soupçonnai même de rester muet pour nous exaspérer et faire monter notre tension nerveuse. Enfin, alors que nous étions sur le point de tomber en pâmoison, il lâcha :

— Non.

Nous poussâmes des soupirs de soulagement qui durent s'entendre jusqu'à Naples... Nanon se mit à chantonner un air de sa province et sans nous concerter, nous le reprîmes en chœur. Nous avions échappé au pire ! C'est ce que je pensais.

Las, dans la nuit, alors que nous nous étions allongées tout habillées dans des hamacs suspendus sur le pont, le vent devint violent, la mer enfla et balança notre felouque de vague en vague comme une coquille de noix.

— Descendez dans la cale ! nous ordonna le capitaine.

Ce fut affreux. Pendant de longues heures, nous fûmes projetées d'un côté à l'autre de la cale avec des tonneaux mal attachés, des sacs, des malles qui nous heurtaient et nous arrachaient des cris de douleur. Hortense et moi fûmes malades à crever. Morena et Nanon tenaient, comme elles pouvaient, des seaux sous notre menton et nous vomissions sans pouvoir nous arrêter. Le bateau craquait. Des paquets d'eau salée entraient on ne sait comment et nous trempaient. Je me lamentais :

— Nous allons faire naufrage !

Personne n'eut le cran de me contredire. Nanon entonna un cantique religieux. Ma mère m'avait dégoûtée de la religion en insistant pour que j'entre au couvent. Mais je recouvrai instantanément la foi et je me pris à supplier Dieu de m'épargner.

J'ignore si Dieu m'écouta, mais après de longues heures de tempête, le calme revint enfin. Mais la mer nous avait si copieusement aspergées, qu'elle avait gâché le tissu de nos jupes et de nos jupons gorgés d'eau. Il nous restait les vêtements masculins que nous portions à même la peau. C'est donc dans cet accoutrement peu décent que nous poursuivîmes le voyage.

Notre navire ayant subi quelques avaries, le capitaine décida de faire halte à Monaco. Las, on nous apprit que sans passeport de santé, nous ne pourrions pas débarquer. En effet, la peste rôdait encore à Civitavecchia et nous aurions dû quitter cette ville après une visite de santé certifiant que nous n'étions pas porteurs de ce terrible fléau.

— Comme si j'avais eu le temps d'effectuer cette démarche ! grognai-je.

— Je m'occupe de nous obtenir de faux passeports de santé, nous annonça Pelletier. Mais il faudra certainement graisser la patte au faussaire.

Je lui remis une bourse en grommelant :

— À ce rythme-là, je n'aurai bientôt plus un florin.

Après avoir patienté plusieurs heures, Pelletier revint avec les précieux documents et nous pûmes enfin mettre pied à terre. Nous avions cru périr en mer et marcher dans les ruelles de ce village de pêcheurs perché sur un éperon rocheux nous fit un bien fou... même si ce fut avec des habits d'homme, notre chevelure cachée dans un bonnet. Nous demeurâmes deux jours à Monaco, logées dans une auberge infâme, repaire des marins et des contrebandiers. Nous ne quittâmes guère la chambre dans laquelle nous dormions toutes les quatre car nous redoutions que nos habits masculins ne donnent pas le change longtemps et que nous soyons importunées par ces hommes avides de filles faciles.

Cependant, malgré nos supplications, le capitaine qui nous avait conduits jusqu'à Monaco, plus têtu qu'une mule, refusa de nous emmener plus loin. Pelletier se mit donc en quête d'une nouvelle embarcation. Des hommes sur le quai lui recommandèrent le capitaine d'une goélette. Ma bourse dut encore s'ouvrir pour payer le voyage jusqu'à Marseille.

Après huit jours de navigation sans problème, je crus enfin toucher au but, lorsque le capitaine nous désignant un port nous annonça :

— Nous voici à La Ciotat.

— La Ciotat ? Mais vous deviez nous conduire à Marseille, m'indignai-je. Je vous ai payé grassement pour cela.

— On ne fait pas toujours comme on veut. Mais vous pouvez vous jeter à l'eau et nager jusqu'à Marseille, nous lança-t-il goguenard.

Furieuses, nous fûmes donc débarquées sur le quai du port de La Ciotat. Pelletier, une fois de plus, s'occupa de dénicher une auberge afin que nous puissions nous reposer et nous restaurer, mais nous ne pouvions même pas nous changer, nous n'avions plus aucun vêtement acceptable. Je ne tenais pas en place et après avoir dormi deux heures et avalé une soupe infâme au goût de poisson, je dis à Pelletier dans la soirée :

— Louez-nous deux bons chevaux pour aller à Marseille.

Hortense et moi prîmes chacune en croupe nos servantes et nous cavalâmes à bride abattue pour parcourir les sept lieues[1] qui nous séparaient de la cité phocéenne. Lorsque nous y arrivâmes au petit matin, nos chevaux étaient fourbus et nous aussi.

1. Environ 35 kilomètres.

Pas question de nous arrêter. On nous indiqua la demeure du sieur Arnoux, intendant des galères qui devait être notre relais pour rejoindre Paris. Nous le réveillâmes sans scrupule. Encore endormi, la perruque de travers, les chausses mal attachées, il nous accueillit un peu interloqué devant notre accoutrement :

— C'est que, voyez-vous, Monsieur, lors de notre expédition, nous avons perdu nos robes de soie, il ne nous reste plus que ces vêtements masculins.

— Hélas, je ne pourrai pas vous fournir d'habits féminins. Je suis veuf et...

— Qu'importe, le coupai-je.

Il me remit alors un paquet qui contenait un passeport, et une lettre destinée au comte de Grignan. J'avais croisé plusieurs fois sa jeune épouse à la cour car elle était la fille de madame de Sévigné.

À ce moment-là, le capitaine Manechini, envoyé par mon époux, se présenta pour me ramener à lui. Des espions nous avaient donc suivis comme je le redoutais. Pourquoi Lorenzo voulait-il que je revienne à Rome ? Avait-il peur que je divulgue partout qu'il était violent et qu'il avait même tenté de m'empoisonner ? Voulait-il me séquestrer ou pire, me tuer pour me faire taire ? Je maîtrisai la colère qui montait en moi et je lui lançai :

— Dites à Monsieur le Connétable qu'il est inutile d'envoyer tous ses sbires à mes trousses. Je ne reviendrai pas en Italie. Jamais. Entendez-vous bien ? JAMAIS !

Deux jours plus tard, nous arrivâmes à Aix où monsieur de Grignan nous accueillit fort courtoisement, même si je perçus le regard étonné qu'il porta sur nos vêtements masculins.

— Il fallut bien en passer par là pour sauver nos vies, expliquai-je.

— Mon épouse vous prêtera du linge et des vêtements, nous assura-t-il.

Il nous octroya deux belles chambres et nous fit préparer un bain chaud. Quelle joie de se débarrasser de la crasse accumulée depuis notre départ, de passer une chemise et des jupons bien blancs, une jupe et un bustier à la mode du moment, puis de se faire coiffer, poudrer, parfumer par une soubrette souriante ! J'avais le sentiment d'avoir échappé à la mort et d'être à présent à quelques jours de rencontrer Louis, ce qui aplanissait tous mes problèmes.

Dès le 7 juin, je lui écrivis, la main tremblante d'émotion, pour lui demander en quel lieu il souhaitait que je réside, et je lui précisai que le palais Mazarin serait parfait à condition que le duc Mazarin cessât de poursuivre son épouse afin que nous puissions vivre toutes les deux en harmonie. Pelletier se chargea de porter ma missive au roi.

J'ignorais que Louis n'était pas à Paris mais qu'il faisait la guerre en Hollande. Pelletier perdit donc beaucoup de temps à chercher le roi, puis à essayer de l'approcher lorsqu'enfin il parvint à son campement.

Et moi, je me morfondais dans une attente interminable. J'imaginais le bonheur que nous aurions à nous revoir, à bavarder comme autrefois, peut-être me prendrait-il la main et même chercherait-il à me voler un baiser ? Tout recommencerait comme avant. Mon amour pour lui était intact.

Colonna avait alerté le pape, qui, choqué par ma conduite, m'envoya à son tour un émissaire pour m'ordonner de reprendre la vie conjugale. Je le reçus avec la même vivacité que le précédent, assurant que si je retournai au palais Colonna, j'étais morte !

C'était d'ailleurs ce que je disais lorsque j'étais conviée aux réceptions organisées par le comte de Grignan et son épouse.

Les femmes me comprenaient. Les messieurs, solidaires du connétable, n'osaient pas émettre un avis. Mais je me rendais bien compte que plus les jours passaient, moins on m'écoutait. Je suppose que de son côté, Colonna faisait courir le bruit que j'avais trahi sa confiance et que je l'avais trompé plusieurs fois.

Petit à petit, l'attitude bienveillante du comte de Grignan se fissura. Il s'arrangeait pour ne pas me croiser et il n'y eut plus aucun divertissement dans sa demeure. Son épouse était partie chez sa mère pour plusieurs semaines. J'eus l'impression qu'un piège se refermait autour de moi et que si je n'agissais pas j'allais me retrouver prisonnière dans un carrosse en route pour Rome.

— Partons, tant qu'il en est encore temps ! proposai-je à Hortense.

Elle ne me contredit pas et alors que nous étions à la fin du mois de juin, nous quittâmes Aix comme des voleuses.

Afin d'être plus discrètes, nous partîmes à cheval. Notre première halte eut lieu à Mirabeau où le chevalier de Mirabeau, capitaine des gardes de notre neveu le duc de Vendôme, nous accueillit. Il connaissait ma triste situation et nous en parlâmes sans fard.

— À Versailles, on a beaucoup cancané sur vos déboires conjugaux, me confia-t-il, gêné.

— Il me plairait assez de savoir ce que l'on en dit, insistai-je.

— Ah, Madame, pas que du bien, hélas... À la cour, médire de son prochain est le divertissement le plus prisé.

— Je suis prête à tout entendre, répliquai-je.

— Chacun y va de sa version. Pour certains, vous êtes une malheureuse poursuivie par un mari volage et violent, pour d'autres vous vous livrez au libertinage et même à l'inceste avec votre frère et votre mari cherche à vous ramener dans le droit chemin.

— Et quelle est votre position, Monsieur ?

— Je vous connais un peu, je sais l'éducation rigoureuse que vous avez reçue et la fière conduite que vous avez eue lorsque le roi vous courtisait, alors pour moi, il n'y a aucun doute, votre mari vous trompe et cherche à vous nuire. Quant à vous, Madame la Duchesse Mazarin, ajouta-t-il en se tournant vers Hortense, tout

Paris se gausse de votre époux et vous plaint d'avoir à le supporter. Aussi, je vous offre à toutes les deux l'hospitalité aussi longtemps que vous le souhaitez.

Il nous reçut de la meilleure façon qui soit et se mit en quatre pour nous faire oublier les tourments de notre voyage. Il eut même la délicate attention de faire venir pour nous un tailleur et une couturière qui réalisèrent rapidement des tenues dignes de notre rang. Après quoi, nous pûmes parader dans les fêtes, les banquets et les bals dans lesquels toute la noblesse de la région se pressa pour nous voir. Hortense s'étourdit dans ce luxe retrouvé et sembla oublier le but de notre voyage. Après six jours de festivités, je la rappelai à l'ordre :

— Nous avons assez tardé. Je repars demain. Mais tu peux demeurer ici, si tu le souhaites.

— Tu as raison, Marie... soupira ma sœur. Mais ces moments frivoles sont bien agréables.

Nous fîmes nos adieux au chevalier pour prendre la route de Grenoble. Ce n'était pas le plus court chemin pour arriver à Paris, mais j'avais besoin de l'appui de quelques amis sûrs et je savais que le duc de Lesdiguières, gouverneur de cette province, m'accueillerait sans me juger en attendant de recevoir des réponses aux nombreuses lettres que j'avais adressées au roi. Nous fîmes les vingt-huit lieues séparant les deux villes en quatre jours.

Arrivées à destination, nous apprîmes que le duc Mazarin avait envoyé en Provence un émissaire chargé de lui ramener son épouse par la force.

— Je l'ai échappé belle ! Il ne me laissera donc jamais tranquille ! se plaignit Hortense.

— Ah, ma chère, nos époux sont bien encombrants, ajoutai-je pour apaiser la situation.

— Je vais me réfugier en Savoie. Je suis restée en bons termes avec Charles-Emmanuel qui avait fait battre mon cœur en 1658 lorsque nous nous étions vus à Lyon. Là-bas au moins, je serai bien traitée et je ne manquerai de rien. Tu le sais, je n'ai plus un sou. Mon affreux mari a réussi à obtenir que le roi ne me verse plus ma pension annuelle de vingt-quatre mille livres.

— Il en est de même pour moi. J'ai fui avec mes bijoux et bien peu d'argent, et le voyage en a grignoté une grande partie. Je ne sais même pas comment je vais pouvoir assurer mon train de vie à Paris ! Séparons-nous. Cela brouillera les pistes, proposai-je. Tu iras à Chambéry et moi à Grenoble.

J'arrivai à Grenoble au début de juillet, où comme je l'avais espéré, le duc de Lesdiguières m'offrit l'hospitalité dans l'une de ses demeures.

À peine étais-je installée qu'une missive de la reine me parvint : elle m'enjoignait de demeurer à Grenoble, prétendant que c'était le souhait du roi. Je lui répondis immédiatement que je me conformerai au désir de Sa Majesté... il n'empêche que ce contretemps me mit d'assez méchante humeur. En fait, je soupçonnais la reine de n'avoir aucune envie que je vienne à Paris. Elle devait redouter que la flamme qui avait brûlé entre Louis et moi ne se rallume si nous nous voyions. Après La Vallière, Montespan et bien d'autres, elle ne souhaitait pas une rivale de plus à combattre. Il aurait fallu que je puisse écrire directement au roi... mais comme il était à la guerre, c'était impossible.

Je pris mon mal en patience en occupant mes journées pour m'éviter de trop réfléchir à ma pénible situation. J'eus bientôt tout un cercle d'habitués qui assistaient avec plaisir aux réceptions que je donnais et j'étais invitée partout. Mais lorsqu'Hortense me rendait visite, elle essayait de me convaincre de venir avec elle en Savoie.

— Charles-Emmanuel est un hôte charmant. Il mettra tout en œuvre pour nous être agréable.

— Louis ne me pardonnerait pas de m'abriter dans un pays étranger. Je suis certaine que d'ici quelques semaines, une lettre de lui me proposera d'entrer dans Paris.

— J'ai ouï dire que Pelletier avait été attaqué par des bandits sur le chemin du retour, qu'on l'avait détroussé et violenté et que, pour l'heure, il se reposait dans une auberge avant de venir jusqu'ici, m'apprit Hortense toujours au courant de tout.

— Seigneur ! m'inquiétai-je. Pourvu qu'il soit encore en possession des ordres du roi !

Quelques jours plus tard, mon frère, de retour d'Italie, vint me faire la morale :

— Tu ne dois point aller à Paris, m'exhorta-t-il. La reine te déteste. Elle œuvre pour te discréditer aux yeux de son époux. Tu ne seras pas la bienvenue.

— Je me moque de la reine ! Je suis certaine que Louis m'accueillera à bras ouverts.

— Ah, ma chère, l'heureux temps de la jeunesse est révolu. Louis n'est plus celui que tu as connu. Les enjeux politiques de ton inconduite sont grands. Le roi de France ne peut pas se fâcher avec le connétable qui est soutenu par l'Espagne et par le pape, qui a d'ailleurs écrit personnellement au roi pour qu'il t'encourage à rentrer chez ton époux. L'honneur des Colonna ne se discute pas.

J'essayai de contenir la colère qui montait en moi. Mon frère, autrefois si libre, se pliait désormais aux convenances. Je lui en fis la remarque.

— Toi aussi tu as changé, Philippe. Où est le bon vivant, prêt à toutes les folies ? Je ne te reconnais plus. Te voilà devenu sage et triste.

Il fit la moue et ajouta :

— Il faut savoir se ranger si l'on veut obtenir une bonne place dans notre société.

— Eh bien, moi je ne change pas. J'en ai assez de devoir obéir. Je veux être libre. Libre ! Tu entends ?

— Ah, Marie, tu vas te brûler les ailes ! me prédit-il.

— Tant pis. Au moins j'aurai vécu selon mes souhaits.

Enfin, début août 1672, la lettre tant espérée arriva. Elle n'était point de Louis mais du duc de Créquy qui écrivait au nom du roi. La mésaventure de Pelletier l'avait retardée d'un mois car elle était datée du 1er juillet. La main tremblante, je fis sauter le cachet de cire, impatiente de lire ce que le roi attendait de moi et qui, j'en étais persuadée, allait clouer le bec à tous les médisants.

Je la lus d'une traite. Puis, craignant d'avoir mal compris, je la relus plus calmement, tandis que j'hésitais entre les pleurs et la colère.

Après m'avoir assurée de sa tendresse, et m'avoir dit qu'il était triste que je ne sois pas heureuse avec mon époux, il me conseillait de mettre tout en œuvre pour me réconcilier avec lui. Et puisque le connétable avait la bonté d'avoir imaginé le prétexte du voyage pour saluer mes sœurs, je pouvais revenir à Rome la tête haute. Il s'engageait même à assurer ma sécurité. Cependant, si je persistais à refuser de retourner en Italie, il m'encourageait à entrer dans un couvent le plus éloigné possible de Paris afin de faire taire les rumeurs qui prétendaient que j'étais en France pour essayer de le reconquérir. Évidemment, tout cela était dit avec de belles et longues phrases. Mais cela pouvait se résumer en deux mots : l'Italie ou le couvent.

La colère l'emporta et je tempêtai :

— J'ai traversé la mer, couru mille périls afin de me présenter devant lui. Je ne vais pas renoncer maintenant. Je dois le voir. Entendre de sa bouche ce qu'il veut que je fasse. Tous ces intermédiaires me mentent !

Redoutant des émissaires envoyés pour m'arrêter, je quittai Grenoble discrètement en calèche accompagnée de ma fidèle Morena et d'un valet nommé Marguin. Je ne pris ni le temps ni le risque de faire mes adieux à Lesdiguières. À dire vrai, je n'avais plus confiance en personne et je redoutais d'être trahie.

Lorsque j'entrai dans Lyon, fourbue à cause des mauvais chemins, un batelier rencontré à l'auberge me proposa de poursuivre mon voyage en naviguant sur la Saône. J'acceptai avec joie, espérant aller plus vite que par la route. Hélas, nous étions en août et la Saône était basse.

— Nous n'avançons pas ! me lamentai-je après quelques heures de navigation.

Je dus longuement parlementer et ouvrir encore ma bourse pour qu'il accepte de nous débarquer sur une berge incertaine. Là, il nous fallut trouver des chevaux, ce qui se révéla être d'une grande difficulté sans que je réussisse à comprendre pourquoi. Enfin, après s'être heurté à de nombreux refus, mon valet réussit à dénicher une vieille carne qui, attelée à la calèche, voulut bien avancer pas à pas.

— Le sort s'acharne sur moi ! décrétai-je à bout de nerfs.

Chaque fois que nous faisions halte dans un relais, il n'y avait plus de chevaux et si j'en entendais hennir, on me répondait qu'ils étaient réservés pour le seigneur du lieu ou pour l'évêque...

À Nevers, fief de mon frère Philippe, je crus que nous allions être bien reçus. Las, il n'y était pas et là non plus, il n'y avait plus de chevaux. Lemaître de poste nous avoua qu'il avait reçu l'ordre d'un gentilhomme du roi de ne point nous fournir de monture. Je refusais d'imaginer que ce gentilhomme puisse être mon frère...

cela aurait été par trop cruel. L'ordre avait sans doute été donné à tous les relais sur notre route. Je n'avais presque plus d'argent et c'est Marguin qui soudoya le maître de poste afin qu'il accepte de nous fournir deux chevaux pour tirer notre voiture.

La calèche versa deux fois dans les mauvais chemins que nous empruntions souvent pour éviter les grands axes routiers où nous craignions de rencontrer des gens en armes envoyés par Colonna pour me capturer. Par chance, je ne fus pas sérieusement blessée et après avoir réussi en unissant nos forces à redresser la voiture, nous pûmes repartir. Mais c'était à chaque fois une nouvelle épreuve, une nouvelle fatigue et des moments de découragement.

Enfin, le soir du 24 août, nous arrivâmes à Fontainebleau. Oh, revoir cet endroit où j'avais été si heureuse, si fêtée par Louis, si aimée aussi me fit monter les larmes aux yeux. Je demeurai un moment sans pouvoir parler, il me semblait qu'après avoir été si haut, j'étais maintenant au point le plus bas.

Nous trouvâmes asile dans une auberge à proximité du château. Morena entreprit avec bienveillance de me laver à l'eau froide car malgré mon ordre, l'aubergiste refusa d'allumer un feu. Je maugréai :

— S'il savait qui je suis, il serait plus empressé.

Puis, elle épousseta ma jupe et mes jupons gâtés par la poussière des chemins. Pour ne pas me laisser aller au découragement, j'imaginai que bientôt le roi me redonnerait la place que je méritais à la cour. J'étais si près du but que j'oubliai toutes les misères du voyage et que j'assurai à Morena :

— Bientôt, nous serons à nouveau à côté de Louis dans cette belle demeure.

Une guitare oubliée traînait dans un coin de la chambre. Je la saisis et mes doigts retrouvèrent instinctivement un air que Louis m'avait appris lors d'un séjour à Fontainebleau. Le bonheur m'irradiait.

Le lendemain matin, un gentilhomme du roi se présenta pour me parler en son nom. Il me servit le même discours que les précédents. Je devais retourner auprès de mon époux. C'était la loi. De plus, il prétendit que le roi ne croyait plus que j'étais en danger mais que j'avais agi par caprice et que, de ce fait, il ne m'accordait plus sa protection.

— Des jaloux cherchent à me nuire ! coupai-je agacée. C'est bien pour échapper à la mort que j'ai fui Rome. Il n'y a aucun caprice de ma part.

— Dans ce cas, reprit-il sans sourciller, il serait agréable au roi que vous repreniez le chemin de Grenoble pour entrer à l'abbaye de Montfleury.

— Je le ferai si le roi me le demande en personne. Mais pour cela, je dois le voir.

— Ah, Madame, on n'exige rien de Sa Majesté, répliqua-t-il sèchement.

— Évidemment. Mais repartir à Grenoble par cette chaleur accablante et dans l'état de fatigue où je suis nuirait grandement à ma santé. Dites au roi que je sollicite l'autorisation de me retirer dans un couvent de Paris afin d'y être proche de mes sœurs. De nombreuses dames veuves ou séparées d'avec leur mari l'ont obtenue. J'espère donc avoir son accord.

Après quoi pour bien lui montrer mon dédain, et sans doute aussi mon immense déception, je saisis la guitare que j'avais posée à son arrivée et je me mis à jouer un air nostalgique. Je vis au regard noir qu'il posa sur moi que mon attitude le choquait. Tant mieux. C'était le but. J'en avais plus qu'assez que tout un chacun me dicte ma conduite !

Puis ce fut au tour de Créquy de venir me porter les paroles du roi. Ce dernier avait reçu plusieurs courriers du connétable et avait fini par se ranger à son avis. Il m'ordonnait donc de rentrer en Italie.

Je demeurai un moment sans voix parce qu'il me sembla que l'on venait de m'arracher le cœur. J'avais tellement espéré que Louis, en souvenir des bons moments que nous avions vécus, n'accorderait aucun crédit aux dires de mon époux mais au contraire croirait en ma bonne foi et me permettrait de vivre dans son ombre. Je m'étais trompée. Ainsi, je ne pouvais même pas compter sur le seul homme que j'avais aimé. Il me retirait son amitié. Pour lui, je n'existais plus. Oh, comme c'était cruel ! Je repris enfin mes esprits et j'ajoutai :

— Le roi est bien dur et bien sévère de me défendre ainsi l'honneur de sa présence, mais puisqu'il faut obéir, je prie Sa Majesté de me permettre pour le moins d'entrer au Lys[1].

— Écrivez donc un billet à Sa Majesté dans lequel vous me prierez d'obtenir cette grâce pour vous.

Ce que je fis, la main tremblante tant j'étais bouleversée.

Puis, résignée, je serrai Morena dans mes bras pour me réconforter et je lui confiai :

— Le couvent. Déjà, lorsque j'avais huit ans ma mère souhaitait que je m'y cloître. Plus tard, ce fut mon oncle Mazarin qui voulut m'y enfermer. Serai-je toujours la reléguée, l'indésirable ? Ma destinée est-elle donc de finir mes jours dans ces lieux austères ? Les astres restent muets à ce sujet lorsque je les interroge.

— Oh, madame Marie, moi, je serai toujours là pour vous distraire, m'assura cette charmante enfant.

Quelques jours plus tard, un page de Sa Majesté m'apporta la lettre qui m'autorisait à entrer à l'abbaye du Lys.

Alors que j'allais monter dans le carrosse qui m'y conduirait, un homme se présenta et me remit une bourse pleine de pistoles, de la part du roi, pourvu que je demeure au Lys. J'eus l'abominable impression qu'il m'achetait pour que je disparaisse à ses yeux et cela me blessa. Aussi, afin de quitter ce monde brillant sur un trait

1. Il s'agit de l'abbaye de Dammarie-les-Lys entre Melun et Fontainebleau, où Hortense avait précédemment fait un séjour.

d'esprit, je répliquai assez fort pour que les gens autour de moi l'entendent :

— J'avais bien ouï dire qu'on donnait de l'argent aux dames pour les voir, mais jamais pour ne les voir point.

Tout était fini. Le roi ne souhaitait pas ma présence. Je refoulai mes larmes. Inutile de donner mon désespoir en spectacle.

L'abbesse du Lys me reçut fort courtoisement et m'octroya un appartement, un peu lugubre car il n'y avait qu'un lit dur et étroit et aucune tapisserie sur les murs.

Une semaine plus tard, mes sœurs Olympe, comtesse de Soissons, et Marie-Anne, duchesse de Bouillon, vinrent me visiter. Elles ne semblaient pas franchement heureuses de me voir. Mais j'avais tellement souffert que, sans retenue, je me jetai dans les bras de Marie-Anne. Elle avait partagé mon exil à Brouage avec Hortense et j'avais toujours été très proche de la petite dernière de la fratrie Mancini.

— Quelle joie de te revoir ! lui dis-je. Bien que ce soit dans de bien pénibles circonstances.

— Tu n'aurais pas dû t'enfuir ainsi du domicile conjugal, cela t'occasionne de terribles tracas et risque de compromettre toute la famille, me répondit-elle en guise de bienvenue.

Je chassai cette réflexion d'un revers de la main avant de saluer Olympe un peu plus froidement, je l'avoue. Je n'oubliais pas qu'elle avait beaucoup intrigué pour me nuire, qu'elle avait été la maîtresse de Louis... et qu'elle l'était peut-être encore puisqu'elle avait su demeurer à la cour alors que j'en étais bannie.

— Le roi est bien dur avec toi, me dit-elle du bout des lèvres.

Mais cela ne devait point lui déplaire.

Je décidai cependant d'oublier toutes mes rancœurs. Parce que si je ne voulais pas périr d'ennui dans ce lieu, je n'avais pas d'autre choix que de conserver les seules personnes que le roi m'autorisait à recevoir : les membres de ma famille.

Nous bavardâmes longtemps. Olympe me décrivit la vie à la cour peut-être pour me faire envie. Elle y réussit fort bien, mais je le cachai de mon mieux. Marie-Anne me parla de son existence monotone auprès de son mari et de ses trois enfants en me glissant à mi-voix :

— Heureusement, quelques gentilshommes s'occupent avec grâce de me distraire.

Cette repartie nous fit éclater de rire toutes les trois, ce qui scella agréablement nos retrouvailles.

— Tu ne peux pas vivre dans un tel dénuement, m'assura Olympe. Je vais te faire livrer un lit confortable, des coffres, une table, des fauteuils et des tentures pour agrémenter les murs froids de ces pièces.

— Et moi, je t'envoie mon tailleur afin qu'il te confectionne quelques tenues agréables et à la mode du moment, ajouta Marie-Anne.

En peu de temps, j'avais pris mes marques au Lys, où l'on me traitait avec déférence. Je reçus bientôt un pli de Monsieur et un du chevalier de Lorraine. Tous deux m'assuraient de leur fidélité et de leurs efforts pour que Sa Majesté me reçoive enfin. Il suffisait que je sois un peu patiente. Alors j'espérais que prochainement, le roi, en se rendant à Fontainebleau, ferait un crochet pour me saluer et peut-être même pour me proposer de revenir à la cour... Cette perspective m'aidait à vivre.

L'existence au Lys était des plus monotone, d'autant que je n'avais plus d'argent. Il ne me restait que le collier de perles que Louis m'avait offert, mais il était hors de question que je le vende.

C'est à ce moment-là que les religieuses me demandèrent de subvenir à mes dépenses de nourriture pour mes dames et moi.

C'en était trop ! Sans plus réfléchir, j'écrivis à Colbert pour lui exprimer ma déception que le roi ne m'autorise pas à aller à Paris et ma colère d'être traitée aussi mal au Lys. En quelques phrases je déversai toute l'acidité que ma triste situation avait mise en moi. À peine avais-je fait porter le pli que le remords m'assaillit. J'avais oublié la déférence que je devais à Colbert et surtout au roi. Je savais qu'il était susceptible et je redoutais que ma lettre le froisse. J'en écrivis rapidement une autre dans laquelle, après m'être excusée (ce qui me coûta grandement car c'était m'abaisser), je le suppliais de demander au roi une dernière audience avant de disparaître pour toujours de sa vue.

Je passai deux jours affreux à me tordre les mains de remords, à pleurer, à tempêter, à m'effondrer sur mon lit.

Je reçus un mot bref écrit par le secrétaire du roi dans lequel il m'ordonnait de m'éloigner un peu plus de Paris et de me retirer dans l'abbaye de Saint-Pierre de Reims.

— Toujours plus loin de Paris, me lamentai-je. Mais qu'ai-je fait de si répréhensible pour mériter un pareil traitement ?

Ainsi un mois seulement après mon installation au Lys et parce que j'avais fait preuve d'un peu de mauvaise humeur, je me retrouvais exilée à trente lieues de Paris. Le sort s'acharnait sur moi.

Cependant, l'accueil que je reçus à l'abbaye d'Avenay était celui dû à une princesse de mon rang. On m'octroya un petit appartement où je fis installer les meubles et les tapisseries qui m'avaient suivie depuis le Lys.

Mais après les premiers jours agréables, je découvris rapidement que l'endroit était désert et que personne ne viendrait me voir jusqu'ici. Et puis je ne supportais plus le silence, les frôlements de pas menus sur le sol, les cantiques qui s'échappaient de la chapelle... J'aimais tellement la fête, la danse, la musique, la foule. Ici, j'étais déjà dans l'antichambre du tombeau. Je sentais bien qu'il me serait impossible de demeurer longtemps dans ce lieu glacial et silencieux.

Voulait-on que je me laisse mourir ? C'était mal me connaître !

À ma grande surprise, Olympe, qui n'avait pas toujours été loyale avec moi, vint plusieurs fois me visiter. Peut-être émue par ma détresse, elle obtint même que je puisse m'échapper de l'abbaye pour quelques promenades en forêt, ce qui me fut très agréable. Elle écrivit aussi plusieurs fois à mon époux pour l'adjurer de ne pas prêter foi à tous les ragots que l'on colportait sur moi. Elle lui conseilla même de venir sur place se rendre compte de ma bonne conduite.

En revanche, Marie-Anne, autrefois mon alliée, se rangea du côté de mon époux et me reprocha vertement mon comportement.

— Tu trompes ton époux tant et plus et tu as le toupet de me faire la morale ? m'indignai-je.

Elle haussa les épaules et ne revint plus me voir. J'en fus bien peinée comme si elle avait arraché d'un coup tous nos souvenirs de jeunesse.

Quant à mon frère Philippe, depuis qu'il avait épousé une nièce de madame de Montespan, il ne jurait plus que par cette dame et comme elle l'avait persuadé que je serais sa rivale si je revenais à la cour, elle le persuada qu'il fallait que je quitte définitivement la France.

Lorsqu'il vint me visiter, j'oubliai pourtant tous ces ragots, j'étais si heureuse qu'il me donne un peu de l'air de Paris et quand il m'annonça qu'il avait obtenu la permission de m'emmener dans son fief de Nevers, la joie me submergea.

— Ah, mon frère, je vous remercie de m'arracher à cet endroit où je dépéris d'ennui !

Je me pris aussitôt à rêver de fêtes, de bals car je supposais que mon frère et son épouse menaient un train de vie en rapport avec leur rang et qu'ils auraient à cœur de me distraire après ces mois d'isolement.

J'aurais dû me méfier, me demander pourquoi Sa Majesté qui me voulait enfermée dans un couvent autorisait soudainement mon frère à m'en faire sortir pour me proposer de vivre en toute liberté à Nevers. Mais ma nature entière ne connaissait pas la rouerie. Avec Philippe nous avions partagé tant de bons moments, comment aurais-je pu me douter que...

Diane, son épouse, m'accueillit froidement. On avait dû lui souffler mille calomnies à mon sujet. Elle devait me juger bien inconséquente d'avoir quitté un époux que l'on parait de toutes les qualités. Et puis, elle aussi devait redouter que je reprenne ma place dans le cœur du roi, une place qui était occupée par sa tante. Malgré tout, elle m'octroya une jolie chambre dans sa maison. Morena, qui bien sûr m'accompagnait, eut également une pièce à côté de la mienne. Je la remerciai avec chaleur et il me semble qu'un courant de sympathie passa entre nous.

À peine deux jours après mon arrivée Philippe m'annonça :

— Je dois me rendre à Venise pour une affaire pressante.

— Oh, Venise, murmurai-je avec mélancolie, le carnaval, les bals, les fêtes, les gondoles... tant de souvenirs joyeux...

— Cette fois, je n'y vais point pour me divertir, m'assura-t-il gravement.

— Je comprends. Je vous attendrai en tenant compagnie à votre charmante épouse, lui répondis-je.

Philippe secoua la tête et reprit :

— Cela ne se peut pas. Je me suis engagé auprès de Sa Majesté à ne point vous quitter et si une situation m'y oblige, vous devez m'attendre... dans un couvent.

— Encore un couvent ! explosai-je. Mais vous n'avez tous que ce mot à la bouche !

— Ce ne sera que pour quelques semaines. Je vous choisirai un lieu agréable.

Il écuma toutes les abbayes du Nivernais et m'annonça qu'aucune ne pouvait convenir à mon rang. Elles étaient toutes lugubres, délabrées, sales ou trop isolées.

— Mais puisque je vais passer par Lyon pour rejoindre Venise, j'ai ouï dire qu'il y avait là-bas de belles abbayes. Je vous reprendrai à mon retour d'Italie.

J'acceptai donc cette proposition et après que Morena ait rempli une malle de mes vêtements, nous partîmes tous les trois en carrosse début janvier. Le froid, la pluie, la neige retardèrent notre progression. Nous arrivâmes épuisées et gelées à Lyon. Philippe nous conduisit dans un couvent situé sur la colline de Fourvière. En le voyant, je m'écriai, horrifiée :

— C'est une forteresse !

Mon frère détourna la tête sans répondre.

Dès que la mère supérieure aperçut Morena, elle protesta :

— Je vous accueille avec bienveillance, Madame, mais je ne peux accepter cette... cette moricaude... une Turque !

Elle avait parlé comme si Morena n'était pas capable de la comprendre. Pour atténuer ses paroles, je mis ma main sur l'épaule de ma jeune servante et j'affirmai :

— Elle est à mon service depuis fort longtemps et je ne saurais m'en séparer.

— Il le faudra. Satan est en elle et sa présence nuira au bon équilibre de notre communauté, répliqua la mère supérieure d'un son sec.

Je parlementai longuement en l'informant qu'elle m'avait été offerte par le roi de France, qu'elle était baptisée et connaissait toutes ses prières. La supérieure finit par céder, à condition que Morena ne quitte jamais mon appartement afin de ne pas effrayer les novices.

Elle venait de me montrer les deux modestes pièces qui m'étaient réservées, lorsqu'elle exigea que je paie un loyer.

— Comment ? m'indignai-je, mon rang seul devrait suffire à me faire accepter partout.

— C'est que, Madame, plaida la supérieure, nous manquons de place et nous ne pouvons pas accueillir toutes les dames qui veulent faire retraite dans notre abbaye. Si vous ne pouvez payer votre logement et votre nourriture, nous ne vous prendrons pas. N'avez-vous donc personne pour assurer vos dépenses ?

J'allais une fois encore m'emporter mais Philippe, qui m'avait suivie pour visiter ma chambre, posa une main sur mon épaule et me dit :

— Le connétable est prêt à subvenir à tes besoins si tu acceptes de choisir un couvent de l'autre côté des Alpes.

— Jamais ! hurlai-je.

Puis le foudroyant d'un regard haineux, j'ajoutai :

— Tu m'as conduite dans un piège ! Tu as tout manigancé pour que je te suive jusqu'aux portes de l'Italie... afin de me livrer pieds et poings liés à ce fourbe de connétable.

— C'est pour ton bien, Marie. Pour t'éviter les humiliations. Pour te remettre dans le droit chemin. Pourquoi t'obstiner à rester en France où tu n'es pas la bienvenue, alors que ton époux te promet d'oublier ton égarement et de te choisir une abbaye à la hauteur de ton rang ?

Je devais me rendre à l'évidence. Louis ne voulait plus de moi. Alors à quoi bon lutter ? Ne serait-il pas plus sage de me soumettre et de goûter enfin un peu de repos ? Par lassitude, je finis par accepter de revenir en Italie. Philippe, retenu par je ne sais quelle affaire, me confia à deux de ses hommes pour m'escorter.

À peine avions-nous franchi la frontière que mon erreur me sauta au visage et je m'écriai en n'ayant que Morena et deux servantes pour témoins :

— Suis-je folle de revenir sous les griffes de cet homme qui a tenté de m'empoisonner et n'hésitera pas à recommencer à la première occasion ?

J'obligeai mon escorte à faire halte à Chambéry, capitale du duché de Savoie, pour saluer Hortense qui y résidait.

— Comment ? s'étonna ma sœur. Tu ne vas tout de même pas revenir à Rome ? Ton mari te fera chèrement payer les tracas que tu lui as causés.

— C'est ce que je crains, avouai-je, et je regrette de m'être engagée à la légère sur le chemin de l'Italie.

— Reste donc ici, m'encouragea-t-elle. Charles-Emmanuel t'offrira asile sans difficulté.

Hortense écrivit à son protecteur, je fis de même. Deux jours plus tard, je reçus l'accord enthousiaste du duc de Savoie pour m'accueillir à Turin. Je renvoyai les sbires de Philippe et je partis sur-le-champ avec Hortense dans son carrosse et une escorte offerte par le duc. Je redoutais un contretemps, un contre-ordre qui aurait empêché cette évasion... car pour moi, c'était bien de cela qu'il s'agissait. Finis les couvents, j'allais retrouver la liberté et la joie des fêtes !

Le franchissement du Mont-Cenis fut une épreuve. J'étais partie sans bagage. Plusieurs fois, il nous fallut descendre de carrosse pour que les chevaux puissent passer des goulets étroits. Nous piétinions dans la neige qui mouillait nos souliers et nos bas. Nous étions transies de froid et épuisées. Pour éviter de geler, oubliant toute élégance, je n'eus d'autre solution que de m'enrouler dans l'une des couvertures de laine destinées aux chevaux.

Enfin, à quelques lieues de Turin, le duc vint à notre rencontre. J'étais mortifiée de me présenter à lui dans un état si contraire à ma condition. Il me tendit la main pour m'aider à monter dans son carrosse qui, luxe suprême, était muni de vitres. Il nous proposa de chaudes pelisses de peau et des chaufferettes remplies de braises pour y poser nos pieds engourdis. Quel bonheur de ne plus sentir le froid ! Sa bienveillance me confirma que j'avais fait le bon choix.

Mais quelle ne fut pas ma déception lorsqu'il me conduisit... dans un couvent !

— Je me suis engagé devant le roi de France et le prince Colonna à ce que vous soyez, pour le moment, hébergée dans un couvent. C'est à cette seule condition que je peux vous recevoir en mon duché.

Afin de ne pas me desservir, je fis taire ma déception et ma mauvaise humeur et je lui souris pour lui montrer que j'étais prête à me conformer à ce que l'on attendait de moi.

Cependant, je ne pouvais m'empêcher de constater que j'avais quitté le Lys, puis Avenay, puis Lyon pour me retrouver à la Visitation. Mon errance semblait sans fin... et je n'étais pas certaine d'avoir gagné au change.

Au couvent de la Visitation de Turin, le duc nous avait fait préparer un petit appartement assez coquet. Afin d'adoucir mon séjour, Charles-Emmanuel vint me visiter souvent. La première fois, il me dit :

— Si vous avez besoin d'argent, je me ferai une joie de vous aider.

— Je vous en remercie, Monsieur, car, hors le collier de perles offert par le roi avant mon exil à Brouage et dont je ne me séparerai jamais, j'ai vendu tous mes bijoux pour subvenir à mes besoins.

Ainsi débuta notre étrange amitié, au cœur de ce couvent. Lorsqu'il faisait trop froid pour nous promener dans le parc enneigé, nous nous retrouvions dans le parloir. Je l'attendais avec impatience et je prenais un plaisir infini à me préparer pour l'accueillir, me faisant longuement coiffer, poudrer, parfumer. Quel bonheur de retrouver un peu de coquetterie ! Et aussi de voir son regard s'allumer lorsqu'il me voyait.

Sans doute afin de rentrer en grâce auprès de moi, le connétable consentit à m'envoyer les pierreries que j'avais abandonnées à Rome lors de mon départ précipité. Le roi, peut-être ému par ma triste condition ou pris de remords, me fit parvenir mille pistoles. Des tailleurs à la solde du duc me confectionnèrent de beaux vêtements de velours doublés d'hermine afin que je sois protégée du froid.

Pourtant, malgré ces attentions, l'ennui s'installa. Derrière les murs de ce couvent me parvenaient du dehors les rumeurs du carnaval, le bruit des fusées des feux d'artifice, les chants, les rires et mon cœur se serrait.

— J'aime tant le carnaval, me plaignis-je un soir au duc.

Le 8 février, une scène inattendue se déroula sous mes fenêtres : une véritable féerie des neiges : vingt-quatre traîneaux magnifiquement ouvragés et parés de rubans défilèrent par groupes de six, chaque équipage se distinguant des autres par la couleur. Il s'agissait de gentilshommes et de dames de la cour de Savoie. Le plus beau des attelages transportait Charles-Emmanuel et son épouse qui m'adressèrent des signes de la main auxquels je répondis joyeusement. Une sorte de chasse s'ensuivit. Les traîneaux lancés à vive allure devaient abattre à coups de lance, de flèches, d'épée ou de pistolet des mannequins en forme de centaures, de dragons, de lions, de panthères. Morena, mes dames et moi applaudissions avec entrain, enivrées par le spectacle. Après quoi, les vingt-quatre attelages se placèrent sous ma fenêtre pour exécuter une sorte de ballet fort plaisant.

Charles-Emmanuel faisait tout pour adoucir mon exil et mon cœur, longtemps endurci, commençait à se laisser attendrir par tant de bienveillance. Pourtant, il me paraissait presque inconcevable de ressentir à nouveau une telle chaleur pour un homme qui n'était pas Louis, dont l'absence continuait à me tourmenter.

Cette paix fragile ne tarda pas à être menacée. Comme j'étais entourée d'espions, Colonna fut averti des visites que le duc me rendait avec assiduité. Il s'en offusqua et lui rappela que je devais rester cloîtrée en permanence sans aucune distraction. Si je voulais plus de liberté il fallait que je consente à rentrer dans sa maison à Rome.

Le comble de la traîtrise me vint de mon frère qui, je l'appris, exhortait Colonna à venir me voir pour me dire son amitié avec douceur afin de devenir le rival d'Emmanuel de Savoie. Le mot

« douceur » m'arracha un rictus. Voilà bien un mot que Colonna ignorait.

Je lui avais d'ailleurs écrit pour lui proposer de m'établir à Milan avec mon dernier fils Carlo qui allait sur ses huit ans. Je regrettais sincèrement de ne pas m'être mieux occupée de lui et j'avais envie de rattraper le temps perdu. Mon époux n'eut même pas la délicatesse de me répondre sur ce point.

Puis un jour, la marquise Paleotti, amie de Charles-Emmanuel et ancienne maîtresse de Colonna, me rendit visite.

— Lorenzo est toujours aussi volage et violent, m'apprit-elle, et votre fugue l'a mis dans une rage folle. Il ne parle que de vengeance. Je peux vous assurer que si vous remettez les pieds à Rome, vous êtes morte !

Pendant des jours, son avertissement sinistre vibra en moi. Dans mes cauchemars, je voyais Colonna se glisser jusque dans ma chambre, versant quelque poison discret dans mon verre. À partir de ce jour, dès que je trouvais un goût bizarre à de la nourriture, je ne la mangeais pas. Morena se proposa même de goûter tous les plats. Elle m'était si attachée !

Peu après, l'ambassadeur du roi d'Angleterre se fit annoncer. Il se rendait à Modène pour conclure le mariage du frère du roi Charles II avec ma nièce, la fille de Laure Martinozzi[1]. On n'osa pas me refuser une entrevue puisqu'il s'agissait d'une affaire familiale. Ce fut un plaisir de converser avec lui de ce roi qui avait passé une partie de son enfance en exil à Saint-Germain et que j'avais plusieurs fois croisé lors de divertissements.

— Savez-vous, Madame, que Sa Majesté se tient régulièrement informée de votre triste situation, m'affirma-t-il d'un ton bienveillant.

— Cela me touche beaucoup.

— Elle m'a prié de vous dire qu'elle serait heureuse de vous accueillir en Angleterre où l'on vous recevra selon votre rang.

— Vous la remercierez chaleureusement. Pour l'heure, je suis confinée dans ce couvent de Savoie où le duc Charles-Emmanuel s'efforce d'adoucir mon séjour... mais on ne sait jamais.

Il était tout de même étrange que la Savoie et l'Angleterre me fassent les yeux doux pour que je vienne agrémenter leur cour,

1. Marie-Béatrice d'Este est la fille de Laure Martinozzi, cousine de Marie.

alors que le seul prince dont dépendait mon bonheur restait sourd à mes appels.

L'enfermement devenait insupportable et j'eus tout soudainement envie de le rompre. Je mis Charles-Emmanuel au courant de mon projet. Fidèle à sa promesse, il me promit son aide. Il ne me refusait rien.

Ainsi, le 9 avril, je quittai discrètement la Visitation. Son carrosse et une escorte m'attendaient cachés à quelques mètres du couvent. Morena et moi nous y installâmes et fouette cocher pour Chambéry où était ma chère Hortense... J'avais besoin de retrouver la complicité que nous avions tissée à Rome et comme l'enfermement me minait, j'espérais qu'elle m'aiderait à fuir. Où ? Cela m'importait peu, pourvu que ce ne soit pas à Rome. J'avais envie d'être libre. Oublier Colonna, Louis, même Charles-Emmanuel... Libre.

Un moment de délicieuse ivresse.

Hortense ne se trouvait pas à Chambéry. On m'informa qu'elle était partie en pèlerinage.

— En pèlerinage ? m'esclaffai-je. Elle aurait pu trouver une excuse plus crédible.

J'interrogeai adroitement une de ses dames qu'autrefois j'avais tirée d'une affaire délicate et elle m'avoua à demi-mot que ma sœur ne souhaitait plus me voir. En effet, elle entretenait de bonnes relations avec mon époux qui lui envoyait des cadeaux précieux, avec le roi Louis qui lui avait restitué sa rente annuelle et avec Charles-Emmanuel qui lui permettait un train de vie luxueux à Chambéry.

— Vous comprendrez que ne voulant pas se fâcher avec ces personnes elle préfère ne plus avoir de relations avec vous, conclut cette dame.

Je ravalai ma déception et ma colère et après une nuit très agitée, je repartis pour Turin. Je redoutais que Lorenzo et Louis, mis au courant de mon escapade par leurs espions, viennent m'enlever sur le trajet. On m'avait d'ailleurs rapporté que depuis quelque temps des gens en armes rôdaient autour du couvent. Ils n'attendaient peut-être qu'une occasion pour me kidnapper et me ramener à mon époux, ou pire, pour m'assassiner. Je n'étais plus tranquille et cette anxiété me minait.

Et puis, je ne sais quelle folie me saisit à nouveau, mais n'ayant, me sembla-t-il, plus rien à perdre, je tentai le tout pour le tout.

Plutôt que de retourner entre les murs lugubres de la Visitation, j'ordonnai au cocher de me conduire au palais du prince de Carignan. Ce cousin de Victor-Emmanuel m'avait rendu visite plusieurs fois. Certes, il n'avait pas pu goûter à ma conversation car il était sourd et muet de naissance, mais il savait apprécier les jolies femmes, je l'avais lu dans son regard. Et puis, il était un peu de ma famille puisque son frère Eugène-Maurice avait épousé Olympe.

Emmanuel-Philibert, prince de Carignan, fut, je l'avoue, un peu éberlué par ma venue mais me reçut fort obligeamment. Je savais qu'il avait appris à lire sur les lèvres et, en peu de mots, je lui expliquai ma situation, mais j'étais à peu près certaine qu'il en connaissait tous les méandres. Il me proposa de m'installer dans un appartement avec Morena et mes deux servantes.

Deux heures plus tard, le duc de Savoie arriva et me gronda gentiment :

— Ah, Madame, vous me mettez dans une position bien délicate.

— Je le sais, mon ami, mais je n'ai plus que vous pour me soutenir et je compte sur votre loyauté et votre... votre amitié pour négocier au mieux avec mon époux. Si je suis à nouveau enfermée à la Visitation, ma santé n'y résistera pas.

Mes beaux yeux noirs se voilèrent de larmes, ma main s'agrippa au bras du duc et je sentis sa résistance fléchir.

Quelques jours plus tard, il revint m'annoncer que le connétable acceptait que je sois hébergée par le prince Emmanuel-Philibert de Savoie-Carignan pendant quatre mois à condition que je m'engage par la suite à le rejoindre à Rome. Faute de quoi, je devrais réintégrer le couvent.

Je promis. J'aurais promis n'importe quoi pour accéder à cette liberté qui me manquait tant.

Je vécus au palais Carignan de fort plaisantes semaines. Le prince et son épouse voulurent m'honorer en organisant des bals, des comédies, des cavalcades. Les gentilshommes intriguaient à qui mieux mieux pour être invités à ces festivités uniquement parce que j'y étais. Ils se bousculaient pour me donner le bras, vantaient ma beauté, mon esprit, ma grâce. Je savourais ma liberté. Personne ne me dirigeait ni ne me contredisait. Que c'était donc agréable !

Mais cette félicité fut soudain interrompue. Le comte de Soisson, l'époux d'Olympe, décéda brutalement et des rumeurs de poison circulèrent. Le poison ! Encore. Emmanuel-Philibert, le frère du défunt, changea tout à coup d'attitude à mon égard et me renvoya du jour au lendemain en me tendant un papier sur lequel il avait m'écrit :

> *J'ai reçu des ordres. Vous devez regagner Rome sur l'heure ou retourner à la Visitation.*

Je déchirai la feuille en articulant pour bien qu'il me comprenne :

— JA-MAIS !

J'étais désemparée. Personne ne se soucia de savoir ce que j'allais devenir et après avoir été la reine des fêtes du palais Carignan, cette indifférence m'accabla. J'avais l'affreuse impression que dès que j'étais heureuse plus d'un mois quelque part, le destin s'en offusquait et me soumettait à une nouvelle épreuve. Où aller ? Pas à la Visitation, c'était certain. Je me souvins alors du petit château de la Vénerie à quelques lieues de Turin où Charles-Emmanuel et son épouse m'avaient conviée plusieurs fois à des fêtes champêtres.

Je m'y fis conduire avec Morena et mes deux servantes. Nous étions fin mai et j'espérais que Charles-Emmanuel aurait fui la chaleur de Turin pour s'aérer dans cette verte campagne.

Il y était. Sa charmante épouse également ainsi que toute la cour de Savoie. On m'accueillit avec des exclamations de joie. On me donna un bel appartement et les fêtes, les chasses, les bals, les opéras à machines se succédèrent dans un cadre enchanteur.

Pour ménager son épouse, le duc et moi avions convenu d'une petite comédie qui m'amusait fort. En présence de la duchesse, il ne me manifestait aucun intérêt, parfois même, il me boudait ou m'envoyait quelques piques. C'était pour laisser supposer que je lui étais totalement indifférente. Ce jeu nous amusait... jusqu'au jour où il me parut que cette indifférence n'était plus feinte. Il osa même m'ordonner de me remettre avec mon époux, un homme si loyal. Quoi ? Un ordre de sa part ? Ma fierté se rebella. Je quittai immédiatement la pièce pour faire préparer mon départ.

Le duc tenta une réconciliation en me rappelant que tout cela n'était qu'une comédie. Je demeurai figée, refusant de le croire. Ne me tendait-il pas un piège pour que j'accepte enfin de me donner à lui ? Après Lorenzo, je n'avais jamais cédé aux avances de tous les gentilshommes qui me courtisaient, préférant la caresse des mots et des regards à toute intimité véritable. Victor-Emmanuel, qui était l'amant d'Hortense et de bien d'autres, me fit payer mon refus en m'annonçant le lendemain :

— Madame, j'ai fait tout ce qui était en mon pouvoir pour vous garder à Turin, mais le connétable s'impatiente. Il vous veut à Rome. Il est temps de vous y rendre.

— Vous n'êtes qu'un coquinet un menteur ! explosai-je sans mesurer la force de mes propos. Vous m'avez promis votre protection mais vous me la refusez pour me conduire à la mort ?

Vexé, il serra les lèvres et lâcha :

— Il vous reste le couvent de la Visitation.

Hors de moi, blessée, indignée, je m'y rendis le soir même.

Une sorte d'abattement s'empara de moi.

Retrouver les murs de cette prison alors que les jours précédents j'avais goûté au plaisir des divertissements et à la joie d'être adulée était trop dur. Et puis je détestais la solitude. C'était pour moi comme l'antichambre de la mort. J'avais besoin de bouger, de danser, de rire, de converser. Le tombeau se referma sur moi lorsque la porte du couvent claqua.

La fièvre s'en mêla. Je délirai. Morena, fidèle et douce, me veilla sans relâche. Dans un brouillard de rêves, j'espérais que Charles-Emmanuel finirait par apparaître. Qu'il viendrait me chercher, implorer mon pardon pour m'avoir renvoyée si hâtivement. Mais il ne vint pas et cette indifférence me blessa.

La rage du désespoir prit possession de mon corps. Comment accepter une telle fin ? Allais-je me laisser enterrer vivante ? Non ! Je devais retourner à Paris. Voir le roi. Le supplier d'accepter que je vive dans son ombre ou même que j'entre dans un couvent proche de la capitale, proche de lui. J'écrivis à Colonna pour lui en faire la demande. J'écrivis à Colbert. J'écrivis à Monsieur. J'écrivis à mon frère... Enfin j'écrivis au roi.

J'attendis tout l'été et le début de l'automne dans ce sinistre lieu.

Tantôt l'espoir me faisait chanter – ce n'était pas souvent. Tantôt le désespoir me broyait et une sorte d'apathie me laissait pantelante.

— Mais quand donc retrouverai-je ma liberté ? Répétais-je.

Le 4 octobre 1673, je reçus une lettre de notre ambassadeur en Savoie. Les mots se troublaient devant mes yeux qui s'embuaient de larmes : *Sa Majesté ne croit pas que Madame la Connétable doive prendre la peine de revenir en France.* Un coup d'épée en plein cœur. Louis, mon cher Louis, mon amour de jeunesse me repoussait. Moi qui ne rêvais que de le revoir, de renouer le lien si fort qui nous avait unis...

Que faire ? Où trouver refuge ?

À ce moment-là, le marquis de Borgomainero se fit annoncer au parloir de la part de mon époux. C'était un fort bel homme d'une cinquantaine d'années, parfumé et habillé avec goût.

— Ah, Madame, quel grand bonheur de vous voir, commença-t-il.

Ce début ne me surprit pas. Ma réputation était telle que beaucoup de gentilshommes rêvaient de m'approcher.

— Je vous aime, Madame, poursuivit-il.

— Et depuis quand ? l'interrogeai-je d'un ton badin.

— Depuis toujours. Mon cœur vous est acquis. Un cœur immense que je dépose à vos pieds.

Je me méfiai cependant et j'ajoutai :

— N'êtes-vous pas à la solde du connétable pour me ramener à Rome ?

— Je l'étais... mais je vous ai vue. J'ai vu votre douleur, votre solitude, votre désespoir... et je suis à présent tout à vous et rien qu'à vous.

Cette déclaration me fit sourire. Cependant, il semblait sincère. Je lui parlai alors de mon souhait de partir en Angleterre ou au Hanovre. Il me mit en garde contre ces projets qui, d'après lui, me mèneraient à ma perte. Voyant une fois de plus toutes les portes se fermer, je me résolus à accepter la proposition faite par mon époux quelque temps auparavant : me retirer à Modène chez ma cousine Martinozzi. J'y serais mieux qu'entre les murs de ce couvent.

À ce moment-là, Borgomainero, qui s'était absenté quelques jours, reparut et s'insurgea :

— C'est un piège ! Je suis certain que Colonna a prévu de vous arrêter avant que vous n'atteigniez les États de Modène. On m'a dit que votre beau-frère Los Balbases vous avait déjà préparé une prison.

Grâce à lui, je venais d'échapper à un destin sordide.

— Je vous conseille l'Espagne. La régente vous recevra avec chaleur et vous pourrez y mener une vie digne de vous.

— Impossible. Le connétable, qui est grand d'Espagne[1], m'en empêchera.

— Nous passerons par les Flandres et de là nous embarquerons discrètement pour l'Espagne. Partons sur-le-champ avant que notre projet ne soit éventé.

Fuir. Encore. Toujours. Serait-ce là ma destinée ?

Après avoir rempli deux malles, Morena, mes deux servantes et moi prîmes place avec Borgomainero dans son carrosse. Pour la troisième fois, je traverserais les Alpes, mais j'étais si déterminée à fuir le couvent pour retrouver ma liberté que cela ne m'affola point.

J'aurais dû y réfléchir à deux fois. Mais j'étais emportée par cette soif de vie que rien n'avait encore étouffée. Trop impulsive, trop éprise de cette liberté fragile.

1. Lorenzo Colonna est vice-roi d'Aragon et de Naples. Il est membre du Conseil d'État espagnol et porte le titre de « grand d'Espagne ». Il est connétable du royaume de Naples, qui est sous domination espagnole.

Mi-octobre 1673, l'hiver avait déjà conquis les Alpes. Les bourrasques de neige, de vent ne nous épargnèrent point. Au col du Saint-Bernard, nous demeurâmes bloqués plusieurs heures par une énorme congère que le cocher et le valet de Borgomainero, aidés de Morena et de mes servantes, s'occupèrent de dégager. À peine remis de cette épreuve, nous dûmes marcher dans la neige parce que le carrosse était trop lourd. Plusieurs fois nous manquâmes de glisser dans un ravin. J'étais, nous étions épuisés, transis de froid. Il n'y avait dans ces coins reculés aucune auberge. Nous dormions dans la voiture, emmitouflés dans des couvertures, et nous repartions au petit matin à la lueur des torches. Mon évasion devait, à présent, être connue et je redoutais que Colonna ait lancé ses sbires à mes trousses.

Enfin, nous arrivâmes à Bâle où je pus me reposer dans un endroit bien chauffé. Nous repartîmes dès le lendemain et après de nouvelles heures en voiture, des chemins enneigés, le vent glacial qui pénétrait notre habitacle, nous atteignîmes Francfort.

La duchesse de Lorraine me fit les honneurs de sa ville puis elle me mit en garde :

— N'allez pas en Flandres. Ce Borgomainero est un mercenaire à la solde du plus offrant. Il vous conduit à votre perte.

— C'est le seul gentilhomme qui a accepté de m'aider, lui répondis-je. Je lui fais entièrement confiance.

Elle grimaça. Je supposais qu'elle était jalouse de la liberté que j'affichais avec ce gentilhomme si prévenant.

Dans chaque ville, je fus fêtée, honorée comme une princesse et comme si ma disgrâce n'avait jamais existé. C'était grisant. Et si Borgomainero n'avait pas été là pour m'exhorter à poursuivre ma route, je me serais probablement arrêtée et installée dans l'une d'elles, puisque partout on m'offrirait l'hospitalité.

À Cologne se tenait un congrès diplomatique. J'y rencontrai des représentants de la France, du roi d'Angleterre, du duc de Brunswick qui se mirent en devoir de me dissuader d'aller en Flandres. Plusieurs d'entre eux me dirent pis que pendre de Borgomainero et me conseillèrent de me méfier de lui. Mais mon esprit était totalement habité par cet homme qui m'avait tendu la main et je ne tins pas compte de leurs remarques.

— Charles II serait très heureux de vous accueillir en Angleterre, me rappela l'ambassadeur.

Je souriais. Je ne disais ni oui, ni non. J'étais tout à fait indécise.

— Poursuivons notre route, m'exhorta Borgomainero. Je viens de trouver une escorte afin de nous permettre de traverser les Provinces-Unies sans encombre. Il s'agit d'un régiment espagnol venu à Cologne convoyer de l'argent et qui regagne les Flandres. Il faut partir sur l'heure.

J'abandonnai mes admirateurs, mes rêves, mes projets et nous partîmes. J'avais le sentiment profond que seule l'Espagne avec sa richesse, sa cour que l'on disait luxuriante parviendrait à me satisfaire.

Malgré les intempéries qui ne nous épargnèrent point, le voyage fut gai. Les officiers qui nous escortaient se mettaient en quatre pour me distraire. Nous jouions aux cartes, nous conversions et le temps passait agréablement. Seul Borgomainero était renfrogné.

Il m'avait fait une scène violente pour me reprocher ma familiarité avec les officiers.

— Seriez-vous jaloux ? lui lançai-je comme une boutade.

Il tourna les talons et me bouda pendant plusieurs jours.

Et puis, une nuit glaciale, notre carrosse versa. J'eus le réflexe de sauter avant qu'il ne se couche sur le bas-côté et cela me sauva. Fort heureusement, ni moi, ni Morena, ni mes deux servantes ne fûmes sérieusement blessées. Quelques ecchymoses, quelques bosses, mais aucun membre cassé. Par contre, la voiture s'était disloquée. Que faire ?

Un jeune officier me proposa de me prendre en croupe.

— Vous n'y pensez pas sérieusement ? s'indigna Borgomainero.

— Et comment faire autrement ? répliquai-je.

J'acceptai donc et j'enlaçai mon cavalier pour m'éviter de chuter... ce n'était point désagréable. Trois autres jeunes gens firent de même pour Morena et mes deux suivantes... Et nous caracolâmes dans la nuit jusqu'à Malines. Là, on me conduisit dans un petit logement gardé par deux sentinelles. Je protestai, exaspérée par cette surveillance oppressante, mais Borgomainero me rassura en me promettant qu'à Bruxelles, je serais enfin traitée avec tous les égards par le comte espagnol de Monterrey[1].

Ce rêve fut de courte durée.

En effet, la France et l'Espagne étaient en guerre. J'étais française et le comte savait que j'avais failli faire échouer le mariage de Louis XIV avec l'infante. Et comme il était farouchement espagnol, il refusa de me recevoir à Bruxelles en me recommandant de me rendre à Anvers.

On me fit monter sur une très belle barque et nous naviguâmes sur l'Escaut jusqu'à Anvers où je fus accueillie comme un grand d'Espagne par trois salves de coups de canon. Cela me remplit de

1. Juan Domingo de Zúñigay Fonseca (1640-1716), homme d'État espagnol, gouverneur des Pays-Bas espagnols. Il a un an de moins que Marie.

fierté. Voilà une ville qui savait reconnaître ma valeur. Enfin, je pus me reposer dans l'appartement que l'on m'avait réservé.

Cependant, dès le lendemain, deux gardes et un officier placés à ma porte m'interdirent de sortir. Je fis mander Borgomainero, mais un officier m'informa qu'il avait quitté Anvers pour rejoindre l'armée. Je serrai les poings, luttant contre les larmes et la colère, pestant contre ma naïveté qui m'avait fait ignorer toutes les mises en garde reçues.

– Ainsi, il m'abandonne et me laisse prisonnière dans cet endroit maudit par dépit et par jalousie !

Le jour même, comme si j'étais une criminelle d'État, on m'enferma entre quatre murs humides. J'y demeurai les mois de janvier et février 1674 dans une froidure et une solitude terribles. J'écrivis plusieurs fois à Victor-Emmanuel et à mon époux pour leur exposer la façon dont Borgomainero m'avait traitée. J'ignore si le premier reçut mes lettres ; pour le deuxième, il n'en fut pas ébranlé.

Enfin, le comte de Monterrey consentit à me recevoir à Bruxelles, mais craignant un piège (j'avais si souvent été échaudée), j'envoyai en éclaireuses mes deux suivantes. Elles revinrent, catastrophées.

– L'appartement que l'on vous réserve jouxte un couvent. Toutes les fenêtres et les portes sont défendues par des barreaux et gardées par des sentinelles. Ce n'est ni plus ni moins qu'une sévère prison.

Je devais donc choisir entre une prison à Anvers et une autre à Bruxelles. Je me résolus à partir pour Bruxelles afin de faire accroire que j'étais docile mais tout le long du chemin, j'échafaudai un plan et je marmonnai : « Surtout ne pas entrer dans la prison. »

Sitôt arrivée, je demandai à aller prier dans la chapelle du couvent. Là, les mains jointes, mais le regard ardent, je fis semblant de me recueillir un bref instant, puis, sans faiblir, j'annonçai au capitaine des gardes que je refusais de sortir.

Le capitaine me regarda avec effroi et il me sembla une pointe d'admiration. Puis se succédèrent devant moi l'archevêque du lieu, le duc de Monterrey qui, tous deux, tentèrent de me faire changer d'avis. Je tins bon. Alors que j'allais m'allonger sur la dalle glacée afin de me reposer un peu, un notable de la ville, qui m'avait adressé un signe de tête compatissant quand j'étais entrée, m'informa discrètement qu'on projetait de m'enlever dès que je m'assoupirais pour me conduire jusqu'à Rome.

La mort dans l'âme, je me résignai à entrer dans la prison que l'on m'avait préparée. Lorsque je m'y retrouvai seule, des larmes de colère, d'épuisement, de désespoir coulèrent sur mes joues sans que je cherche à les retenir. J'étais vaincue. La liberté m'échappait une fois de plus.

Contre toute attente, le comte de Monterrey, qui avait tout mis en œuvre pour que cette prison se referme sur moi, vint me visiter plusieurs fois.

— Je ne comprends pas ce que l'on me reproche, avouai-je. Mon souhait le plus cher est de m'installer dans ce beau pays qu'est l'Espagne. Vous êtes espagnol, facilitez mon départ et je vous en serai éternellement reconnaissante.

— S'il ne tenait qu'à moi, Madame, murmura-t-il.

Mon malheur le toucha. Peut-être aussi mon esprit, ma beauté... car malgré mon enfermement et le peu de commodités que j'avais, je m'efforçais d'être toujours présentable. Nous avions le même âge, il était bel homme et je jouais de mon pouvoir sur lui. Tant et si bien que deux semaines plus tard, il me proposa de retourner à Anvers.

— Y serai-je mieux traitée ? m'informai-je, du trémolo dans la voix.

— Oui. L'appartement que vous y occuperez est confortable et vous pourrez même en sortir pour vous promener avec une escorte.

J'acceptai. L'espoir d'être enfin libre me faisait vibrer.

Et puis, par je ne sais quel miracle, mon époux m'envoya enfin la permission de voguer vers l'Espagne escortée de l'abbé Fernando Colonna qui était son demi-frère.

Avant de quitter Anvers, je pus sortir pour acheter quelques jolies babioles que j'envoyai à mes trois fils. Certes, j'avais laissé leur éducation à des précepteurs, mais toutes les dames de qualité agissaient pareillement. J'avais souvent pris de leurs nouvelles et je savais qu'ils grandissaient bien. J'espérais que mon installation en Espagne pourrait leur être d'une quelconque utilité puisqu'ils étaient les fils d'un Grand d'Espagne.

En mai 1674, j'embarquai enfin à Ostende et, après neuf jours de navigation sans aucun problème, ce qui était de bon augure, j'arrivai à Saint-Sébastien début juin.

L'Espagne ! Je fus accueillie avec tous les honneurs possibles. On m'apporta également une lettre de la reine d'Espagne qui exprimait son plaisir de me voir sur ses terres. Cela me changeait des brimades que j'avais endurées avant. Mon obstination à venir ici était enfin récompensée !

À quelques lieues de Madrid, l'amirante de Castille[1] vint au-devant de moi. Lorsqu'il descendit de son carrosse, je découvris un homme grand, mince, dans la cinquantaine, au port altier. Son regard vif s'attarda sur moi et un sourire prédateur se dessina sur ses lèvres. Pendant notre voyage en bateau, Fernando Colonna m'avait brièvement parlé de lui : don Gaspar, séducteur notoire qui entretenait plusieurs femmes dans le palais où il vivait avec son épouse.

---

1. Don Juan Gaspar Enríquez de Cabrera (1625-1691), duc de Medina, est le dixième amirante de Castille, charge appartenant à sa famille depuis 350 ans. C'est le second dignitaire du royaume.

Après des échanges de courbettes et des phrases de bienvenue dont le sens m'échappa car je parlais mal l'espagnol, on m'invita à m'installer dans un carrosse où avaient pris place cinq autres dames. Il était tiré par six mules. Cela m'étonna. L'une des dames, voyant mon étonnement, me souffla dans un français imparfait :

— Seul le roi a des chevaux.

L'Espagne était donc si pauvre que les nobles ne pouvaient même pas avoir de chevaux ?

Comme nous étions serrées les unes contre les autres dans la chaleur suffocante de ce carrosse, j'étouffais parmi les odeurs de boiseries, de cuir, les parfums dont ces dames s'étaient inondées. Je tentai alors de soulever l'un des épais rideaux de cuir occultant la fenêtre de la portière afin de respirer un peu d'air. Les dames me lancèrent des regards aussi offusqués que si j'allais commettre un geste des plus répréhensible.

— On ne doit point nous voir, m'expliqua la dame qui m'avait déjà parlé avant.

Je laissai retomber ma main. Quelle curieuse coutume qui voulait que les dames ne soient vues de personne ! Allais-je devoir, moi aussi, vivre cachée ? Ce n'était sûrement pas ce que j'étais venue chercher ici.

On me conduisit à l'est de Madrid dans une jolie maison de plaisance adossée au parc du Buen Retiro. Don Juan Gaspar me fit les honneurs de la Casa de Huerta, un lieu enchanteur, entouré de jardins somptueux, de cabinets de verdure et de fontaines. Mais ce qui me séduisit le plus fut le patio aux arcades duquel grimpaient des jasmins odorants et des bougainvilliers. L'intérieur était richement meublé et presque tous les murs étaient garnis de tableaux de peintres célèbres.

— Après ces mois de voyage, je suis enfin arrivée dans un lieu où je vais me plaire, dis-je à Morena.

Sans tarder, je reçus la visite de quelques notables. Le marquis de Los Balbases et son épouse qui s'étaient établis à Madrid vinrent me saluer ; nous mîmes de côté nos vieilles rancunes. La sœur aînée de Lorenzo vint me rappeler du fiel dans la voix :

— N'oubliez pas que le connétable souhaite que vous alliez au couvent !

Un couvent, encore !

Et puis, la reine[1] souhaita me voir. Je me présentai à elle vêtue à l'espagnole comme on me l'avait recommandé, c'est-à-dire avec

1. Marie-Anne d'Autriche, cousine germaine de la reine de France Marie-Thérèse. Elle assure la régence du jeune roi Charles II, alors âgé de treize ans, maladif.

ces robes volumineuses qui sont ridicules dès que l'on doit bouger. Elle m'accueillit fort obligeamment, s'enquérant de mon installation et de ma santé.

Après cette réception, j'eus la possibilité de recevoir qui je voulais. Les ambassadeurs, les ministres, les princes étrangers se bousculèrent chez moi, curieux de voir la femme autour de laquelle planaient tant de scandales. Je n'étais pas fâchée de leur montrer que je n'avais pas eu peur d'affronter tous les dangers pour sauver ma vie et préserver ma liberté.

Au fil des jours, don Gaspar devint de plus en plus pressant. Il m'offrait des cadeaux de prix, des bijoux. Il m'arrivait de lui refuser l'accès à mon appartement sous divers prétextes. Lorsque c'était le cas, il menaçait de me renvoyer sans aucune aide si je continuais à résister. Chaque jour, ses avances se faisaient plus insistantes. Je savais qu'un jour ou l'autre je serais dans l'obligation de lui céder... et d'agrandir son harem. J'en vins à la conclusion que pour conserver ma réputation intacte, je n'avais qu'une solution : entrer au couvent. J'enrageais ! Mais c'était le seul moyen d'asseoir ma réputation. Cette décision me brisait puisque c'était pour éviter le couvent que je fuyais depuis si longtemps.

J'obtins une audience de la reine pour lui confier mon souhait de me retirer dans un couvent. Je traversai de nombreux salons sous la houlette d'un majordome, puis je fis les trois révérences d'usage en faisant très attention que mes pieds restent cachés sous mes jupons, puisque j'avais découvert qu'en Espagne montrer ses pieds était la pire des ignominies et pouvait même vous conduire en prison.

— C'est en effet le vœu de monsieur le prince Colonna, me répondit-elle. Mais il vous sera difficile de trouver un couvent qui accepte les dames séculières[1].

— Avec l'appui de Votre Majesté, rien n'est impossible, susurrai-je pour bien faire ma cour.

---

1. Laïques.

Et puis j'attendis dans une sorte d'anxiété, redoutant de devoir céder à l'amirante qui continuait à me harceler. Je n'avais plus aucun goût de me promener dans le si beau jardin et les gentilshommes et les dames qui avaient accouru pour me voir m'avaient, à présent, délaissée. Je me rendis rapidement compte qu'en Espagne, une dame de qualité ne quittait pratiquement jamais son logis. Aussi, je m'ennuyais fort dans ce qui était devenu une prison fleurie et lumineuse... mais où l'absence de contacts, de fêtes, de rire pesait lourdement sur moi.

— Je dois sortir d'ici, voir du monde, si je ne veux pas périr d'ennui, dis-je à Morena un soir de juillet.

— On m'a dit que tout Madrid se retrouvait le soir à la promenade le long du Manzanares, m'annonça-t-elle.

— Alors, allons-y ! m'exclamai-je. Je te charge de me dénicher un carrosse et un cocher.

Le 24 juillet, en toute discrétion, je m'échappai de la Casa Huerta avec Morena pour seule escorte, nous nous mêlâmes à la foule des carrosses qui longeait le Manzanares. Bravant les règles, je relevais le rideau de ma portière afin de pouvoir admirer le paysage et les autres voitures. Et lorsque je croisais le regard méprisant d'un passager, je lui souriais, histoire de lui indiquer que ma culture italienne et surtout française me donnait cette liberté. Nous nous amusâmes fort à défier tous ces personnages guindés et coincés.

Mon plaisir fut de courte durée. Le lendemain l'amirante me fit une scène épouvantable. Il m'assura que plus aucune dame ne voudrait me parler et qu'aucun couvent ne m'accepterait.

— Pour une promenade en carrosse ? Je n'ai pas même posé un pied à terre, m'indignai-je.

— Les seules femmes qui osent s'aventurer sur cette promenade publique sans escorte sont des courtisanes, m'apprit-il, du venin dans la voix.

— Je l'ignorais.

— Vous devez m'obéir en tout et suivre l'étiquette, tempêta-t-il.

— Je ne suis pas à vos ordres, Monsieur. Je suis l'épouse d'un grand d'Espagne et vous me devez le respect, répliquai-je en montant le ton.

Je redoutais de m'être fait un nouvel ennemi. Ma pensée s'envola vers Louis. On l'avait mal conseillé, il affirmait ne plus souhaiter me voir... mais je me persuadais que si nos regards se croisaient à nouveau... comme ils s'étaient croisés le jour de notre rencontre, il me rendrait son amitié... et peut-être même son amour.

Fin août 1675, cependant, les dominicaines de San Domingo el Real acceptèrent de me loger dans une maison jouxtant le couvent. Fernando Colonna habiterait dans une autre partie du bâtiment. La porte donnant sur l'extérieur avait été condamnée. On ne pouvait entrer chez moi qu'en passant par le parloir du couvent. Je n'en pouvais plus d'être, une fois encore, privée de liberté comme... comme une criminelle. J'avais écrit au pape afin de lui demander l'autorisation d'avoir des visites et de sortir à ma convenance. En attendant, je continuais à recevoir de charmantes lettres de Charles-Emmanuel. Pour la Saint-Nicolas, il réussit même à me faire parvenir caché dans un livre de prières des rubans multicolores. Sa manœuvre et la découverte du cadeau me firent éclater de rire. Je crois bien que c'est la seule fois de l'année où j'ai ri sans contrainte.

Les semaines passaient et je n'avais aucun courrier du pape, ce qui fait que je ne pouvais sortir ni recevoir personne. J'écrivis partout et même à mon époux pour lui dire que je voulais bien revenir à Rome à condition qu'il accepte que nous ne soyons pas sous le même toit. Il me répondit que c'était impossible sinon il serait la risée de toute l'Europe. Une épouse devait vivre avec son époux, un point c'était tout. Sa réponse me glaça... j'avais espéré qu'avec le temps, il aurait oublié nos différends. Je ne pourrais donc jamais revenir en Italie, revoir mes trois fils dont Lorenzo me donnait des nouvelles de temps en temps et retrouver ma place dans la société de Rome.

Je réussis à obtenir de la reine d'Espagne pour mon second fils, Marcantonio, le commandement de deux compagnies de cavalerie en Flandres. J'étais heureuse de faire quelque chose pour lui. Comme il n'avait que onze ans, j'espérais qu'il viendrait en Espagne pour se former au métier des armes, puis que je pourrais partir avec lui en Flandres afin de m'échapper enfin de ce couvent. Malheureusement, mon époux désapprouva ce projet et tout fut bloqué.

Au fil des mois, je ne supportais plus mon existence de prisonnière. La solitude m'étouffait. Certes le jardin du cloître était plaisant, mais il m'était interdit d'y aller après neuf heures du soir. Les cavalcades à cheval me manquaient, la danse aussi : tout ce qui fait se mouvoir le corps. Quant à la conversation, elle était réduite au bavardage avec mes suivantes et Morena puisque je ne parlais pas l'espagnol et que les nonnes qui avaient l'autorisation de m'approcher quelques heures par jour ne parlaient que cette langue. Je m'étiolais. Je dépérissais. Et une affreuse nouvelle vint accentuer mon désespoir. Mon chevalier servant, mon ami, celui qui m'avait aimée en secret, que j'avais parfois malmené, qui m'avait soutenue, aidée, conseillée, ce cher Victor-Emmanuel de Savoie, était mort en juin 1675. Je fus inconsolable pendant plusieurs jours. À qui me confier à présent ? Qui me viendrait en aide ? Je passai les mois d'été dans une affreuse solitude.

Alors que j'étais au désespoir, Hortense m'écrivit qu'elle avait quitté la Savoie pour l'Angleterre à l'invitation de lord Montagu. Après avoir essuyé une terrible tempête dont, par miracle, elle était sortie vivante, elle était désormais installée au palais Saint James où résidait leur petite-cousine Marie-Béatrice de Modène, devenue duchesse d'York. Charles II, qui n'avait pas oublié que durant son exil en France, il avait demandé la main d'Hortense que Mazarin lui avait refusée, lui faisait une cour empressée. Elle venait de publier ses mémoires que tout le monde s'arrachait.

Je ne pus empêcher une pointe de jalousie de me piquer le cœur. Hortense vivait, riait, dansait loin de son époux, alors que j'étais enfermée de couvent en couvent par le mien.

Les gens de qualité avaient tous quitté Madrid pour trouver la fraîcheur dans leur résidence de campagne. Il devait y avoir des fêtes nocturnes, des bals, des comédies et j'étais clouée dans ce couvent à respirer l'air putride de cette ville étouffante.

Oh, comme je regrettais d'avoir choisi l'Espagne ! J'avais imaginé que puisque mon époux était grand d'Espagne j'aurais pu y mener une vie glorieuse. J'avais oublié que c'était lui qui portait ce titre... et que puisque j'avais abandonné mon époux, j'étais déchue et même considérée comme un paria et un mauvais exemple pour toutes les dames de qualité. Je suppose que la très pieuse reine exigeait que je reste à jamais dans ce couvent, ou mieux, que je quitte définitivement l'Espagne.

Pendant ces sombres journées, me revenaient en mémoire toutes ces invitations que j'avais refusées pour poursuivre une chimère de gloire : ce cher duc de Savoie qui avait été si généreux et que j'avais repoussé après une altercation ridicule ; le roi d'Angleterre qui, par l'intermédiaire de son ambassadeur, m'avait lui aussi offert l'hospitalité... Je ressassais tout cela et ma santé en était altérée. Le comble fut un pamphlet publié chez le même éditeur que les mémoires de ma sœur et s'intitulant *Les Véritables Mémoires de Marie Mancini, connétable Colonna*, que Morena avait trouvé abandonné, comme par hasard, sur un banc du cloître afin sans doute que je le découvre. On y racontait ma vie dissolue à Rome et à Venise, mes liaisons avec le cardinal Chigi et le chevalier de Lorraine.

— C'est un tissu de mensonges ! fulminai-je après l'avoir lu. Cependant, il faut que celui qui l'a écrit me connaisse bien. Je parierais qu'il s'agit du marquis de Los Balbases. Il me hait depuis le premier jour.

Je redoutais que cet ignoble texte rencontre le même succès que celui d'Hortense. Apprendre les déboires, les malheurs, les trahisons des grands de ce monde est une activité des plus plaisantes.

Après un moment d'abattement, je me redressai et je dis à haute voix :

— Eh bien, puisque le peuple veut connaître ma vie, je vais la lui conter !

La rage qui m'étreignit ne me quitta plus. Et alors que le ciel se faisait de plus en plus sombre et que les journées rétrécissaient, mes pensées, elles, cherchaient à échapper à la morosité de ma situation. J'écrivais. Oui, écrire devint mon unique échappatoire. J'essayais de coucher sur le papier ma vérité, celle que je voulais voir publiée pour contrer cette calomnie. Mes mémoires étaient le seul moyen de briser le silence, de m'affirmer face à l'injustice qui m'étouffait. L'écriture me permit de retrouver un semblant de contrôle sur mon existence.

En novembre, le désespoir me saisit. Je devais sortir ! Être libre pour ne pas sombrer dans la folie. Je profitai de l'absence de Fernando Colonna, chargé de m'espionner, et avec l'aide de Morena et de mes deux suivantes, nous enfonçâmes la porte, démolîmes les grilles et réussîmes à faire quelques pas dehors. C'était de la provocation. Je le savais. Le bruit avait bien sûr alerté les nonnes et nous fûmes cueillies après avoir goûté cinq minutes de liberté. La supérieure me sermonna sévèrement et le nonce Mellini[1], qui, je crois, avait de la sympathie pour moi, me fit promettre de ne plus chercher à m'évader.

— Ah, je ne peux point vous l'assurer, lui répondis-je. N'importe qui souhaite s'évader d'une prison alors qu'il est innocent.

La porte fut réparée et don Fernando Colonna ajouta deux gardes qui patrouillèrent devant le couvent.

— Comme si j'étais une affreuse criminelle ! explosai-je, excédée.

Mais il n'y avait que Morena et mes deux servantes pour recueillir mes colères et mes pleurs. J'écrivais partout pour que l'on me vienne en aide. Personne ne me manifestait d'intérêt. Cette indifférence

1. Prélat chargé de représenter le pape à l'étranger.

était aussi cruelle que des coups de poignard. Il me semblait que j'étais déjà morte alors que je ne demandais qu'à vivre libre.

Il y avait presque trois ans que je croupissais dans ce couvent lorsqu'en mars 1677, mes mémoires furent publiées. Mon confesseur, devenu un ami, avait réussi à les porter à un imprimeur. Elles sortirent simultanément en italien, en français et en espagnol. Le résultat ne fut pas celui que j'escomptais. Qu'une dame de qualité ose ainsi étaler aux yeux de tous ses problèmes conjugaux était tout à fait inconvenant. À présent, je redoutais que tout le monde me tourne le dos, mes amis comme mes ennemis. J'étais catastrophée ! Mais il fallait bien que je me disculpe des atrocités que l'on avait dites sur moi !

Le mois de mai 1677 arriva, et un espoir inattendu se présenta sous la forme de don Juan d'Autriche, récemment nommé Premier ministre. Je l'avais rencontré lorsqu'il était venu en France négocier le mariage de Louis avec l'infante. Je n'avais pas vraiment été agréable avec lui, mais les circonstances pouvaient m'excuser. J'espérais qu'il gardait de moi le souvenir d'une demoiselle jolie, vive, intelligente et qu'il jugerait que l'âge ne m'avait pas trop desservie. Je lui avais écrit pour lui expliquer ma situation et il y fut sensible.

Le 23 mai, il me permit enfin de choisir le lieu où je souhaitais résider, en attendant la résolution de mon statut par le connétable.

Enfin ! Quitter ce couvent. Vivre. Voir du monde, recevoir qui je voulais !

Sans plus réfléchir, je pris un carrosse et j'explorai les rues de Madrid à la recherche d'un appartement. Je n'en trouvai point. Aucun propriétaire n'accepta de me loger. Je suppose que ma réputation y était pour beaucoup. Enfin, à une lieue de Madrid, une certaine doña Cecilia de Vera me proposa une maison pour un loyer exorbitant mais je pouvais m'y installer tout de suite et sans formalité.

J'étais libre !

À peine étais-je arrivée que don Fernando Colonna, en grande colère, vint m'adresser les pires reproches. Le nonce se joignit bientôt à ce concert de réflexions amères. Je tins bon. Cependant, je me rendis vite compte que la maison était inhabitable. Elle était délabrée, humide, sans aucun confort et grouillante de rats. Je soupçonnais ma logeuse de m'avoir menti sur son état dans le seul but de me soutirer de l'argent. Peut-être même était-elle de mèche avec tous ces gens qui cherchaient à me nuire ? J'étais désespérée, pourtant je ne me voyais pas vivre dans ce lieu sordide, alors, à contrecœur, je me résolus à retourner au couvent.

— Je n'en sortirai donc jamais, me lamentai-je. Chaque fois que j'entrevois la liberté, on me la retire.

On m'assura que ce ne serait que pour trois mois car Lorenzo Colonna avait annoncé sa venue. Nommé vice-roi d'Aragon, il devait se présenter à la reine à Madrid. Dans une lettre, il me parlait du projet de marier notre fils aîné Filippo âgé de quinze ans à la fille du duc de Medinaceli. Afin de négocier au mieux cette union, il sollicitait l'autorisation de prélever une partie de ma fortune personnelle. Lorsqu'il serait à Madrid, il viendrait me saluer avec nos trois fils.

— Oh, quel bonheur de revoir enfin mes fils ! me réjouis-je. Ils doivent être maintenant de bien beaux garçons. Lorenzo m'a promis qu'ils pourront demeurer quelque temps avec moi dès que je sortirai de cette prison. Je serai si heureuse de continuer leur éducation !

Mon époux me rendit visite à San Domingo neuf mois plus tard[1].

Nous jouâmes la parfaite scène des retrouvailles heureuses. Lorenzo m'ouvrit les bras, je m'y laissai enfermer. Il me donna du « *cara mia* », je lui servis du « *moi signore* ». Les personnes présentes jugèrent que nous étions réconciliés. C'était faux bien

1. Soit le 5 novembre 1678.

sûr. D'autant que je savais qu'il était de plus en plus violent. Il ne sortait qu'entouré d'une bande de spadassins l'épée à la main, il cherchait querelle à tout le monde et à Rome, on le disait même atteint de folie. Et s'il lui prenait l'envie de me supprimer il n'avait qu'un geste à faire pour qu'une épée me traverse le cœur. J'étais une proie facile.

Lorenzo insista pour que je vienne à Saragosse avec lui y tenir le rôle de vice-reine. Là, je pourrais voir mes fils. Je refusai sèchement. N'était-ce pas me jeter dans la gueule du loup ? Une fois que je serais avec lui, il pourrait m'assassiner afin d'hériter de ma fortune et obtenir le statut de veuf, plus valorisant que celui de «*cornuto*» que tout Rome lui avait attribué après mon départ.

Il demeura sept mois à Madrid. Au début, il me venait visiter journellement, et me faisait une cour empressée tout en évoquant l'énorme somme d'argent nécessaire pour le mariage de Filippo... et qui était celle de ma dot.

— En échange, j'espère que vous solliciterez ma libération de San Domingo pour que je puisse mener ma vie comme je le souhaite.

— Mais bien sûr, ma mie... signez ici et je m'occuperai d'obtenir du pape et du roi d'Espagne votre libération.

Je signai donc l'autorisation de disposer de ma fortune. L'argent n'était pas important pourvu que j'en aie assez pour vivre décemment. Et puis, c'était ma façon de signifier à mon fils que si je n'avais pas été présente pour son éducation, j'œuvrais pour qu'il ait un beau mariage. Ensuite, j'attendis pleine d'espoir que les portes du couvent s'ouvrent.

Lorenzo repartit pour Saragosse le 18 juin 1679. Je n'avais pas revu mes enfants et je n'avais toujours pas quitté le couvent !

— Une fois encore, j'ai été bernée ! maugréai-je devant Morena.

Pour mon malheur – qui était déjà bien grand – don Juan, qui était mon protecteur, mourut. Je crus un moment que mon esprit allait vaciller. Le seul qui m'accordait encore un peu d'estime n'était plus. Je ne voyais plus d'issue à ma sinistre situation.

L'espoir me revint lorsque j'appris que Marie-Louise d'Orléans[1], la fille de Monsieur et de mon amie Henriette d'Angleterre, allait épouser Charles II et devenir reine d'Espagne.

— Voilà au moins une dame qui me décrira par le menu la cour de France dans notre belle langue. Je gage que Monsieur, qui me fait l'honneur de son amitié, aura parlé de moi à sa fille en termes élogieux. Si je pouvais retrouver avec elle la même complicité que j'avais avec sa mère, ce me serait une grande joie.

L'entrée solennelle de la reine dans Madrid était prévue pour le 13 janvier 1680.

— Je ne vais tout de même pas rester enfermée dans ce couvent. Je me dois d'assister à l'arrivée de la reine. Monsieur serait furieux s'il apprenait que je n'y étais point... et puis je veux la voir. On la dit aussi belle que sa mère.

— Vous n'avez pas l'autorisation de sortir, s'inquiéta Morena.

---

1. Elle a 17 ans.

— Mon époux ne me l'a pas expressément interdit et je n'ai pas le temps d'attendre un courrier du pape. Trouve-moi un carrosse, nous irons chez Los Balbases. Le cortège passera sous ses fenêtres.

— Lui ? s'étonna Morena.

— Oui, je sais, il ne m'aime pas, mais je n'ai pas d'autre choix et il n'osera pas me refuser l'entrée de sa maison.

Quelques heures avant le défilé, j'arrivai chez Los Balbases. Il fut si interloqué par ma venue et ma promptitude à m'approcher du balcon où déjà son épouse avait pris place qu'il ne put me retenir. Naïvement, je leur dis :

— J'étais l'amie d'Henriette d'Angleterre et il m'aurait été très pénible de ne pas voir sa fille en ce si beau jour.

À peine étais-je sur le balcon que les trompettes aux habits incarnat et blanc soufflant de tous leurs poumons se présentèrent, suivis par les timbaliers montés sur des chevaux houssés de velours noirs, puis les représentants des différents quartiers de Madrid portant bonnets et robes de velours, et les représentants des quatre ordres militaires si nombreux que leur défilé dura deux heures. Ensuite venaient les seigneurs, les officiers de la maison du roi avec leurs chapeaux empanachés ornés de perles et de diamants. Derrière eux marchaient leurs laquais, chacun aux couleurs vives de leurs maîtres. Tant de faste, de richesse, de couleurs, de bijoux me ravissait. Il est vrai que depuis que j'étais en Espagne, je n'avais guère connu que la sobriété du couvent.

Enfin la reine apparut, montée sur un cheval andalou que son écuyer tenait par la bride. Ses habits de soie étincelaient de broderies d'or et de pierres précieuses. Elle avait sur la tête un chapeau garni de plumes et orné de la plus grosse perle au monde, *La Peregrina*.

— Regardez comme elle est belle et gracieuse ! dis-je avec fierté comme s'il s'agissait d'une de mes filles.

Venaient ensuite ses dames et filles d'honneur richement vêtues. La garde royale et cent cavaliers armés de lances fermaient la marche.

Le défilé terminé, la mélancolie m'envahit. Vingt ans plus tôt, j'avais assisté à l'entrée dans Paris de Marie-Thérèse, l'Espagnole qui devenait reine de France... reine à ma place... Je secouai ma tignasse brune pour chasser ce souvenir et je dis d'un ton guilleret :

— Voilà un juste retour des choses puisque nous accueillons une fille de France pour monter sur le trône d'Espagne.

— Comme vous avez raison, Madame, susurra Los Balbases.

Sa soudaine bonhomie me parut louche. En me penchant, j'aperçus un groupe de spadassins qui pénétraient dans la maison. Mon sang ne fit qu'un tour. Ils venaient m'enlever pour me conduire à Saragosse chez le connétable ! Je fis un signe à Morena et sous le prétexte d'aller chercher ma mante que j'avais laissée dans la pièce du bas, nous sortîmes discrètement, puis nous nous faufilâmes parmi la foule de badauds jusqu'à atteindre l'ambassade de France.

Un nouvel ambassadeur, le marquis de Villars, venait d'y être nommé. Son épouse avait eu la délicatesse de venir se présenter à moi quelques jours auparavant. Il me parut donc légitime que ce couple m'accueille et me protège. Il faisait nuit lorsque nous y arrivâmes. Afin de ne pas risquer d'être reconnues par un quelconque espion de mon époux, Morena et moi avions rabattu sur notre visage une mantille selon la coutume espagnole. On nous introduisit dans un salon où étaient le marquis et son épouse. Lorsque le personnel fut sorti, je me dévoilai :

— Madame la connétable Colonna ? s'étonna l'ambassadeur.

Trop de joie, puis trop d'angoisse, je ne pus me maîtriser et je fondis en larmes.

— Je vous en supplie, aidez-moi. Je suis pourchassée par les sbires de mon époux qui me veulent enlever ou peut-être même m'assassiner.

Madame de Villars m'écouta, calme et compatissante, me réconforta tandis que son époux partait je ne sais où pour tenter de trouver une solution.

— Je suis à l'ambassade, donc sur le sol de France. Je vous supplie de me garder et de me permettre de repartir dans ce pays que j'aime plus que tout.

Le regard empreint de tristesse, elle me répondit :

— Cela ne se peut, Madame. Sa Majesté a donné des consignes strictes pour que vous ne reveniez pas en France.

Le souffle me manqua. Un vertige me saisit. Si madame de Villars ne m'avait pas avancé un siège, je serais tombée en pâmoison. Ainsi Louis m'avait chassée définitivement de sa vie ? Comment pouvait-il oublier les heures délicieuses que nous avions partagées ? Elles étaient gravées en moi pour toujours... et lui semblait les avoir effacées de son esprit. Comment pouvait-il, après tout ce que j'avais enduré, me laisser entre les griffes d'un homme aussi brutal, aussi avide ? Quelle lâcheté ! Découvrir que celui que j'avais passionnément aimé et que j'aimais toujours n'était pas un preux chevalier me blessa cruellement.

Peu de temps après, alors que j'étais un peu rassérénée par la douceur de madame de Villars qui m'assurait qu'elle me garderait chez elle tant qu'une solution qui m'agréait ne serait pas trouvée, un parent de Los Balbases arriva. Il me sommait de revenir dans leur demeure en toute discrétion afin d'éviter que la rumeur ne s'empare de ce regrettable incident. Je m'y opposais avec force. Le nonce arriva à son tour en m'assurant que suite à ma conduite innommable, la supérieure du couvent refusait de me reprendre et que je devais donc accepter de retourner vivre auprès de mon époux.

— Jamais ! criai-je.

Il y eut plusieurs allées et venues entre l'ambassade, la demeure de Los Balbases et le couvent San Domingo.

— Est-il donc si répréhensible d'avoir seulement voulu voir la fille de mon amie Henriette devenir reine d'Espagne ? balbutiai-je à bout de nerfs.

Le jour pointait. Tout le monde était fatigué, énervé et personne ne voulait prendre une décision qui aurait pu déplaire au roi d'Espagne, au roi de France, au connétable, au pape... Alors de guerre lasse, j'acceptai de revenir dans la demeure de Los Balbases qui s'engagea à me bien traiter.

Il me reçut en effet avec des démonstrations d'amitié exagérées qui m'agacèrent.

Dès le lendemain, j'ignore comment on s'y prit, mais je suppose que l'on obligea la supérieure du couvent à me reprendre. Je retrouvai avec horreur la solitude de mon petit appartement, mais c'était mieux que d'être sous la coupe d'un mari violent et décidé à m'occire pour profiter de ma fortune.

Le 6 mars 1680, mon mari revint à Madrid afin de se présenter à la nouvelle reine d'Espagne et d'avancer le projet de mariage de notre fils aîné. On me raconta qu'il avait fait très bonne impression et que la reine s'était étonnée que je ne veuille pas vivre avec un si galant homme, fort éloigné du tyran que je décrivais.

— Ah, sûr, m'emportai-je. Il sait se faire valoir. Et la pauvre Marie-Louise mariée à un avorton idiot doit rêver d'un époux comme le mien. Eh bien, je le lui laisse !

Et puis Filippo vint me supplier d'accepter de cohabiter avec son père :

— Il s'agit de donner le change pour ma belle-famille. Il est du plus mauvais effet que ma mère soit enfermée dans un couvent parce qu'elle prétend que son époux lui veut du mal.

Alors afin de ne pas compromettre le mariage de mon fils, j'acceptai de vivre dans la demeure de Lorenzo à condition toutefois que l'on m'y donne un appartement distinct du sien. C'était ce que je réclamais depuis des années !

Je pus enfin mener la vie normale d'une dame de qualité. Recevoir des fournisseurs, un tailleur, passer de longs et agréables moments avec mes fils. Je n'avais pourtant pas la même liberté que lors de mon arrivée à Rome. Les sbires de Lorenzo m'espionnaient dès que je sortais et je devais préciser au majordome de mon époux les endroits où je me rendais. J'étais libre... sans l'être tout à fait. Mais après l'enfermement où j'étais depuis de si longues années, je goûtais à fond le plaisir de me promener et de voir du monde. Je fus reçue plusieurs fois par la jeune reine. Elle appréciait que je lui parle de sa mère qu'elle avait peu connue, que je lui conte des anecdotes sur la jeunesse du roi, sur les fêtes auxquelles j'avais participé. Elle me raconta les fabuleux aménagements de Versailles que le roi habitait de plus en plus souvent et elle évoqua le scandale de l'affaire des poisons sans préciser avec délicatesse que mes sœurs Olympe et Marie-Anne s'y étaient compromises. Nous passions de délicieux après-dîners.

Cela ne dura pas. Mon époux dut repartir pour Saragosse et je refusais de le suivre. À Madrid, je me sentais protégée par la reine et l'ambassadeur. À Saragosse je serais seule pour me défendre. Lorenzo fit alors courir le bruit que j'avais un amant, que je trahissais sa confiance et celle de tous ceux qui avaient choisi de me protéger. Un amant ? Mais comment et quand aurais-je pu en avoir un alors que j'avais toujours derrière moi un espion ? Mais évidemment, on crut le mari outragé et pas moi.

Dans la nuit du 22 octobre 1680 je fus réveillée par de violents coups donnés contre la porte de ma chambre. Affolée, je me roulai en boule sous le drap pour m'y dissimuler. Soudain, la porte céda. Je hurlai de peur. Des hommes armés jusqu'aux dents firent irruption dans la pièce. Ils me tirèrent hors de mon lit en m'assurant qu'ils avaient ordre de m'emmener. Je gardai mon sang-froid et enroulant la couverture autour de mon corps nu, je leur répondis d'un ton méprisant :

— Je n'ai pas pour habitude de recevoir d'ordres de gens de votre espèce.

L'un des hommes eut un rictus haineux et voulut m'attacher les poignets avec une cordelette. Je me débattis et, saisissant un coupe-papier sur ma table de chevet, je le lui plantai dans la main.

Il poussa un cri de bête. Alors les quatre vauriens me sautèrent dessus, m'attachèrent et me tirèrent par les cheveux vers un carrosse dans lequel ils me jetèrent sans ménagement. J'y retrouvai Morena en chemise, hagarde, avec laquelle j'échangeai un regard horrifié. Ma dernière heure était arrivée, j'en étais sûre. Ils allaient me poignarder dès que nous aurions quitté l'appartement et faire disparaître mon corps. Il serait facile alors de prétendre qu'une fois de plus je m'étais enfuie et que personne ne savait où je me trouvais. J'étais si stupéfiée que je ne parvenais même pas à crier.

La voiture roula sans s'arrêter sur une mauvaise route abrupte et sinueuse. Le cocher faisait claquer son fouet pour encourager les chevaux. J'avais mal partout. Je grelottais de froid et de terreur. Où allions-nous ? Depuis combien de temps roulions-nous ?

Enfin, il me sembla que le carrosse passait un pont-levis. Il s'arrêta. Il faisait nuit. Je ne vis qu'une épaisse muraille qui nous entourait. On me saisit comme si j'étais un paquet. On me porta dans des escaliers. Je me débattis sans succès. Et on me lâcha sur un sol de pierre. Les sbires quittèrent la minuscule cellule où j'étais et fermèrent la porte à double tour.

Dès qu'ils furent partis, j'entendis un gémissement.

— Morena ? murmurai-je.

— Ah, Madame... quelle horreur, me répondit-elle.

Nous nous rapprochâmes à tâtons et nous tombâmes dans les bras l'une de l'autre en sanglotant. À ce moment-là, un guichet s'ouvrit dans la porte. On nous tendit une bougie allumée et une assiette pleine et mal odorante.

— Où sommes-nous ? demandai-je en scrutant le visage qui s'encadrait dans l'ouverture.

— Dans l'alcazar de Ségovie, lâcha l'homme avant de fermer le guichet.

J'avais ouï dire que c'était une abominable prison réservée aux grands criminels et dont on ne pouvait s'échapper. Les prisonniers finissaient souvent par y périr.

— Nous sommes perdues, gémit Morena.

— Crois-tu que je vais me laisser mourir ainsi sans réagir ? lui répondis-je d'un ton que je m'efforçai de rendre énergique.

Dès le lendemain, je demandai un confesseur. C'était le seul moyen d'avoir un lien avec l'extérieur. On n'osa pas me le refuser et quelques jours plus tard, un prêtre fut introduit dans notre cellule. Je n'eus pas besoin de plaider ma cause.

— Seigneur ! s'insurgea-t-il. Jamais aucune dame n'a été enfermée entre ces murs humides et froids réservés aux criminels d'État. Vous allez y périr.

— Le plus humiliant est que je dépends entièrement des soudards qui me gardent. Ils m'apportent de l'eau glaciale avec parcimonie. La nourriture est infâme, les portions fort petites. Je n'ai aucun vêtement chaud et dispose d'une seule couverture sale pour m'étendre sur un matelas couvert de vermine.

— Je vais en parler au roi, au pape... enfin à tous ceux qui peuvent vous aider. C'est mon devoir de chrétien.

— Je vous en remercie. Pouvez-vous m'apporter du papier, de l'encre, une plume pour que je puisse de mon côté écrire à ceux qui m'ont toujours marqué leur amitié ?

Le brave prêtre m'apporta discrètement ce que je lui avais demandé. Je pus ainsi exposer mes misères au secrétaire du pape, au nonce Mellini, à la reine, à mes sœurs Hortense, Olympe, Marie-Anne et enfin à mon époux. C'était pourtant lui qui était à l'origine de mon enfermement, mais je lui rappelai que j'avais signé l'autorisation de prélever une grosse somme d'argent sur ma fortune pour le mariage de notre fils et qu'en échange il m'avait promis sa clémence.

La reine me fit porter des vêtements chauds, des bas et des souliers car depuis mon enlèvement, j'étais pieds nus. Des victuailles dans un panier accompagnaient les habits. Elle m'assura qu'elle mettait tout en œuvre pour me faire sortir de l'alcazar mais qu'il fallait que je sois patiente. Olympe, avec qui je n'avais pas toujours été en bons termes, écrivit à mon époux d'une manière assez vive. Philippe, Marie-Anne et Hortense firent de même. Savoir que toute ma famille se mobilisait contre Colonna me fit chaud au cœur.

Il y avait déjà trois mois que je croupissais dans cette prison lorsque mon époux me répondit que la seule solution pour sortir de cette situation de façon honorable était d'entrer tous les deux dans les ordres. Lui se ferait chevalier de Malte et moi je prendrais le voile dans un couvent de Madrid sans jamais plus en sortir.

Je m'étonnais un peu que toutes les hautes personnalités que j'avais contactées n'aient pas pu obtenir un arrangement plus à ma convenance... J'avais ouï dire que Louis XIV avait été informé de mon infortune et qu'il n'avait fait aucun geste en ma faveur. Cela me blessa profondément et j'essuyai quelques larmes. Moi, je l'aimais toujours... Comment pouvait-il avoir tout oublié ? Je ne pouvais plus attendre, sinon j'allais perdre ma santé et peut-être aussi ma raison. *L'important est de sortir d'ici vivante*, pensai-je, *après je trouverai une autre solution*.

Je fus ramenée à Madrid le 15 février 1681. Le 19, je pris le voile au couvent de la Conception. Résignée. J'assistai à la cérémonie comme si j'étais en dehors de mon corps. Mon esprit était ailleurs : au côté de Louis. Louis si loin de moi, dans tous les sens du terme. Je n'avais plus aucune illusion. Le souverain que j'avais aimé, que j'avais voulu servir et honorer, m'avait oubliée. Il ne viendrait plus, ne m'écrirait plus. Et moi, je vieillirais là, dans cet endroit froid et austère. C'était le prix à payer pour ne pas vivre sous les violences de mon époux.

On m'octroya un logement sans aucun confort sous les toits. Je n'avais pas de feu et mes repas étaient chiches. J'appris que c'était parce que mon époux avait négocié avec âpreté les sommes allouées à mon entretien.

Le 20 avril eut lieu le mariage de Filippo avec Lorenza, une des filles du duc de Medinaceli. Tout Madrid y assista sauf moi ! Cela me fut bien cruel. Filippo et sa charmante épouse vinrent me saluer avant de partir pour Rome.

— Je vous souhaite d'être heureux, leur dis-je, émue.

— Je regrette, Mère, de ne rien pouvoir faire pour vous, mais...

— Je sais, Filippo, à dix-huit ans, vous ne pouvez vous opposer à votre père sans compromettre votre avenir.

— Père repart lui aussi pour Rome, ajouta-t-il.

— En étant loin de moi, peut-être oubliera-t-il de me nuire.

La reine eut la bonté de me venir voir souvent. Au fil des mois mon emprisonnement s'adoucit. Le nonce savait que je n'avais pas la vocation et que m'obliger à prendre définitivement le voile ne serait pas une bonne chose. La mère supérieure le comprit et m'autorisa à ne plus porter l'habit religieux et à me parer des rubans que la reine m'avait offerts.

Bientôt mon grenier devint un salon où les dames de qualité aimaient à passer un moment en bavardage et que les ambassadeurs de France et d'ailleurs ne dédaignaient pas.

J'appris que mon époux donnait à Rome des fêtes somptueuses en l'honneur du jeune couple. Ma bru remplissait un rôle que je n'assumais plus. Cela permettait au connétable de regagner un peu du prestige que ma fugue lui avait ôté. Il était bien devenu chevalier de Malte mais s'était fait dispenser du vœu de chasteté.

Je crus qu'avec le temps, son animosité à mon égard s'était atténuée. J'avais tort.

Le 4 février 1686, l'amirante de Castille me convia à une grande fête dans sa somptueuse Maison du Jardin. La reine, le roi et les plus grands seigneurs d'Espagne y participèrent. Il y eut un grand festin, puis un divertissement et un bal. Il y avait bien longtemps que je ne m'étais point amusée de la sorte ! J'oubliais ma solitude, mes malheurs, je me sentais revivre ! Las, Los Balbases, qui visiblement n'avait cessé de me haïr, saisit cette occasion pour faire un scandale en assurant qu'étant novice, je n'aurais jamais dû quitter les murs du couvent. Le pape, consulté à son tour, décréta que puisque cinq ans après mon entrée au couvent, je n'avais toujours pas prononcé mes vœux définitifs, j'étais encore mariée et je n'avais pas le droit de rester comme novice à la Conception. Cette décision me bouleversa. On me signifiait clairement que je n'étais personne. Que je n'intéressais personne.

J'étais, une fois de plus, sans domicile !

Lorenzo en profita pour exiger que je revienne à Rome. Il promit d'oublier le passé et de me traiter de la meilleure manière. S'imaginait-il que j'allais tomber dans ce piège grossier ? Ne se souvenait-il pas qu'il m'avait fait enfermer à la prison de Ségovie de la plus atroce des façons ? Je refusai avec force.

On voulut que j'aille m'installer chez Olympe qui était venue se réfugier en Espagne depuis quelque temps, mais après réflexion, elle ne souhaita pas m'accueillir. Ma propre famille me reniait ! Pourtant Olympe était loin d'être une sainte... elle multipliait les amants et trempait dans tous les complots de la cour... Par quel miracle échappait-elle aux foudres royales ? Étais-je donc maudite ?

Grâce à la reine qui m'aimait beaucoup, on finit par me proposer d'habiter dans une maison religieuse de Madrid qui n'accueillait que des dames du meilleur monde et de laquelle je pourrais sortir deux fois par semaine. Pour moi, c'était le début de la liberté. Cependant Colonna continuait à m'écrire pour me demander de revenir à Rome. Comment fallait-il que je lui dise que je ne reviendrais jamais ?

Petit à petit, je me réconciliai avec moi-même. Il me semblait que mes jours de souffrance étaient enfin derrière moi. Ma vie devint acceptable. Mon salon ne désemplissait pas. Les dames de la cour, les diplomates venaient rendre hommage à mon courage, et peut-être aussi venaient-ils respirer ce parfum d'aventures et de scandale qui émoustille. J'avais acquis une sorte charisme et à quarante-six ans, malgré les malheurs et les mauvais traitements que j'avais subis, on s'accordait à dire que j'étais encore très belle... et mon miroir me l'assurait également.

Mon époux, ce tyran, décéda le 15 avril 1689.

J'étais veuve et enfin libre !

La vie m'offrait un dernier présent. Je pouvais respirer, exister enfin sans peur, sans soumission.

Mais que le destin était donc cruel ! J'étais libre, mais Louis... Louis ne voulait pas me voir.

À présent, il ne me reste que la certitude douce-amère que mon amour pour lui ne s'éteindra jamais. Malgré les années et les épreuves, il continuera à m'illuminer bien enfoui au plus profond de moi, comme un tendre et terrible secret car je l'entends toujours murmurer à mon oreille : « Vous serez ma reine. »

Maintenant, je peux lui répondre en toute confiance :

« Oui, Louis, je serai pour toujours votre reine. »